Tilly en tecnicolor

Título original: *Tilly in technicolor*

1.ª edición: noviembre de 2023

© Del texto: Mazey Eddings, 2023
Publicado por acuerdo con St. Martin's Publishing Group, en colaboración con
International Editors & Yáñez' Co. Barcelona. Todos los derechos reservados.
© De la traducción: Sara Bueno Carrero, 2023
© De esta edición: Fandom Books (Grupo Anaya, S. A.), 2023
C/ Valentín Beato, 21, 28037 Madrid
www.fandombooks.es

Diseño de cubierta: Kerri Resnick
Ilustración de cubierta: Guy Shield

ISBN: 978-84-18027-89-5
Depósito legal: M-29321-2023
Impreso en España - Printed in Spain

PAPEL DE FIBRA
CERTIFICADA

Tilly en tecnicolor

Mazey Eddings

Traducción de Sara Bueno Carrero

FANDOM BOOKS

Para todos los neurodivinos como yo, que se mueven
en un mundo que no está hecho para ellos.
Tenéis un cerebro maravilloso
y me alegro mucho de que estéis aquí.

Capítulo 1

Bragas a tutiplén

-TILLY-

—Tilly, ¿seguro que llevas suficiente ropa interior?

Miro fijamente el montón de ropa interior que he metido a la fuerza en la maleta. ¿Me valdrá con treinta y nueve pares? ¿Y si me meo o me cago en las bragas varias veces al día durante los próximos tres meses? ¿Y si destrozo por completo la ropa interior, agujereo la entrepierna de bragas y más bragas, por resistentes que parezcan, y de repente Europa sufre un desabastecimiento atroz de ropa interior?

—Tengo que estar preparada —le digo a mi madre, asintiendo, mientras pesco el último puñado de ropa interior del cajón.

Intento meterla en el bolsillo de la maleta, pero no entra sin cargarme las costuras, así que la amontono sobre los seis paquetes de tampones que he guardado. De los extragrandes, porque yo nunca hago nada a medias.

—Bien que haces —dice mi madre, sonriéndome como si acabase de descubrir la cura para el hambre en el mundo—. Aún hay esperanza.

Su mirada y sus palabras hacen que me recorra la piel una áspera mezcla de vergüenza y rabia y se me pongan los pelos de punta. Me giro y me meto en el armario, haciendo como si estuviese buscando unas deportivas, mientras trago saliva para deshacer el grito de frustración que me trepa por la garganta.

En momentos como este confirmo lo mucho que necesito que me cambie la vida. Tengo que marcharme de esta casa, bajarme del regazo de mi madre. Irme de Cleveland cagando leches.

Y precisamente por eso estoy haciendo la maleta: para huir.

Bueno, más bien para irme de viaje por Europa, financiado por mis padres, mientras ejerzo de sufrida becaria de mi hermana. Preferiría no dar más detalles del asunto.

—¿Has marcado en el calendario las llamadas? —me pregunta mi madre, en un tono desenfadado y muy entrenado que implica que cree que se me ha olvidado y que le va a decepcionar, pero no sorprender, que le demuestre que no se equivoca.

—Pues claro —miento.

Me cuesta obligarme a hacer cosas que no me apetecen nada de nada, y tener que llamar a mis padres mientras estoy de viaje es una de esas cosas.

Este viaje es un regalo combinado de cumpleaños y de graduación, con un plan lo bastante definido como para que mis padres aceptaran. Ellos me pagan el viaje a Europa y, a cambio, yo me pasaré los tres próximos meses recorriendo el continente con mi hermana, Mona, que acaba de fundar una pequeña empresa. Mi madre pretende verme en Londres los últimos días de viaje, que pasaremos juntas antes de volver a casa… probablemente pataleando.

Lo que pasa es que el viaje tiene sus pegas, como la llamada semanal a mis padres, en la que les diga lo mucho que estoy mejorando como persona y aprendiendo y tal y cual.

La segunda pega es que, técnicamente, voy a ser la becaria de Mona, pero creo que esa es una etiqueta que me ha puesto mi padre porque tiene el sueño (es decir, la pesadilla capitalista) de que sus dos hijas se conviertan en unos magnates, unos pesos pesados de los negocios.

—Le he dicho a Mona que se ponga una alarma en el móvil para que te recuerde que te tomes la medicina. Pero también te voy a escribir a ti para que no se te olvide —dice mi madre, cuyas palabras se me clavan en un punto débil entre las costillas.

—No se me va a olvidar, mamá —mascullo; me arden las mejillas.

El problema es que sí que tengo tendencia a que se me olvide tomarme las pastillitas que me ayudan con tareas básicas como acordarme de las cosas; una de las fantásticas paradojas del TDAH. Pero tampoco hace falta que mi madre involucre a mi perfecta hermana mayor en esta crisis infinita para hacerme sentir como una niña de dos años indefensa.

—Y, Tilly, haz el favor de hacer caso a Mona mientras estés fuera. Sé que sueles sumirte en tu mundo e ir a tu aire o concentrarte mucho mirando el portátil, pero ella sabe orientarse mejor que tú y el objetivo del viaje es que aprendas de la vida. No te conviene montar ninguna escena estando fuera.

En este punto, desconecto.

Sigo a espaldas de mi madre y cierro con fuerza los ojos, aprieto los puños y me muerdo el labio para contener la oleada de sentimientos. No me queda nada para marcharme.

Se van a acabar los débiles suspiros de decepción de cuando se me olvida hacer algo. Se van a acabar las miradas de cansancio y derrota —confirmación de una carga compartida— entre mis padres cada vez que me altero y se me escapan las emociones con la fuerza de una cascada, pero sin su belleza. Se va a acabar el comparar mis defectos y mis fracasos constantes con los inacabables éxitos de Mona, la perfecta.

Mona tiene cinco años más que yo y antes nos llevábamos fenomenal. Era mi mejor amiga, hasta que se fue a estudiar a la Universidad de Yale y nunca volvió a ser como antes. Cambió una personalidad divertidísima y unos vestidos largos y con vuelo por un montón de trajes de chaqueta y más jerséis con coderas de a los que debería tener derecho una sola persona. Cada vez que venía a casa en vacaciones, había cambiado algo. Era menos graciosa. Mucho más seria.

En vez de chismorrear conmigo sobre *Doctor Who* y *Supernatural*, empezó a hablar de la evolución del mercado con mi padre y de los cotilleos del barrio con mi madre.

Mi madre dice que ya es casi de Nueva Inglaterra. Y yo creo que en realidad es una estirada.

Como si no bastase con asistir a una de las mejores universidades del país (nada menos que en una carrera en administración de empresas, acabada antes de tiempo; mejor me callo), mientras estudiaba fundó su propia empresa, junto con una tal Amina como socia: una genio que estudiaba a la vez ingeniería y empresariales. El dúo ha desarrollado una marca de esmalte de uñas de lujo (perdón, de *luxury nail lacquer*, porque, al parecer, «esmalte de uñas» tiene menos clase) de lo más pijo, ecológico, sostenible, no tóxico y no sé cuántos clichés más.

Después de graduarse el año pasado y de conseguir capital inicial en un concurso de mujeres empresarias «muy competitivo» (que pasó a ser el único tema de conversación de mi padre, que no hablaba de otra cosa), Mona se mudó a Londres, ciudad natal de Amina, y las dos llevan allí desde entonces trabajando en la empresa.

La han llamado Ruhe, que es una palabra alemana que «no tiene traducción» y que significa 'que no te importe nada'. Estoy segura de que la descubrió en un artículo de BuzzFeed sobre palabras extranjeras intraducibles. Una vez más, mejor me callo.

Mis padres podrían tranquilamente haberle montado un altar a Mona en el salón, de tanto que alaban sus logros.

—Anda, Tilly, no te enfades. No te estoy criticando —dice mi madre, dirigiéndose hacia donde me encuentro, acurrucada en el armario, con la espalda encorvada como un caparazón de tortuga. Me frota levemente la espalda entre los omóplatos y se me tensan los músculos—. Ya sabes que es tu TDAH el que te causa los problemas, no tú.

Mi madre habla de mi diagnóstico como si fuera una entidad independiente a mí, una especie de parásito que secuestra mi organismo y cambia quien soy.

—El doctor Alverez dice que puede provocar impulsividad y temeridad. Solo quiero que seas consciente para que puedas superarlo —continúa mientras me acaricia la espalda en círculos, lo que hace que se me ponga la piel de gallina y el cuerpo se me estremezca. No me gustan las caricias.

Quiero gritar. Quiero estallar. Quiero decir: «Para, mamá. Para. Deja de contar todo lo que cambiarías de mí y de echarle la culpa a un diagnóstico».

El TDAH no me ha «cambiado», que es lo que dice mi madre. Soy así. Forma parte innegable de quien soy, igual que el pelo negro, los ojos grises y el caballete en el puente de la nariz. Lo tengo en el ADN, probablemente entre el gen del romanticismo y el alelo del sentido del humor subido de tono. Está dentro de lo que soy. No es ninguna enfermedad que se tenga que curar.

Me agacho y me escapo de su roce, poniéndome en pie y girando de la forma más extraña, con una patada como de bailarina contemporánea. Entonces me dirijo contoneándome hacia la puerta.

—¿Qué haces? —me pregunta mi madre, sentada en el suelo, con el ceño fruncido y mirándome confusa.

—Bailar de alegría —miento—. Es que tengo muchas ganas de irme de viaje —añado y camino penosamente hacia el rellano—. Y necesito comer algo.

Continúo mi danza improvisada mientras bajo las escaleras y dejo a solas a mi madre, para que probablemente proceda a anotar mi conducta errática. No sabe que conozco la existencia del cuaderno que le lleva al doctor Alverez, en el que documenta ciertos momentos que luego le cuenta al doctor en las citas a las que no voy yo.

No soporto ese cuaderno.

Pero es verdad que a veces tengo tendencia a hacer cosas raras como esta. Cuando se me acumulan los sentimientos y me agobian, cuando me aprietan las articulaciones hasta que siento que se me van a romper, hago movimientos explosivos con mi cuerpo. Es que… me gusta moverme, sacarlo todo.

Sé que mi madre cree que es raro, como una especie de defecto en mi programación, pero ya he dejado de intentar esconderlo.

Puede que, si soy yo misma durante un tiempo, acabe dejándome en paz. Y por fin pueda ser yo.

Capítulo 2
¿Futuro? I don't know her

-TILLY-

—Aunque sabemos que consideras este viaje unas vacaciones, no te olvides de que vas a ayudar a Mona y a aprender del negocio. También te animo a que emplees el tiempo libre para tareas educativas e informativas —dice mi padre mientras cambia de carril con cuidado en la autovía, de camino al aeropuerto—. Intenta aprender todo lo posible sobre la historia de los sitios que visites, para ganar en cultura.

La historia, ya. Porque mis doce últimos años de educación pública no se han centrado lo suficiente en la historia eurocéntrica. Qué tragedia que me hayan privado de ella.

—Y escribe todo lo que te pase —dice mi madre, que se ha vuelto en su asiento para sonreírme— para que no te olvides de nada.

Sonrío, esta vez de verdad, de forma auténtica. Porque es la primera vez que habla de lo que escribo de manera positiva. Me encanta jugar con las palabras y garabatear las letras hasta traducir sensaciones en expresiones.

He llenado cientos de cuadernos con mis ideas y me he perdido en las páginas pautadas, casi siempre para consternación de mi madre, que se pone loca cada vez que me ve (con más frecuencia de la que me gustaría) despierta a las dos de la madrugada, con los ojos llorosos por no pestañear, la mano manchada de tinta y un diario en cuyas páginas he vertido mis sentimientos, sin haber acabado los deberes del día siguiente.

—Va a ser una experiencia perfecta para la solicitud de la universidad —continúa mi madre, que alarga el brazo hacia atrás para apretarme con cariño la rodilla.

Pero yo me aparto. Otra vez no.

—Sí, es perfecta —digo, toqueteándome los padrastros— para quien quiera ir a la universidad.

Mi madre me mira con el ceño fruncido por un instante antes de volverse en su asiento.

—Aún puedes cambiar de opinión sobre los estudios —dice mi madre con una benevolencia forzada—. Puedes asistir a clases de formación profesional en otoño o incluso intentar acceder a un grado universitario en el segundo cuatrimestre. Tienes varias opciones, Tilly. No me gustaría que malgastaras tu potencial.

—Ya ni siquiera las carreras garantizan nada —añade mi padre, que me mira por el espejo retrovisor—. Vas a pasarlo mal toda la vida si no tienes estudios superiores.

—Ya. Total, ¿qué más dan la inmensa deuda para pagar la universidad y la gimnasia mental a la que voy a tener que someterme? —susurro para mí.

—¿Qué has dicho?

—Que sí, que vale, mamá.

Apoyo la frente contra la ventana. Hemos tenido esta misma discusión pasivo-agresiva más veces de las que recuerdo este último año.

No estoy hecha para la universidad, y punto.

He sacado notas mediocres en el instituto, pero he tenido que esforzarme tanto para sacar esas notas que casi me exprimo el cerebro. No había forma de que me concentrara en los números, las ecuaciones, los principios científicos y el nombre de tipos blancos muertos, porque, la verdad, ¿qué más da? Tener que estar sentada, esforzándome por escuchar las parrafadas de los profesores, en ocasiones me causaba dolor físico. En cuanto dejaba por un momento de poner todas mis energías en concentrarme, mi cerebro se ponía unos patines y se largaba a pasear a tierras ficticias y a bailotear con las palabras, mientras mis manos, no sé cómo, les seguían el ritmo a mis ideas aleatorias y garabateaban con ferocidad en el cuaderno.

En más de una ocasión, ha habido profesores que me han llamado la atención por estar distraída y han conseguido humillarme delante de la clase al preguntarme si querría hacer el favor de volver al planeta Tierra en vez de seguir en dondequiera que estuviera. Siempre sentía el inevitable siseo de las risas de mis compañeros como un millar de agujas en la piel, mientras me goteaban por los poros la vergüenza y la humillación.

Hacía, por así decirlo, el mayor de los ridículos.

La única asignatura en la que no me sentía torturada era en Literatura Avanzada. Siempre era capaz de sumirme en las obras de otros. Por eso sé que quiero ser escritora. Quiero brincar entre metáforas y deleitarme en las hipérboles. Quiero que la gente sienta, viva y disfrute gracias a mis historias.

Y quiero serlo sin tener que ir a la universidad.

Pero explicárselo a mis padres genera una reacción peor que si les contara que me dedico a reventar gatos a patadas por diversión. Y todo lo empeora el que Mona, la perfecta, estudiara en una universidad perfecta, y que fuera la mejor de su clase perfecta, y bla, bla, bla. Mona ha puesto el listón tan alto que ni siquiera lo rozo con la yema de los dedos, por mucho que salte y me esfuerce.

Por fin tomamos la salida de la autovía al aeropuerto y, cuando llegamos a mi terminal, me bajo del asiento de atrás como un perrete que acaba de llegar al parque. No puedo evitar brincar en mi sitio mientras observo el movimiento que me rodea, el rumor de las ruedas de las maletas sobre la acera y el sonido de las puertas automáticas que se abren y se cierran cuando los viajeros se dirigen hacia su próximo destino. Estoy tan emocionada que tengo ganas de potar.

—Intenta mantener la organización en los hoteles —dice mi padre, que saca mi maleta a reventar del maletero y me la entrega—. No abras la maleta y lo dejes todo por ahí tirado o vas a acabar olvidándote algo en cada país.

—Está bien —digo mientras acepto la mochila que me ofrece mi madre y cojo la maleta de mi padre.

La verdad es que sí noto una punzada de tristeza por marcharme. Por muy loca que me vuelvan mis padres, voy a echarlos de menos.

—Y que Tilly Tornado se quede en Estados Unidos, anda —dice mi madre, que me da un abrazo—. No queremos que pierdas nada importante.

Se me abre un agujerito diminuto en la burbuja de entusiasmo. Al oír el fabuloso apodo, ya no me da tanta pena marcharme.

—Os quiero —digo, y les doy a mis padres un beso más en la mejilla antes de volverme y caminar hacia las puertas automáticas de cristal, que marcan el inicio de mi gran aventura.

—¡No pierdas nada! —repite mi madre mientras yo franqueo las puertas y recibo la bofetada del gélido aire acondicionado.

—¡No se me va a olvidar nada! —digo hacia atrás mientras me despido con la mano antes de dirigirme hacia el control de seguridad.

Capítulo 3
Lanzamiento fallido

—TILLY—

M e he olvidado de la maleta en el control de seguridad.

Te juro que no ha sido culpa mía, pero es que, entre los empujones, mientras intentaba tener bajo control las zapatillas, la mochila y el teléfono y a la vez me inundaba el sonoro caos del aeropuerto, sumado a lo mucho que me excita todo, es posible que haya cometido el minúsculo error de dejarme la maleta en el control de seguridad.

—Se me ha escapado de la mano —le digo a la guardia de seguridad, que me mira con una expresión anodina—. Iba andando tranquilamente, con las manos sudorosas, porque anda que no hace calor aquí, cuando, ¡zas!, se me resbala la maleta y no sé si es que el aeropuerto está construido en pendiente o qué, pero ha vuelto aquí y por eso…

—Te la has dejado en la cinta —dice la mujer, que apunta con una sacudida de la cabeza hacia la máquina de rayos X.

—Pues… eh… ¿Ha oído usted hablar de la levitación?

La mujer pone los ojos en blanco.

—Acompáñame.

La sigo y me pide que me pare ante una gran bandeja metálica, sobre la que arroja mi maleta a reventar como si fuera un pedazo de carne.

Y entonces procede a hacer lo impensable.

Se pone unos guantes de látex, me abre la maleta y empieza a sacar cosas de ella.

A la vista de todo el mundo.

Y empieza, cómo no, con la ropa interior. Tampoco es que pudiera empezar con otra cosa. Saca puñado tras puñado de bragas de algodón y las coloca en la mesa, junto a la maleta rosa chillón. Hace un montón tan grande que me entran ganas de morirme. Pasa junto a nosotras un flujo interminable de personas y más de una vez se paran a volver a mirar el Everest de ropa interior que está creciendo sobre la mesa.

Lo siguiente es, alegría, mi suministro de tampones. Los va sacando caja por caja y construye una pequeña barricada en torno al monte Fruit of the Loom.

Después de lo que se me antojan horas hurgando en mis posesiones (inexplicablemente, es capaz de dejar todas las camisetas y vestidos en la maleta para que la ropa interior atraiga todas las miradas), me deja marchar con la firme advertencia de que no vuelva a dejar la maleta desatendida. Después de esta experiencia, me siento tentada a no volver a viajar con maleta durante el resto de mi vida.

Corro hacia mi puerta cual murciélago que acaba de escapar del infierno. No está siendo la experiencia de lujo en el aeropuerto que me había imaginado. No he podido sentarme en un restaurante carísimo y pedirme crema de espinacas y alcachofas como los adultos maduros. No llevo un café con hielo en la mano mientras me dirijo hacia mi puerta de forma sofisticada y moderna. No he examinado con detenimiento las tiendas del aeropuerto ni me he comprado revistas de moda de páginas satinadas que hojear durante el vuelo. No he echado atrás la cabeza ni me he reído intrigada con las palabras de un atractivo desconocido ni una sola vez.

En vez de eso, mientras me dirijo hacia el mostrador de mi puerta, estoy sudorosa y agotada, y puede que pierda el vuelo porque he estado corriendo en dirección contraria durante quince minutos antes de percatarme y darme la vuelta.

—Respira tranquila, cielo —dice la azafata de tierra, que me sonríe aterrada—. Vamos con un poco de retraso, así que llegas a tiempo.

Le doy las gracias sin aliento, con la respiración agitada de tanto correr, y franqueo torpemente la puerta para acceder a la pasarela que lleva al avión.

Cuando entro en la aeronave, me saluda una guapísima azafata de pintalabios rojo oscuro y un magnífico acento británico. No puedo evitar emocionarme al darme cuenta de que en mi destino estaré rodeada de acentos preciosos.

Me dirijo hacia el fondo del avión y meto la maleta en el compartimento superior junto con lo poco que me queda de fuerza tras haber corrido una maratón por el aeropuerto. Entonces me derrumbo en el asiento de ventanilla de la fila veintisiete.

Respiro hondo e intento calmar mi sistema nervioso, que es un hervidero.

En ese momento, sonrío.

Ya está. El mejor momento de todos. El que me va a cambiar la vida para siempre.

Apoyo la frente contra la ventanilla; el corazón me late con fuerza de la emoción. Tengo ganas de despegar, de dejar atrás el suelo, mi anterior vida y mis problemas. Tengo ganas de…

—Estás en mi sitio.

Mi bucle de pensamientos se ve interrumpido por una áspera voz de acento británico. Giro bruscamente la cabeza hacia el pasillo y me encuentro con un largo par de piernas con pantalones sastre negros.

Frunzo el ceño; por instinto, no me fío de quien no lleve pantalones elásticos en el avión. Son todos unos monstruos. Pero, cuando subo la vista por una camisa también negra y de vestir y llego hasta un rostro tan hermoso que me entran ganas de morirme, decido que este atractivo desconocido es la excepción. Alguien tan guapo tiene que ser un ángel.

Si los ángeles fueran de negro y tuvieran la nariz afilada, una mandíbula tan marcada que podría cortar cristal y una mirada severa de desaprobación. Tendrá que ser un ángel caído.

—¿Qué? —logro espetar sin apartar la vista de su atractivo rostro.

Voy a ser sincera: los imbéciles de mi corazón y mi cerebro siempre han acumulado una acalorada tensión con literalmente cualquier persona de más o menos mi edad en el aeropuerto, pero este chico… En fin, llamándolo guapo me quedo corta.

El tío bueno… Un momento, ¿«tío bueno»? O igual en el Reino Unido lo llaman de otra forma. ¿Macizo? ¿Buenorro? ¿Pibón? A fin de cuentas, estoy intentando tener más cultura.

El pibón tiene el pelo cobrizo oscuro, que le cae en ondas sobre la frente. Los ojos de color marrón claro como la miel están enmarcados por unas pestañas frondosas y oscuras. Con los dedos largos se da golpecitos rítmicos contra la pierna, mientras fija la vista en algún punto en torno a mi hombro izquierdo.

—Es mi sitio —repite—. Y estás en él.

—Ah.

Me muerdo el labio inferior, con la esperanza de parecer encantadora y entrañable. Habría jurado que tenía asiento de ventanilla. Y por «jurado» me refiero a que ni lo miré, pero lo di por hecho porque ¿cuál es la gracia de volar si no puedes mirar las nubes y perderte por completo en tus ensoñaciones?

—¿Te importaría cambiarme el sitio? —pregunto—. Es que me gusta mucho sentarme en ventanilla.

El pibón me mira a los ojos por una décima de segundo, antes de volver a posar la vista en mi hombro.

—No. —Pausa—. Gracias.

Lo miro atónita, boquiabierta. Pues… ya estaría, se ve. Pues vale. Vale. Vale. El buenorro taciturno no se anda con tonterías cuando de asientos se trata y no le hace ninguna gracia. Y la verdad es que me ha cortado totalmente el rollo y ahora tengo que pasarme diez horas sentada a su lado. Me encanta.

Me levanto con dificultad del asiento y me desplazo al de al lado, mientras alzo del suelo la mochila, que, para mayor incomodidad, se queda enganchada en todos los puntos en los que es humanamente posible. Intento ceñirme contra el asiento de pasillo para dejar espacio para que pase el pibón, pero este sigue a la espera, aún dando golpecitos con los dedos.

Tras lo que se me antoja una incómoda eternidad, los dos hacemos un gesto de la mano para indicarle al otro que se mueva, yo hacia su asiento y él para pedirme que me levante. Creo que a los dos nos pillan por sorpresa los gestos, porque a continuación nos movemos, vacilantes, hacia delante y hacia atrás, como gallinas picando grano.

El chico abre los ojos como platos, como si estuviera enfrentándose a un gato salvaje, y yo frunzo el entrecejo mientras la vergüenza me calienta las mejillas. Me levanto en dirección al pasillo para darle más espacio, pero, a la vez, el pibón decide adentrarse en la fila de asientos.

Y me golpeo la frente contra su mandíbula perfectamente marcada.

—¡Agghrrrhhjh! —protesta, echando la cabeza hacia atrás.

Entonces me ceden las rodillas y me desplomo sobre el asiento de pasillo, y me llevo las manos a la frente.

No es que la mandíbula pudiera cortar cristal: es que podría haberme abierto el cráneo en dos. ¡La leche, cómo duele!

Noto como si el avión se hubiese quedado en silencio, como si se hubiese detenido el tiempo, mientras me sostengo la cabeza, que me late de dolor, y el pibón me contempla desde arriba con una mirada que imagino de rotundo espanto.

Finalmente pasa junto a mí, dobla las largas piernas para sentarse en el asiento de ventanilla y deja la mochila negra en el suelo, junto a sus pies. Me da ligeramente la espalda; los dos seguimos con la respiración algo agitada tras el incidente.

—Cómo duele —dice al fin el pibón, mirando por la ventana con el ceño fruncido y frotándose la barbilla.

Lo miro fijamente, boquiabierta; no me lo puedo creer. Habla como si fuera mi culpa.

—¿En serio? Porque a mí no me duele nada la cabeza —espeto—. Gracias por preguntar.

Se vuelve hacia mí, mirándome como si se hubiera olvidado de mi presencia. Siento cierta satisfacción al ver que se le sonrojan las mejillas y esboza un gesto avergonzado.

—Te está saliendo un chichón —dice frunciendo el entrecejo cuando se acerca para verme mejor la frente—. Deberías ponerte hielo —añade con total naturalidad mientras se vuelve a erguir en su sitio. Entonces asiente con seguridad, como si acabara de resolverme todos los problemas, y se vuelve hacia la ventanilla.

A estas alturas, me llega la barbilla al suelo del avión, y sigo mirándolo fijamente.

Vamos, hay que jorobarse. ¿Me golpea en la cabeza con esa mandíbula afilada y preciosa que tiene y me dice que me ponga hielo? Ni siquiera me ha preguntado si estoy bien. De pibón nada. Más bien... cabrón. O mamón. O cualquier otro sinónimo de «gilipollas».

Resoplo, me cruzo de brazos y clavo la vista en la polipiel agrietada del asiento de delante.

Llámalo clarividencia o intuición, pero me da la sensación de que este va a ser un vuelo muy muy largo.

Capítulo 4
Contacto visual y otras cosas difíciles

−OLIVER−

Sigo notando la mirada de mi peculiar vecina clavada en mí. Siempre noto cuando la gente me mira y casi todo el tiempo me resulta de una incomodidad horrible. Hay unas pocas personas a las que nunca me ha costado mirar a los ojos, como mis madres o mi hermana, y aún menos con las que he llegado a estar cómodo con el paso del tiempo. Pero, por lo general, mirar a los ojos a los desconocidos me pone los pelos de punta y, de lo intenso que es, noto como si se me saliera el alma del cuerpo.

Los profesores siempre intentaban obligarme a que les aguantase la mirada, ya que, según ellos, así practicaba mis habilidades sociales, y siempre acababa llorando, cerrando los ojos con fuerza y llevándome las manos al pecho, como si se me fuera a salir el corazón.

Mis madres le pusieron fin en cuanto se enteraron.

—No tienen derecho a hacerte sentir incómodo por tener que adaptarte a su concepto de lo que es lo apropiado —me dijo mi *mãe*, con las manos en mis mejillas—. No hace falta que mires si no te apetece, *amorzinho* —añadió, y me dio un beso. Aunque hacía años que se había mudado de Lisboa a Londres, siempre se le escapaban términos cariñosos en portugués.

Así que, siguiendo los consejos de mi *mãe*, evito el contacto visual la mayor parte del tiempo. Así estoy más cómodo interactuando con la gente.

Sigo centrándome en lo que veo desde la ventanilla mientras los pasajeros van y vienen dentro del avión. La verdad es que estoy triste por tener que marcharme de Cleveland. Aunque no estaba muy seguro de lo que podía ofrecerme Ohio antes del viaje, las dos semanas que he pasado de becario entre comisarios y diseñadores de las exposiciones del Museo de Arte de Cleveland han sido increíbles.

Cada vez es mayor el rumor de fondo del avión, que ya recorre las pistas, y aprieto los dientes. Este es el peor momento del viaje. No sé cómo es posible que los neurotípicos hagan caso omiso del zumbido ensordecedor de la electricidad en espacios como aviones, cocinas o… casi en todas partes, cuando a mí la disonancia me pone los nervios de punta. Empiezo a mover la pierna y a dar golpecitos con los dedos sobre el lateral de los muslos, para centrar toda esa energía en el movimiento.

Alcanzo la mochila, saco los auriculares y me los pongo, y mi cerebro suspira aliviado ahora que se ha amortiguado el estruendo. Aún oigo parte del rumor estático, pero es mucho mejor así, y fijo la vista en el exterior y me sumerjo tranquilo en los colores.

Me propongo encontrar el nombre de todos, mi manera favorita de calmar el cerebro que no deja de pensar. Los enormes postes de la pista son Pantone 15-1360, Shocking Orange; el chaleco de quienes se desplazan por el asfalto en pequeños vehículos es 13-0630, Safety Yellow. También hay colores más relajantes, azules oscuros y marrones suaves, y todos crean una armonía que me calma las extremidades.

El avión toma una curva y coge velocidad. Entonces veo las franjas negras de alquitrán difuminarse en un precioso continuo contra el asfalto gris mientras recorremos a toda velocidad la pista.

Despegamos y me acerco aún más a la ventanilla, por la que veo el mundo pasar de grande e imponente a una suave paleta de colores.

Las carreteras se convierten en una telaraña en miniatura a medida que vamos ascendiendo y las arterias de la ciudad se entrelazan hasta dar paso a bloques de campos de color verde exuberante y marrón dorado. Es un día perfecto para volar, en el que puedo ver el paisaje extenderse por debajo de mí como una manta de colores que no desaparece hasta que llegamos a las nubes borrosas.

Todo se vuelve blanco cuando nos adentramos en la capa de nubes. En estos tramos siempre contengo la respiración. Es cautivador y aterrador estar rodeado de la culminación de todas las tonalidades; la intensidad de aquello que hace que el mundo tenga color, combinado para crear la luz y la nitidez que es el blanco.

Y entonces, justo cuando creo que voy a perderme entre las nubes, en el océano infinito en el que existen todos los colores a la vez, salimos al azul brillante. Hoy el cielo corresponde al Pantone 2190, un azul claro, delicado, intenso. Decido que me gusta.

Cojo el móvil y le hago una foto al ancho mar del cielo, con delicados algodones blancos que acolchan el mundo que tenemos debajo. La publicaré cuando aterrice.

—Ostras, qué buena es la cámara de tu móvil.

Me sobresalto; lo cerca que ha sonado la voz y la respiración que me roza la nuca me sacan de mis pensamientos y me devuelven a mi asiento. Se me escapa el teléfono de la mano e intento atraparlo con torpeza, golpeándolo varias veces en su recorrido por los aires. Entonces me cae de canto sobre el puente de la nariz y protesto antes de llevarme las manos a la cara, con la esperanza de que no me haya hecho sangre.

—Mierda, lo siento —dice mi vecina, en cuya potente voz se percibe pánico. Se inclina hacia mí e invade mi espacio aún más—. ¿Estás bien?

Los auriculares le amortiguan las palabras, pero, no sé cómo, el tono de su voz termina atravesándolos. Me los bajo.

—Sí, estoy bien —mascullo mientras trato de contener, parpadeando, las lágrimas de dolor.

—¿Seguro? Porque ha sonado un crujido cuando se te ha caído el móvil sobre la nariz.

Me siento tentado a decirle que me preocupa de verdad la posibilidad de acabar este vuelo lisiado de por vida por su culpa, pero me da la sensación de que no es la forma más educada de comunicarlo, así que refunfuño en respuesta.

Tras una pausa más, vuelvo a notar que me mira fijamente.

—¿Seguro que estás seguro de que estás bien? —susurra—. Porque puedo pedir hielo.

—Por favor, deja de preguntarme —consigo decir, mirándola por un segundo.

La chica se estremece como si acabase de darle una bofetada. Me observa atónita y, por extraño que parezca, mi mirada se detiene en sus ojos. Aunque a esto no lo llamaría contacto visual, no. Es más bien un… análisis. Sus iris son de un fascinante color gris, eléctrico como la parte inferior de las nubes de tormenta iluminadas por un relámpago. Pantone 536, creo.

—¿Cómo te llamas? —pregunta.

Por fin consigo desprender los ojos de la intensidad de su mirada y los clavo en un lugar seguro, en su mejilla.

—Oliver —digo.

Se produce una pausa.

—Oliver —repite, como si quisiera probar cómo suena mi nombre en sus labios—. En fin, Oliver, yo me llamo Tilly, y creo que es posible que el viaje no haya empezado de la mejor manera posible.

No digo nada en respuesta porque es bastante evidente que es así. Noto que le nacen manchas rosadas en las mejillas, en el silencio que se alarga. Creo que tendría que llenarlo con una conversación banal, pero preferiría literalmente verterme un jarro de agua hirviendo sobre la cabeza que tener que gastar mi energía en conversaciones que no llevan a ninguna parte.

—En fin —dice, agitando las manos y haciéndolas planear en lo alto—, imagino que los dos tenemos que... eh... guardar la compostura en este asunto particular, ¿cierto? —dice en un horrible intento de, imagino, poner acento británico.

—¿Perdón?

Tilly se lleva las manos a la garganta como si quisiera impedir la cháchara que no para, pero sigue hablando con el mismo acento.

—Ya. Entiendo. Te estaba tomando el pelo —continúa, ahora con un acento más cercano al... *¿cockney?* ¿Qué narices está haciendo?

—¿Qué narices estás haciendo? —espeto. No entiendo esta conversación. Pero nada—. No estás haciendo bien el acento que quieres hacer.

A Tilly se le tuerce el gesto.

—Porras —dice, y deja caer la cabeza contra el respaldo antes de cruzarse de brazos.

—Ahora lo has hecho bien —digo transcurrido un rato.

Tilly parpadea y se vuelve hacia mí, con una sonrisa en la cara. Me cuesta mantener el control de la situación. En este preciso momento me doy cuenta de que esta desconocida tan peculiar está bastante... buena.

Es un estudio sobre los colores apagados. Labios de color rosa empolvado. Subtonos oliváceos en la piel. Cejas oscuras y marcadas. Nariz respingona con la punta rosada. Todo complementado por un cabello negro como la tinta recogido en dos moños informales en lo alto de la cabeza.

Pero lo que me resulta más fascinante de ella son las tres marcas de nacimiento juntas en lo alto de la mejilla izquierda. Veo que cada una tiene una pigmentación algo distinta, y me entran ganas de acercarme e identificarlas.

Pero también sé que para los desconocidos sería un acto extraño y nada apropiado, así que contengo las ganas y me vuelvo a poner los auriculares y a girarme hacia la ventanilla.

Contemplo el cielo y disfruto de la tranquilidad. Absorbo su azul. Analizo sus matices.

Pero menos de un minuto después noto que me tocan el hombro. Me vuelvo y me está mirando Tilly, con esos ojos redondos, como de búho. Me quito los auriculares.

—¿Sí? —pregunto.

—Tienes unos cascos muy chulos —dice.

Es... verdad.

—Sí, gracias —digo—. Con cancelación del ruido —añado antes de volver a ponérmelos y girarme hacia la ventanilla.

Apenas me ha dado tiempo a regresar a mi tregua cuando vuelven a tocarme el hombro.

—¿Sí? —digo, esta vez levantándome solo un auricular.

—Eh... si tienes que ir al baño o algo, dímelo —asegura Tilly, señalando con un gesto hacia el pasillo—. Y me... eh... muevo.

—Ya.

¿Qué otra opción tiene? ¿Impedirme el paso?

Me pongo los cascos (otra vez) y me vuelvo hacia la ventanilla (otra vez).

Y, dos segundos después, me tocan el hombro. Otra vez.

Va a ser un vuelo muy largo.

Capítulo 5

Un vuelo desde el infierno y mi vecino es Satanás

−TILLY−

Voy a contarte una anécdota: los vuelos de diez horas y el TDAH no se llevan bien. Voy por la quinta hora de esta tortura y estoy bastante cerca de perder por completo la ya inexistente calma. Se me había olvidado el ruido que hacían los aviones, pero es un ruido muy raro, como en silencio. Hay un rumor y una vibración constantes y complejos, que me dan ganas de rechinar los dientes y hacen que el cuerpo entero quiera moverse y brincar. Es de esa clase de ruidos que una no se da cuenta de que está oyendo, pero que le llega hasta el alma.

Tras dos horas de intentar hablar con Oliver para tratar de ahogar el ruido de fondo, al fin me rindo. Ha sido como el equivalente verbal a sacarme yo misma una muela.

«¡Joder, pibón! Dame conversación para que no se me deshaga el cerebro por falta de estimulación. Por cierto, eres muy atractivo y sería una tragedia moderna que los dos nos bajásemos de este avión sin dar inicio a una relación romántica que acabe dando lugar a una película original de Netflix».

Pero, por desgracia, no he conseguido que se quite los cascos el tiempo suficiente como para que se le caigan los pantalones con mi encanto. De forma figurada y literal, claro. He podido dormir una hora, más o menos, pero ya vuelvo a estar activa e inquieta y con la sensación de que mi cerebro está dando saltos mortales dentro de mi cráneo del aburrimiento.

Por suerte, van a servir la comida, porque estoy muerta de hambre. La azafata recorre el pasillo y se detiene en nuestra fila.

—¿Pastel de carne o hamburguesa, cariño? —me pregunta con una afectuosa sonrisa.

—Hamburguesa, por favor —digo—. Y un Sprite. Y extra de kétchup, si no te importa.

La azafata asiente y me entrega la bandeja de plástico negro, la bebida y dos bolsitas de kétchup.

Ay, Dios.

—¿Podrías darme más bolsitas de kétchup? —pregunto antes de que vaya a preguntarle a Oliver por su elección.

La azafata me mira atónita y clava la vista en las dos bolsitas que ya me ha dado.

—Claro —dice; coge una bolsita más del carrito y me la entrega.

¿Una? ¿Solo una bolsita más? ¿Es que van justos o qué?

—Perdona —digo con una voz dos octavas más aguda, casi como un chirrido. Me da alergia tener que pedir nada relacionado con la comida, pero a la vez se ve que soy incapaz de vivir sin lo que sea que esté pidiendo—. ¿Podrías darme más bolsitas?

La azafata frunce el ceño.

—Vale —parece que le cuesta decir.

Y me entrega UNA más. Perdón por ser un monstruo que quiere que la hamburguesa y las patatas le sepan solo a kétchup, pero, jolines, ¿por qué eres tan tacaña? Si te pido más bolsitas, dame mínimo tres.

Vuelvo a abrir la boca, pero la azafata me interrumpe.

—Venga ya —dice con los ojos como platos—. ¿Más?

—Lo siento mucho —digo, con el cuello sudoroso—. Es que... Mira, ¿podrías darme un puñado grande? O... ¿un platito pequeño? Sé que es una cantidad ofensiva de kétchup, pero ¿tenéis normas que os impidan dar más cantidad? ¿Tengo que pagar más? Perdón por ser tan molesta, pero es que…

La azafata coge dos puñados de bolsitas de kétchup y me las deja sobre la bandeja desplegada.

—¿Te vale con esto? —pregunta con un acento cada vez más evidente y mirándome con odio.

¿Acaso me merezco que me mire así? A ver, es verdad que le estoy pidiendo una tonelada métrica de kétchup, pero ¿qué más da? Todo lo sucedido se transforma en vergüenza, que me sube a las mejillas y al pecho.

Asiento.

—Gracias —susurro.

—¿Y tú? —dice la azafata mirando a Oliver, que observa la escena con la cabeza ladeada.

Oliver la mira sorprendido.

—Yo también voy a querer la hamburguesa —dice.

—¿Necesitas más kétchup? —pregunta con sarcasmo velado.

Oliver parece planteárselo en serio.

—¿Te importa si te cojo un par? —me pregunta Oliver.

Hago una breve pausa, dispuesta a sentirme ofendida por la debacle del kétchup, desproporcionada hasta el absurdo, pero me doy cuenta de que no se está burlando de mí. De verdad me lo está preguntando.

Asiento y le paso un puñado de bolsitas rojas antes de arrellanarme en mi asiento.

Cuando la guardiana del kétchup deja atrás al fin nuestra fila, me yergo y me dispongo a comer. Abro bolsita tras bolsita y vacío el contenido en la hamburguesa con patatas.

Entonces le doy un buen mordisco, feliz por tener al fin algo que hacer.

A veces comer es como una afición. Sí, hay que comer para alimentarse, pero no es solo eso: comer es divertido. Comer me ayuda a prestar atención y me calma las ideas, siempre en movimiento. Hubo una época en que intentaba picotear algo en clase para estar concentrada, pero los profesores se pillaban unos buenos cabreos. Se escandalizaban tanto cuando comía palitos de zanahoria que podría parecer que estaba haciendo un estriptis subida al pupitre.

La hamburguesa es bastante asquerosa, con una viscosidad que corre el riesgo de provocarme arcadas, así que añado una bolsita más de kétchup a la carne para tratar de comérmela.

En el siguiente mordisco, un sonido húmedo, como un chapoteo, precede a la sensación de que se me ha caído algo sobre el pecho. Cierro los ojos, rezando para que no haya pasado lo que creo que ha pasado.

Me obligo a abrir un ojo y, cómo no, tengo una gota de kétchup del tamaño de un puño resbalándome por el pecho, que va dejando un trazo rojísimo en la camiseta blanca.

Se me escapa un chillido de horror que ni los de Moira Rose y casi tiro la bandeja con la comida. Noto que Oliver pega un brinco a mi lado al oírme, y me vuelvo hacia el pasillo como si pudiera esconder la masacre que tengo en la camiseta.

—Su puta madreeeee —protesto; cojo la servilleta más fina del mundo del paquete de los cubiertos y la mojo en el Sprite. Es lo que hacen los adultos, ¿no? Mojar la punta de la servilleta en una bebida incolora y frotar la mancha sin parar.

El problema es que la inmensa cantidad de kétchup que me ha caído en el pecho ha convertido la mancha en un charco rojo que cada vez penetra más en el tejido.

—Me cago en todo —digo cuando la servilleta se me disuelve en la mano.

Desesperada, miro a Oliver, que me observa con los ojos como platos del pánico, una mirada a la que ya estoy más que acostumbrada, a pesar de conocerlo desde hace solo unas horas.

—¿Me prestas la servilleta? —digo, ya alargando la mano hacia ella y abriendo el paquete de plástico con los dientes.

Procedo a mojar el centímetro cuadrado de papel que hacen pasar por servilleta en el Sprite, pero una turbulencia hace que mi brazo se mueva hacia delante y tire el vaso (y la hamburguesa y mil bolsitas de kétchup) y también hace que invada el espacio de Oliver y tire también todas sus cosas sobre los dos.

—¡Joder!

Oliver se pone en pie de un salto y, al hacerlo, se golpea las rodillas contra la bandeja y la cabeza contra el techo. Una mancha húmeda y oscura se le extiende por la camisa y la entrepierna, y yo lo observo como quien mira un choque de trenes.

—Perdón —dice bruscamente, gateando por encima de mí para intentar salir de la fila de asientos.

Una vez que se ha desenmarañado, alarga la mano por encima de mí (de paso me propina un puñetazo accidental en la teta y se mancha el brazo de kétchup) para coger la mochila y tirar de ella hacia sí. Corre como loco hacia el baño, unas cuantas filas por detrás, y lo cierra de un sonoro portazo.

Me quedo inmóvil por un instante; el caos total del último minuto no deja de darme vueltas en el cráneo cual enjambre de mosquitos agresivos. Entonces refunfuño y escondo la cara entre las manos, mientras la mancha de kétchup se expande como la sangre por la camiseta, que, a estas alturas, es prácticamente transparente y la tengo pegada al cuerpo.

Me planteo intentar coger una muda de ropa de la maleta que tengo arriba, pero para ello tendría que sacar, una vez más, el exagerado montón de ropa interior en un entorno demasiado público.

Si estuviese dentro de un tebeo, tendría un bocadillo de pensamiento lleno de signos de puntuación y de un uso agresivo de la letra jota.

Pasados unos minutos, aparece la pierna de Oliver en mi campo de visión. Le echo un rápido vistazo a la entrepierna (por puro altruismo, para ver si se le está secando la mancha) y me doy cuenta de que se ha puesto… un atuendo negro casi idéntico. Igual sí que es un Lucifer bien guapo.

Respiro hondo. Estamos en un momento importante. O podemos dejar que la locura sea un punto en común y hacer las paces entre risas o podemos quedarnos callados en silencio por lo terriblemente mal que está saliendo todo.

Lo miro a la cara; tiene gesto de resignación y los ojos cansados. Suspiro y me pongo en pie, y Oliver pasa junto a mí y se deja caer en su asiento.

Pues silencio toca.

Los dos nos quedamos con la vista fija hacia delante por un rato, hasta que pillo a Oliver mirando el reloj.

—Faltan cuatro horas y veintisiete minutos —susurro.

Oliver asiente.

—Creo que está siendo el vuelo más largo de mi vida.

—Aguanta, campeón —digo intentando una vez más poner un lamentable acento británico.

Oliver cierra los ojos lentamente, como si intentase buscar fuerzas, y entonces coge los auriculares, se los pone y me da la espalda.

Capítulo 6

El vómito es la gota que colma el vaso

–OLIVER–

Se acerca el final.

Pero no en sentido apocalíptico de la palabra, a pesar de las muchas veces que lo he deseado en este vuelo, sino porque solo faltan noventa minutos para aterrizar. Seguro que ya ha pasado lo peor.

—Ya debe de quedar poco —dice Tilly, que estira los brazos hacia delante y se retuerce las muñecas de lado a lado—. Qué ganas de levantarme de este asiento —añade mientras sigue retorciéndose para dar más énfasis a sus palabras—. ¿Eres de Londres?

—De Surrey —respondo, jugueteando con los auriculares—. Imagino que tú serás de Cleveland.

Tilly asiente.

—Lo llaman el Londres del Medio Oeste. Tenemos un sello gigante rojo que rivaliza con el Big Ben en importancia cultural —dice haciendo referencia a una mastodóntica estatua de un sello de caucho de quince metros con la palabra «Gratis» en la parte inferior, situada en un parque cualquiera de Cleveland.

La diseñadora para la que he estado trabajando durante la beca me lo enseñó un día de visita por la ciudad. Cuando le pregunté por cortesía qué simbolizaba ese espanto rojo y gigantesco, no supo responderme.

—Ya —digo, asintiendo—. De niño tenía un póster del sello en mi cuarto. Es el motivo por el que he venido a Cleveland.

A Tilly le brillan los ojos cuando se percata de mi intento de sarcasmo. Lo que es bastante aterrador. No suelo bromear ni hablar con desconocidos así, ya que prefiero la seguridad y la comodidad de la gente a la que conozco bien y que sé que me va a entender.

—Al menos espero que hayas podido ver incendiarse el río durante tu estancia. También tiene mucha importancia cultural para Cleveland.

La miro atónito.

—¿Qué?

Tilly bufa y sacude la mano.

—Perdona, es algo demasiado concreto. Se nos incendió el río en los años sesenta o por ahí, y por eso nos llaman el «error del lago». Pero probablemente sea mejor que nadie de fuera se entere.

—Probablemente —me muestro de acuerdo—. ¿Es la primera vez que vienes al Reino Unido?

Tilly resopla con altanería y hace como si se estuviera apartando el pelo del hombro.

—Soy una persona culta y viajada, que lo sepas. —Y termina la frase con un guiño exagerado.

—Ya. Tu escaso consumo de kétchup es un buen ejemplo de tu carácter europeo —digo, y aprieto los labios para esconder una sonrisa mientras miro hacia la llamativa mancha roja de su camiseta.

Tilly se lleva las manos a la cara y protesta, antes de echarse a reír. Me río yo también.

Y es en este instante cuando me doy cuenta de lo... raro que es todo. Me lo estoy pasando bien hablando con alguien. Igual estoy enfermo. Pero decido seguir.

—¿Qué te trae a Lon…?

Me interrumpe un sonido gutural a unos pocos metros de nosotros, seguido de un aterrado…

—Ay… Creo que voy a…

Los dos volvemos la cabeza a la vez en dirección al sonido, como dos animales salvajes que oyen acercarse a un depredador sigiloso.

Un niño con la cara pálida, de unos nueve o diez años, se inclina sobre el pasillo un par de filas por delante. Ya no le veo la cara, pero el sonido estremecedor de quien está vomitando hasta la primera papilla es inconfundible.

Tilly ahoga un grito, levanta la mano y me agarra el brazo. Nos miramos a los ojos, los dos con miedo de mirar a ningún sitio más.

Entonces me llega el olor y siento como si todos los nervios de mi cuerpo se echaran a llorar.

—Ay, no —dice Tilly, con los ojos como platos y el brillo del sudor en la frente.

Tardo un momento en darme cuenta de lo que indica ese «Ay, no».

—Tilly —digo con una voz de pura súplica—. No, por favor, no.

Tilly comienza a negar con la cabeza rápidamente.

—No se puede parar. Estoy vendida.

—¡Aguanta! ¡Aguanta!

—¡No puedo!

Mierda. Ya está.

Sin apartar la vista de mí, Tilly empieza a sentir arcadas.

—Ni se te ocurra —digo, y me levanto de mi asiento.

En una serie de movimientos raudos y bruscos, llevo las manos bajo sus brazos, la levanto como una muñeca de trapo y la giro frente al pasillo, antes de salir en avalancha de la fila de asientos y correr hacia el baño que tenemos detrás.

Con escasos modales y cero elegancia, empujo al hombre que está saliendo del aseo, abro la puerta y le propino a Tilly un no tan sutil empujón antes de volver a cerrar la puerta y, jadeando, apoyarme contra ella.

Debería sentirme culpable por mis maniobras, pero al oír, procedente del otro lado de la puerta, el eco de su vómito, agradezco haberme dado tanta prisa.

Me recompongo dando golpecitos con los dedos en el lateral del muslo por un instante antes de volver a mi asiento, donde aporreo el botón que llama a la azafata.

Tras lo que me parece una eternidad, aparece la azafata de antes con un gesto amargo.

—Espero que no sea para pedir más aliño —dice, antes de percatarse de la ausencia de Tilly.

Niego con la cabeza mientras señalo con discreción hacia el charco de vómito.

—Han tenido un accidente —digo, tratando de no respirar. Los ojos de la azafata vuelven a fijarse en el asiento de Tilly—. Ella no —digo señalando al sitio de al lado—, sino un niño.

La azafata deja escapar un sonoro suspiro por la nariz y cierra los ojos.

—Ahora vuelvo —dice.

Momentos después, veo cómo ella y otra azafata más se apiñan sobre el vómito. Se han puesto mascarilla y guantes de látex y hablan en agresivos susurros mientras señalan el lugar del incidente.

Se ve que una de ellas ha salido perdiendo en la silenciosa discusión y se agacha con un único pedazo de papel absorbente con el que pretende limpiar el vómito. La otra, aparentemente satisfecha con la deficiente limpieza, abre un paquetito de color plateado y vierte café molido sobre el revoltijo. A continuación, cogen una de las finísimas mantas que guardan en el avión, la ahuecan y la colocan sobre el vómito como si fuese un cadáver.

Luego recogen los residuos, se dan media vuelta y se dirigen a la parte de atrás del avión.

—¿No pueden hacer nada más? —pregunto tras ponerme en pie y golpearme la cabeza contra el techo, otra vez—. ¿Una manta? ¿Dónde está el...? No sé. ¿El limpiador de moquetas de avión?

—Aquí no disponemos de lo necesario para limpiarlo adecuadamente —dice la azafata, que me mira con desgana—. De todas formas, falta poco para aterrizar. No te preocupes.

¿Que no me preocupe? ¿Que no me preocupe? No he hecho nada más que preocuparme en lo que llevamos de este viaje a través del infierno disfrazado de vuelo internacional.

Intento buscar las palabras que me hacen falta para seguir discutiendo, pero las azafatas se marchan antes de que pueda dar forma a mis ideas. Me dejo caer en mi asiento y hago como si me golpeara a cámara lenta la cabeza contra el respaldo.

Tras unos minutos, Tilly se arrastra por el pasillo y se deja caer en su asiento.

—¿Estás bien? —le pregunto, con los ojos clavados en la ventanilla y dando golpecitos con los dedos a mi lado.

Tilly se aclara la garganta.

—Tampoco quiero exagerar —dice con una voz más baja que en todo el viaje—, pero me imagino que habrá cadáveres exhumados en mejor estado que yo.

La miro y no puedo asegurar que se equivoque. Lleva los dos moños torcidos y con mechones de punta que le sobresalen en todas las direcciones. Tiene los ojos rojos y la piel grisácea. Llego a la conclusión de que mostrarle verbalmente que tiene razón podría llegar a molestarla.

Así que elijo la opción más segura y cómoda: la de quedarme callado por lo que resta de vuelo.

Capítulo 7

uf

–TILLY–

Por fin aterrizamos y tengo el cuerpo y el alma como si acabara de correr una maratón. Así no era como esperaba que comenzase mi gran aventura europea.

Cuando se frena el avión y el altavoz da la señal que nos permite desabrocharnos los cinturones, me levanto de un brinco y sacudo las piernas y los brazos. Oliver tarda más en alargar las infinitas piernas, y lo veo levantarse y estirar el cuello de lado a lado.

Joder, sí que es guapo: alto y desgarbado, con una energía tranquila pero llena de vida, lo que me hace pensar que, tras una fachada silenciosa, no puede parar de pensar. O lo más probable es que lo esté idealizando de la leche, como suele hacer este desesperado corazón que tengo.

Sin embargo, estoy decepcionada con que este tortuoso vuelo no haya acabado en una aventura amorosa. No sé por qué, pero mi cerebro siempre se acaba enganchando a gente cualquiera y desea como sea conectar con ella, aunque no exista ningún motivo lógico.

Siempre me ha costado relacionarme con la gente de mi edad, y siempre he dicho o hecho lo que no debía por mucho que intentase ser como ellos: me fijo en cómo interactúan entre sí e intento imitarlos sin éxito. Me agota tratar de hacer amigos fingiendo ser quien no soy.

Mientras la gente de la parte delantera del avión comienza a bajarse del vehículo a cuentagotas, me hago hueco en el pasillo, bajo con dificultad la maleta en el escaso espacio que tengo y vuelvo a mi fila de asientos.

Miro una vez más hacia Oliver, que debe de notar que lo estoy observando, pues me lanza una ojeada.

Noto que algo se me remueve por dentro. ¿Será la decisión, quizá? ¿La necesidad desesperada de sacar algo colosal de un vuelo desastroso? Han sido unas diez horas tan terribles que es imposible empeorarlo, ¿no?

¿Lo hago?

Creo que debería hacerlo.

Voy a hacerlo.

¿Para qué me va a servir este verano si no es para tomar el rumbo de mi propia vida? Ya no soy la persona que se obliga a encajar en moldes en los que no cabe. Soy Tilly Twomley, atrevida y descarada, y voy a jugármela con un buenorro al que acabo de conocer en el avión, así que, Dios mío, ayúdame.

—¿Medastunúmero? —digo (más bien grito).

Si las palabras corriesen, las mías acabarían de ganar una medalla olímpica. Casi me reviento la columna vertebral de lo fuerte que me estremezco.

—¿Perdona? —dice Oliver, con la frente arrugada.

Respiro hondo y aprieto los puños junto a mis flancos.

«Tranquila —me digo—. Tú puedes».

—Quería... saber si me podrías dar tu número. De teléfono. O... de WhatsApp o lo que sea. —Un silencio sepulcral—. Porque estamos en... Europa. O lo que sea.

Más silencio.

La leche, qué silencio más largo.

Es un silencio posiblemente peor que la complejidad del ruido de los aviones.

Oliver abre los ojos como platos y separa los labios, unos dolorosos movimientos a cámara lenta que me obligan a verlo procesar mis palabras. Y me mira como si…, en fin, como si no se pudiera creer lo que acabo de decir en voz alta.

Y, mientras el silencio me sigue destruyendo, hago lo único que puedo hacer.

Me doy la vuelta bruscamente y, sin querer, golpeo a Oliver con la mochila a reventar, y salgo corriendo.

A. Toda. Leche.

Recorro volando el pasillo y salto sobre el vómito como una atleta, aparto a la gente de mi camino y les piso los pies con el absurdo equipaje, sin importarme lo más mínimo el caos brutal que dejo a mi paso.

Nunca más voy a volver a ser atrevida. Nunca más voy a volver a echarle morro. Que se lo echen otras, porque yo jamás de los jamases voy a volver a arriesgarme en nada.

Una vez fuera del avión, sigo corriendo por el aeropuerto, con el correspondiente traqueteo de la maleta y la mochila tras de mí. Pero no puedo detenerme. Si lo hago, puede que la gente me vea las lágrimas de vergüenza. Si me paro para recuperar el aliento, tal vez Oliver me dé alcance, aún con la misma expresión de horror en esa carita bonita. Si no salgo de aquí todo lo rápido que sea humanamente posible, puede que lo vea en el control de inmigración o mientras espero a Mona.

Y lo último que me apetece es volver a ver a Oliver.

Capítulo 8
O cafeína o la muerte

—TILLY—

Conseguí pasar por inmigración y encontrar a Mona sin más catástrofes (increíble, ya ves). Tenía tanto *jet lag* del vuelo que, cuando me recogió, no acababa de ser consciente de que estaba en Londres (¡ostras, en Inglaterra!) y me quedé dormida en el sofá nada más llegar.

—Buenos días —me saluda Mona cuando me despierto con el sonido del molinillo de café a toda máquina.

—Buenos días, Momo —digo con un bostezo mientras me incorporo sobre los codos.

Miro a mi alrededor y por fin contemplo su piso, pijo y moderno (o sea, con muchos ángulos y poco contenido). Todo es de color blanco o gris, con muebles minimalistas, y de las paredes cuelgan unos cuantos espejos y obras de arte de metal. Mona es el único toque de color en un entorno desolado y se pasea por el piso con una blusa de color rojo intenso y unos pantalones a juego.

Me levanto del sofá y atravieso los suelos de madera, que también han envejecido con arte, hasta el ventanal. Me detengo frente a él y abro las cortinas con un ademán ostentoso para contemplar el precioso cielo, de intenso color.

O más bien gris y deprimente.

Frunzo el ceño y me estremezco. Es un cielo gris, pero es el cielo de Londres, por lo que es superior a cualquier otro gris.

Apoyo la cara contra el cristal y contemplo el paisaje. Bordea la calle una hilera de edificios de piedra beis. Una mujer mayor pasea a su perro, blanco y peludo, mientras habla por el móvil y… Hala… Me cago en todo… ¿Hay una cabina telefónica roja de verdad en la esquina? ¿A que me desmayo?

—Mamá está enfadada porque no la llamaste al aterrizar —dice Mona, que se acerca a mí por detrás e interrumpe mi especialísimo momento con la cabina telefónica roja.

Pongo los ojos en blanco. No me extraña que esté enfadada conmigo. Siempre encuentra motivos para tener berrinches con todo lo que hago.

—Luego la llamo —digo, volviéndome hacia Mona.

Lleva en la mano, algo apartada del cuerpo, una tacita minúscula de café. Sonrío y alargo el brazo para cogerla.

—Sí, venga —dice frunciendo el ceño, de cejas gruesas y perfectamente arregladas. Qué envidia me da que haya descubierto la forma de cejas que mejor le sienta y la mantenga—. Miedo me da verte con cafeína en el cuerpo —añade, y le da un sorbo al café—. Puedes hacerte una infusión.

Frunzo el ceño.

—Más miedo debería darte sin cafeína en el cuerpo —digo con mi voz más amenazadora.

Mona no me hace caso y da otro delicado sorbo.

—Por favor —le suplico, cambiando de táctica y poniendo la voz aguda y quejumbrosa—. Me ayuda con el TDAH.

Y es verdad. El doctor Alverez me ha dicho que la costumbre de tomar café desde hace unos años es una forma que he encontrado de automedicarme para concentrarme mejor. Sea lo que sea, lo cierto es que necesito café o literalmente pereceré de la manera más dramática y excéntrica posible.

Mona aprieta los labios y me mira de arriba abajo, y yo me retuerzo bajo su mirada.

Mi hermana es objetivamente guapísima: bajita, con curvas y un cabello negro y denso en perfectas capas brillantes en torno a un rostro de rasgos marcados. Pero desprende una perspicacia y una astucia que la hacen aún más bella, como si pudiera derribar hasta a la persona más fuerte con tres palabras bien elegidas y levantando la ceja a tiempo.

—Mejor un término medio: un té negro —dice, y se vuelve hacia la cocina, pequeña pero elegante.

—Eres la mejor —contesto; corro tras ella y le doy un abrazo de oso.

—Quita. Ya sabes que no me gustan los abrazos.

Mi hermana me aparta y la miro con gesto bobalicón para esconder cuánto desearía que le gustasen.

Me prepara el té y le echo tanto azúcar que estoy segura de que mi dentista se está estremeciendo al otro lado del charco.

—Llama a mamá —me presiona Mona, entregándome el móvil—. No quiero que siga dándome la lata cada cinco minutos para saber cómo estás.

Pongo los ojos en blanco y suspiro.

—Perdón por ser una carga tan pesada.

Ahora es Mona la que pone los ojos en blanco.

—No exageres. Pero recuerda que estás en un viaje de trabajo y no puedo pasarme el día sorteando sus llamadas.

—A ver, sé que tienes prioridades, pero este verano pretendía pasármelo bien —digo mientras le escribo a mi madre un mensaje rápido para decirle que estoy bien y que la echo de menos y que tal y que cual.

Mi madre responde al momento con la lista de preguntas más larga del mundo, pero ninguna que muestre interés por si me lo estoy pasando bien ni por cómo fue el vuelo, sino: «¿Te has tomado las medicinas esta mañana?»; «¿Has perdido algo?», y la maravillosa «¿Te parece bien que Mona te controle el dinero para que no te lo gastes todo de una sentada?».

Me parece que voy a pasar de ella.

Mona se termina el café y enjuaga la taza.

—Quería hablar contigo sobre lo que a Amina y a mí nos gustaría que hicieras como becaria.

Protesto y me da un vuelco el corazón.

—Estoy segura de que el trabajo infantil es ilegal —digo mientras soplo el té hirviente para enfriarlo.

—Y yo estoy segura de que tienes dieciocho años y te estamos pagando un viaje gratis por Europa —contraataca Mona, que ladea la cabeza de una forma que me recuerda a mi madre—. Y les prometí a papá y a mamá que intentaría que pudieras incluir este viaje en tu currículum.

—No quiero incluirlo en mi currículum.

Mona limpia la encimera, de un blanco inmaculado, con un paño.

—Bienvenida a la vida adulta. Vas a pasarte el resto de tus días haciendo cosas que no quieres hacer. Que lo disfrutes.

—Esta conversación sirve de práctica, ¿no? —contraataco.

En el rostro de Mona aparece una expresión que podría parecer de dolor, pero me da la espalda antes de que pueda averiguar qué es.

Un hilillo de culpabilidad me revuelve el estómago, pero aparto de mí esa sensación. A Mona es imposible herirla. No tiene sentimientos desde que es empresaria profesional.

—La mayor parte del tiempo, no vas a tener mucho que hacer —dice Mona, con una voz tranquila pero derrotada—. En realidad, cuanto menos molestes, mejor, ahora que lo pienso.

—Genial.

—Pero vas a tener que echarnos una mano. Vas a ejercer de modelo en nuestras páginas de Instagram, Twitter y TikTok —continúa Mona, que se vuelve para mirarme los dedos, que aporrean la encimera.

Esbozo una sonrisa.

—Anda, como hacíamos de pequeñas.

—Sí —dice, y me sonríe con ternura ella también. Mona lleva pintándome las uñas desde que yo llevaba pañales.

Extiendo los dedos y me los observo. No voy a mentir: tengo unas manos la leche de bonitas. Dedos largos y uñas con una forma preciosa. Siempre me han gustado mis manos y por eso hice un trabajazo mental para acabar con la costumbre que tenía de morderme las uñas y las cutículas de niña. Otra forma más de estimularme. Ahora, si me sobreviene un impulso de energía que tengo que sacar de alguna forma, lo hago poniéndome de puntillas. Es normal que Mona quiera mis manos. Son preciosas. Ideales. Incluso perfectas.

—No tengo presupuesto para una modelo de manos profesional, así que tendrá que valerme contigo —dice Mona, que explota mi burbuja—. Será una buena publicidad tenerte enseñando el esmalte en los distintos sitios que visitemos. Voy a reunirme con varios compradores en cada ciudad y será un bonito detalle mostrar el esmalte en territorio conocido. Se le ha ocurrido a mi nuevo becario de diseño.

—¿Becario de diseño? —pregunto, a pesar de mi ego dañado.

Mona asiente.

—Lo contraté hace un par de meses, ha estado trabajando a media jornada a distancia, ayudándonos con la estrategia. Se va a venir con nosotras. Tiene que estar al caer —dice Mona, mirando el reloj—. También mi compañera. Me sorprende que no haya llegado aún.

—¿Estás saliendo con alguien? —pregunto.

Me huelo una pareja sentimental como si fuera un sabueso. Mona es lesbiana y tengo muchas ganas de tener una cuñada con la que llevarme bien.

—Me refiero a mi socia —espeta Mona con demasiada agresividad como para que no haya nada entre ellas, diría yo—. Ya te he hablado de Amina un millón de veces.

Estoy a punto de abrir la boca para insistir sobre el tema cuando se oye una voz ronca de mujer desde la puerta.

—Hola, amores —dice la mujer, que entra en la cocina.

¡La leche! ¡Está tremenda! Pómulos altos y marcados, piel del color del ámbar y ojos oscuros como el café. El cabello le cae sobre uno de los hombros y lleva un vestido de color rosa palo que le abraza las curvas. Las probabilidades de que Mona no esté enamorada de su «socia» son cada vez más pequeñas.

—Tú tienes que ser Tilly —dice Amina, que me sonríe mientras camina hacia mí.

Ostras, ¿me va a dar un abrazo? Si me abraza, va a ser mi persona favorita del mundo. No sé si en el último segundo va a decidir darme la mano en vez de un abrazo, pero me da igual: extiendo los brazos y se lo doy yo.

Amina me devuelve el gesto, balanceándose de un lado a otro en lo que yo diría que es entusiasmo.

—¡Cuánto me alegro de conocerte! —dice tras apartarse, aún agarrándome de los hombros con los brazos estirados, mientras me mira de arriba abajo—. Estamos encantadas de tenerte con nosotras este verano. He oído hablar fenomenal de ti.

No puedo evitar mirar con escepticismo a Mona. Amina se ríe como si yo fuera humorista, y me aprieta los hombros con cariño antes de soltarme y adentrarse en la cocina.

—¿Ha llegado ya el otro becario? —le pregunta Amina a Mona, mientras le desplaza levemente la cadera para llegar hasta la cafetera. ¿Estoy viendo sonrojarse a mi hermana?

—No, pero no creo que llegue hasta las nueve y media —dice mientras mira de nuevo el reloj, que da justo y media en ese instante.

Entonces llaman a la puerta y las tres nos miramos sorprendidas.

—Qué chaval tan puntual —dice Amina, que sonríe mientras le da un sorbo al café.

—Muy buena señal —dice Mona, que se dirige hacia la puerta, pero vuelve a oírse su voz—: Hola, soy Mona. Encantada de conocerte en persona.

Le doy un sorbo al té mientras oigo acercarse sus pasos al otro lado de la esquina.

Y lo siguiente que recuerdo es escupir el té cual elefante feliz dándose una ducha y ponerme perdida (a mí y la alfombra blanca de Mona) de líquido caliente y marrón.

—Joder, Tilly —dice Mona, que se sitúa delante de su becario como para protegerlo de una bala.

De tanto toser, casi se me sale un pulmón por la boca, mientras no levanto la vista de mi peor pesadilla, vestida (una vez más) con elegantes pantalones y camisa negros.

Los ojos oscuros de Oliver recorren de arriba abajo cual pelota de goma mi silueta sin sujetador, con férula dental y con pantalones de pijama muy muy cortos. Arruga los ojos antes de abrirlos de nuevo, mirándome horrorizado por un segundo antes de clavar la vista en el suelo.

—Mierda —gruño—. ¿Por qué tienes que ser tú?

Capítulo 9
La cosa no se puede poner peor

−OLIVER−

Voy a ser el primero en reconocer que es habitual en mí no enterarme de las pautas sociales, con espectaculares resultados, pero la total desesperación de Tilly al verme entrar no es fácil de malinterpretar.

Yo tampoco estoy precisamente encantado de verla. Tras ser la causante del vuelo más peligroso desde el punto de vista físico de mi vida, procedió a ligar conmigo a gritos y, antes de que pudiera siquiera procesar lo que estaba diciendo y cómo debía responder, se marchó corriendo. He recordado una y otra vez la escena en mi cabeza y lo único que se me ocurre es que lo hiciera en broma para burlarse de mí. No sería la primera.

Aprieto la mandíbula, con la vista clavada en mis zapatos. ¿Qué está haciendo aquí? ¿Por qué va en… bragas, parece? ¿O se supone que es el pijama? Son las nueve y media; ponte unos pantalones, por Dios.

—¿Por qué eres tan maleducada? —le pregunta Mona, mi jefa, a Tilly.

—¿Qué hace este aquí? —replica Tilly, señalando hacia mí como si fuera el anticristo. Dios, esta chica sí que sabe dar la bienvenida.

—He venido —espeto; se me ha acabado la paciencia— porque llevo una cuenta de Instagram con mucho éxito sobre diseño moderno y aplicaciones del color, y me han pedido, básicamente, que cree de cero una imagen de marca para esta empresa de esmalte de uñas. Así que creo que una mejor pregunta sería: ¿qué haces tú aquí?

Amina, a la que ya conocía de las reuniones por Zoom, contiene la respiración.

—Tampoco lo llamaría «crear de cero»…

—La cuenta de Ruhe tiene ciento treinta y cuatro seguidores en Instagram y setenta y dos en Twitter. La última vez que lo comprobé, creo que tenía cuatro en TikTok —digo, frunciendo el entrecejo—. Espero que no lo consideréis una buena penetración en el mercado, ¿o sí? —Lo pregunto en serio. Hemos tenido varias sesiones virtuales y correos electrónicos de planificación antes del verano y quiero asegurarme de entender sus objetivos.

Amina y Mona se han quedado con la boca abierta, lo que me hace pensar que debo de haberme pasado de sincero.

En fin.

Al parecer, siempre me paso de sincero. Intento darme cuenta, de verdad, pero ¿para qué voy a tardar cincuenta palabras en decir algo de forma «más amable» cuando puedo llegar a lo mismo en una decena de palabras más concisas?

—¿A que es un encanto? —dice Tilly, arrugando la frente.

—Perdón. Ha sonado… eh… mal.

Mona me mira atónita por un momento antes de cuadrar los hombros.

—Vamos a ver. Pausa. Llevamos solo cinco minutos y parece como si fuéramos dentro de un tren descarrilado que se está despeñando por un acantilado.

—Qué bonito, Mo —dice Tilly.

Mona la mira mal.

—Oliver —dice, volviéndose hacia mí con una sonrisa—. Volvamos a empezar. Es un placer conocerte en persona.

—Estamos encantadas de tenerte en el equipo —dice Amina, que se acerca a mí y me estrecha la mano.

—Esta es mi hermana, Tilly, que te pide perdón por ser tan brusca —dice Mona, que mira a Tilly con cara de estar advirtiéndola de algo. Tilly se cruza de brazos—. Es nuestra otra becaria este verano. Mis padres y yo creemos que es una buena oportunidad para que sepa lo que es la vida antes de empezar la universidad. También va a hacer de modelo de las lacas durante este tiempo.

Noto un cambio en el ambiente, como si Tilly se estuviese apagando físicamente al oír las palabras de Mona; se le caen los hombros y se abraza el vientre.

—¿A qué universidad vas a ir? —pregunto, haciendo lo posible por enterrar el hacha de guerra ofreciéndole la posibilidad de hablar de temas banales a pesar de lo poco que lo soporto.

Tilly me mira con el ceño fruncido, como si acabase de cagarme en sus zapatos.

—A ninguna.

Mona mira con odio a Tilly, que le devuelve el mismo tipo de mirada; en los ojos de ambas hay un matiz seco y mordaz que no logro averiguar.

—¿A qué universidad vas a ir tú, Oliver? —pregunta Mona, sin dejar de mirar a su hermana.

—A la Universidad de Artes —respondo, con un escalofrío de impaciencia que me recorre la columna vertebral hasta las extremidades y que hace que empiece a dar golpecitos con los dedos de la emoción—. Me han dejado diseñarme un doble grado en con el que me graduaré en Fotografía y Diseño Digital para Empresas en menos años de los que tocan, todo centrado en la teoría del color y las aplicaciones psicológicas en marketing y publicidad. Veréis, partirá de los conceptos fundamentales del arte y el diseño aplicados al marketing, pero con estudios sobre el atractivo global frente a las implicaciones culturales de la psicología del color. Porque hasta Pantone, que es toda una autoridad que ha creado un lenguaje universal del color, elige el color del año, ¿no? Y ese color influye en todo, desde los móviles hasta la moda internacional. Pero ¿es posible? ¿Se puede encontrar un único color, o quizá dos, que se puedan implantar en el diseño internacional? ¿De verdad es la mejor estrategia de marca para las empresas? ¿O deberían fijarse en una escala menor cuando ejecuten sus objetivos? Pues resulta que…

En este punto, me doy cuenta de que estoy divagando como un auténtico cretino, y cierro la boca. Lo noto en el entrecejo fruncido de Amina y Mona y por la forma en que mueven de arriba abajo los ojos, como si estuvieran persiguiendo lo que digo. Cubby, mi hermana gemela, me ha ayudado a fijarme en esta pista y me ha advertido de que, para cuando la vea, ya nadie me estará haciendo caso.

—¿Y? —dice Tilly, con la voz más tranquila de lo que le había oído hasta el momento. Miro hacia ella. Tiene la mandíbula algo abierta y los ojos como platos y centrados en mí—. ¿Deberían?

—¿Pe… perdón? —pregunto, pillado por sorpresa.

—¿Deberían implantar una perspectiva a menor escala?

Parpadeo a toda velocidad y abro la boca; en la garganta se me acumulan palabras de entusiasmo, pues voy a contarle mis teorías sobre la cuestión, pero entonces me freno. Parte de tener autismo significa, para algunos, no saber lo que la gente quiere decir de verdad frente a lo que dicen.

He vivido momentos humillantes en los que he confundido el sarcasmo con un interés verdadero y he contado con entusiasmo todo lo que sabía del tema para acabar dándome cuenta de que quienes me escuchaban se estaban echando unas risas a mi costa. En el colegio fue particularmente terrible: me consideraban un bicho raro por hablar sin parar de mi obsesión de turno. Pero he conseguido camuflarlo en la mayoría de las situaciones y ahora normalmente solo me suelto con mis madres, Cubby y mi mejor amigo, Marcus. No sé por qué se me ha escapado tanto delante de estas tres mujeres, que son prácticamente unas desconocidas.

—Da igual —digo, y me paso la mano por la nuca ardiente.

Me arriesgo a mirar una vez más a Tilly, que frunce el ceño. Como si la hubiera decepcionado.

Y no entiendo por qué.

—En fin —dice Mona transcurrido un instante; junta las manos y se mueve para formar un corro entre todos—. Hoy es el comienzo oficial de nuestro *tour* comercial, y de verdad que estoy encantada de teneros a los dos aquí.

Pillo a Tilly mirando con escepticismo a Mona.

—Mañana nos marchamos a París para reunirnos con Toussaint's —dice Mona mientras teclea en el móvil.

Toussaint's es una cadena de boutiques con locales repartidos por todo París y unos pocos en Londres. Buscando en Google me he enterado de que lo visitan tanto residentes como turistas, y Mona me ha enviado un informe que detallaba lo importante que sería tenerlos como clientes. El futuro de Ruhe ni me va ni me viene (me pagan el sueldo mínimo y solo estoy aquí para hacer currículum), pero hay pocas cosas en el mundo que soporte menos que perder, así que necesito que triunfen.

—Me gustaría que dedicáramos el día de hoy a terminar todas las publicaciones en las redes sociales —continúa Mona, mirándome, y yo asiento. Ya he pensado en algunos lugares de Londres, excesivamente coloridos, que podemos usar de fondo para las fotos—. Oliver: Amina y tú podéis hablar de las ideas que tengáis mientras yo le pinto las uñas a Tilly.

—Vamos, equipo —dice Tilly sin entusiasmo y sigue a Mona, que cruza la habitación.

—¿Quieres un café? —me pregunta Amina, que ya lo está preparando.

—Por favor.

Voy a necesitar cafeína en vena para soportar a Tilly. Amina empuja la taza sobre la encimera de la cocina y yo le doy un sorbo al café.

—A ver, Oliver, cuéntame lo que tengas.

Noto cómo la emoción me recorre el organismo y no puedo parar de sonreír. Esto es lo que más me gusta.

Le hablo a Amina de todas mis ideas, trazo la mejor ruta para el día de hoy y le enseño unas cuantas fotos de las ubicaciones para que se haga una idea de lo que tengo pensado. Amina las repasa y se toma su tiempo en analizarlas detenidamente.

—Maravilloso —acaba diciendo, y me dirige una enorme sonrisa—. Sobre todo, me gusta lo de la estación de Gloucester Road: recargada, pero algo ruda, en la que destaque el esmalte. Va a ser perfecta.

Sonrío, aún dando golpecitos con los dedos sobre el lateral de los muslos.

—Exacto. Lo has pillado. Me alegro de haber transmitido bien la idea.

Más bien me alivia muchísimo. Me cuesta transformar en palabras el remolino de mis conceptos y, cuando intento articularlas, me pongo nervioso y salto de idea en idea. Luego me doy cuenta de lo sinuoso que es todo, lo que hace que preste demasiada atención a lo que digo, y entonces se me enreda la lengua y me da la impresión de que me atraganto mientras divago.

Divertidísimo.

—¿Tienes ganas de empezar? —pregunta Amina.

Me lo tomo como una transición a una conversación en la que conocerme mejor y hago que mi cerebro cambie de tema. Estoy en un diálogo con una compañera, así que trato de recordar que tiene que ser interesante, pero lo bastante superficial como para que nadie se sienta incómodo.

—Muchísimas —respondo con sinceridad—. Pero también estoy agobiado, creo. Es mucha información y por fin voy a poder centrarme en lo que me interesa de verdad en vez de perder el tiempo en asignaturas como las matemáticas.

Amina ahoga un grito y se lleva una mano al pecho.

—Yo me andaría con cuidado, becario. Acabas de pronunciar una blasfemia ante una ingeniera; que lo sepas.

Ahí va. La he cagado. Parpadeo a toda velocidad, tratando de averiguar si he ofendido mucho a mi jefa, pero esta vuelve a sonreír y me posa una mano en el hombro.

—Por Dios, era broma. No te preocupes tanto.

Se me afloja la tensión en los músculos del alivio.

—Me acuerdo del verano de antes de la universidad —dice Amina con melancolía, paseándose por la cocina para coger un vaso de agua—. Estaba muy nerviosa. Pero vas a conocer a mucha gente desde el primer día. Vas a hacer algunas de las mejores amistades de tu vida. —Y lanza una ojeada a Mona, en la otra punta de la estancia.

Me encojo de hombros y me acabo el café. Hacer amigos es lo que menos me preocupa de la universidad. Sinceramente, no estoy dispuesto a esforzarme. Ya tengo a un buen amigo, Marcus, con quien comparto piso, y a mi hermana gemela, Cubby, que me escribe el equivalente a cinco amigos. Tengo pocas amistades, pero lo prefiero así. Hacer amigos nuevos exige demasiada capacidad mental —saber cuánto contarle a la gente sin que sea demasiada información, no enterarme de lo que está pasando, dudar de todas las interacciones— y yo prefiero canalizarla en analizar las infinitas repercusiones del color.

—Es el esmalte de uñas más aburrido que he visto en mi vida —nos interrumpe Tilly desde la otra punta de la habitación. Sostiene la mano en alto mientras contempla el color beis arena desde varios ángulos.

Me siento tentado a abrir la boca y decirle que se equivoca, que es un beis precioso que probablemente suscite tranquilidad y una opulenta relajación en las usuarias, pero decido que no merece la pena someterme a su mordaz desacuerdo, sea cual sea.

—Gracias —dice con sarcasmo Mona—. Se llama ¿veis? —añade, poniendo énfasis en el tono interrogativo.

—Al menos tiene un buen nombre —opina Tilly—. Pero ¿de verdad quieres un montón de fotos centradas en este esmalte?

—Tengo un máster —replica Mona, irguiendo los hombros—, así que no pienso aceptar tus consejos. —Se produce una pausa, en la que Mona se observa las uñas—. Y Oliver dice que puede cambiarle el color en Photoshop.

Tilly ahoga un grito, como si Mona acabase de decirle que el papa está coqueteando con el protestantismo.

—¡Pero eso es mentir!

—No. Es una forma eficiente de hacer fotos sin que se te acabe cayendo la piel por culpa de tanto quitaesmalte entre localización y localización.

—Qué hermana tan atenta y considerada —dice Tilly, que estira las piernas y se pone en pie.

Amina intenta camuflar una risita entre la tos y, a continuación, junta las manos.

—Venga, en marcha, chicos —dice—. El tiempo es oro y tal y cual.

—No vas a ir así vestida, ¿verdad? —pregunta Mona, que señala con un gesto de espanto a su hermana, lo que confirma que no solo a mí me... ¿distraen? los cortísimos pantalones de algodón de Tilly.

—Quiero estar orgullosa de ir enseñándolo todo —responde Tilly mientras se dirige hacia su maleta—, de forma literal y figurada.

—Tilly.

—Pues claro que me voy a cambiar. —Tilly coge la ropa y la sacude delante de Mona—. ¿Te quieres tranquilizar?

—No me hables así. Estás a mi cargo —dice Mona mientras persigue, dando sonoros pisotones, a Tilly, que se mete en el baño.

Tilly le responde, pero no la oigo bien, aunque seguramente fuera algo mordaz y sarcástico.

Amina se ríe y me posa una mano en el hombro.

—Va a ser un viaje muy divertido, ¿a que sí?

Trago saliva, con la mirada aún fija en la esquina tras la que ha desaparecido Tilly.

—No tengo claro que vayamos a salir con vida de esto.

Capítulo 10

La cosa se pone peor

—OLIVER—

Cogemos el metro hasta Westminster y Tilly mueve la cabeza de un lado a otro como una paloma entusiasmada durante todo el viaje, con los ojos como platos, como si estuviera tratando de memorizar todos los rincones y recovecos de Londres.

La verdad es que me distrae un poco. Se queda... asombrada con todo. No puedo dejar de mirar cómo lo observa todo.

Tilly decide romper el tranquilo silencio que nos separa cuando cruzamos el puente sobre el Támesis.

—Conque llevas una cuenta de Instagram famosa, ¿eh? —pregunta, aún con la mirada rebotando de punto a punto de la ciudad cual pelota de goma.

Se detiene para asomarse de forma peligrosa por encima de la barandilla para contemplar las aguas turbias. Mona y Amina siguen andando, y noto como si tirasen de mi cerebro en sentidos opuestos. ¿Sigo a mis jefas o hago lo cortés y le doy conversación?

Me aclaro la garganta. Hay algo en su tono que me hace sentir incómodo e irritable.

—Tampoco la llamaría «famosa».

—Qué bien —dice, volviendo a su posición vertical, y sigue andando—. Solo los flipados van por ahí diciendo que son famosos en Instagram. Me alegro de ver que eres una persona humilde.

Creo que me ha piropeado, pero no estoy seguro.

—Pero la cuenta tiene bastantes seguidores, ¿eh? —digo, pues siento la necesidad de seguir hablando. No sé por qué, pero me veo obligado a… ¿impresionarla?

—Creo que me he precipitado —susurra Tilly para sí. Con el mismo pésimo acento británico, por cierto.

—Aunque en parte es gracias a que *Architectural Digest* la sacara en su artículo «Cuentas sobre diseño que debes seguir» —añado; se me escapan las palabras.

Tilly protesta sin contenerse.

—Sí, está claro que me he precipitado.

Entiendo que Tilly acaba de confirmarme como «flipado». En fin. No voy a hacer de menos la emoción que siento por que una autoridad internacional del diseño haya hablado bien de mi página. Lo que pasa es que es la primera vez que me veo inclinado a… presumir de ella. Estoy tan distinto que no me reconozco.

—¿Cómo se llama tu cuenta? —pregunta.

—ColoresdeOliverClark.

—Hala, qué nombre tan ingenioso y creativo.

—¿Cómo se llama la tuya? ¿Princesadelketchup04?

Tilly cierra la boca con tanta potencia que oigo cómo le chocan los molares. Se le sonrojan las mejillas, cálidas y llamativas. Pantone 16-1720, Strawberry Ice. Le sienta bastante bien.

Frunce los labios al mirarme y de pronto me siento mal. No pretendo ser gilipollas con Tilly, pero es que saca lo peor de mí.

—Me cabreo porque como insulto es estupendo, la verdad —contesta al fin, poniendo los ojos en blanco—. Así que enhorabuena y tal.

El aliento nervioso que estaba conteniendo sale con fuerza de mí. Esta chica va a provocarme un aneurisma de lo difícil que es entenderla.

Tilly saca el móvil y se pone a teclear mientras andamos.

—¡La leche! —exclama con los ojos fuera de sus órbitas—. ¡Tienes más de ciento veinte mil seguidores! —Se vuelve a parar en plena acera. A este paso, Mona y Amina se nos van a alejar un kilómetro.

Tilly desliza el dedo por la pantalla del móvil a toda velocidad. De repente, me enseña el teléfono para mostrarme uno de mis *posts* más populares.

Como todos, es un *collage* de cuatro imágenes en apariencia distintas; al pasar a la foto siguiente, se puede ver el código Pantone del color que tienen en común, y las siguientes imágenes muestran la ubicación del color en las cuatro fotos.

Las que me enseña Tilly son de la famosa sonrisa de la Mona Lisa; una hoja a punto de caerse cuyas venas amplía una gota de lluvia; la gata tricolor de mi madre, Luna, tumbada bajo un rayo de sol, y una franja de la costa de Valencia cuyos tejados de tejas bordean el agua clara. Es el Pantone 7566, un marrón intenso con fuertes tonalidades naranjas que te atraen, te cautivan.

El pie de foto dice:

La gente suele asociar el marrón con la suciedad, lo insulso, el aburrimiento. Y eso es, objetivamente, falso. Los marrones son el pilar de algunos de los momentos más hermosos. Es la curva de los labios de la Mona Lisa. Es la fiesta del otoño de la primavera. Son las mullidas manchas del pelaje de un gato. Son el complemento arquitectónico del impresionante azul del mar de España. El marrón es atrevido y se entrega a dar énfasis a la intensidad de los colores que lo rodean. Es uno de mis colores favoritos. ¿Cómo te hace sentir a ti?

Hay cientos de comentarios en los que la gente habla de que el marrón los tranquiliza o los hace sentir bien, mientras que otros dicen que lo odian o que les aburre. Hay unos cuantos que discuten sobre si otra de las manchas de la cola de la gata es del mismo color o si tiene más rojos.

Me encantan los comentarios.

Siempre me preguntan qué quiero hacer con un ámbito de estudios tan concreto y la verdad es que no tengo una respuesta fija. Pero me gusta tanto lo que hago que ¿por qué no iba a estudiarlo?

Un día les pregunté a mis madres si debía considerarme sin rumbo por no haber sabido responder cuando un adulto me preguntó qué quería ser de mayor, y me dijeron que no pasa nada por no saber adónde se va siempre que se esté feliz donde se está.

Lo que sí sé es que la gente habla del color, de las sensaciones, del diseño y de la influencia, y que quiero estar en esas conversaciones.

Tilly me mira como esperando a que diga algo.

—¿Estás esperando a que diga algo? —pregunto. No sé por qué me está enseñando mi propia foto.

—¿Lo has escrito tú? —pregunta, señalando con el dedo el pie de foto. Habla con un tono… ¿acusatorio?

—Es lo que tienen las publicaciones en las redes sociales.

—Pero ¿es una reflexión tuya? ¿Te has fijado en los colores?

—Pues… sí. ¿Por?

Tilly permanece en silencio por un instante, con el entrecejo fruncido, como si estuviera estudiándome.

—Es muy profundo y… bonito. —Frunce aún más el ceño.

—¿Perdón? —digo, en busca de que me lo aclare.

—Te perdono. —Tilly suspira, vuelve a clavar la vista en el teléfono y sigue bajando por la página.

Entonces retoma la marcha y yo camino un paso por detrás de ella. Me siento cómo un cachorrito desvalido al preguntar:

—¿Te molesta mi trabajo?

—No. Lo que me molesta es que tu actitud pretenciosa quede justificada por lo bien que se te da tu trabajo.

—Ah —digo despacio—. Gracias… Creo.

Tras unos minutos de un glorioso silencio damos alcance a Amina, que se ha parado junto a un Pret*. Mona surge del local segundos después con cuatro bebidas en la mano.

—Perdona, Oliver —dice mientras me entrega una—. No sabía lo que te gustaba, así que te he cogido un café solo.

—Gracias. Es justo lo que suelo pedir.

—Otro para mí, supongo —dice Tilly con un deje de desesperación mientras Mona le hace entrega de la bebida para llevar.

—Una vez más, va a ser que no. Es una infusión —aclara Mona—. Y no te la bebas aún —añade cuando Tilly ya se la estaba llevando a los labios.

—¿Por qué? ¿La has envenenado?

—Es atrezo para la sesión de fotos. Si está el vaso vacío, va a notarse por cómo lo sujetas.

Tilly pone los ojos en blanco y, desafiante, le da un sorbo. Miro alternativamente a los ojos fulminantes de Mona y de Tilly.

—Supongo que esta es la mía, entonces —interrumpe Amina para romper el silencio.

Mona parpadea antes de mirar a su socia.

—Café solo y con dos de azúcar.

Amina le guiña el ojo a Mona antes de dar un sorbo. Entonces miro de reojo a Tilly, que contempla la interacción con una sonrisa inmensa.

—A ver —dice Mona, que se sacude levemente—. Oliver, te toca. ¿Qué quieres que haga esta? —añade, apuntando con el dedo hacia Tilly.

—Que se quede quieta y…

—«Esta» tiene nombre —me interrumpe Tilly con un gruñido.

Dejo escapar un suspiro hondo y controlado. «Que se quede quieta y deje de ser tan peleona, joder, y así yo no querría aporrearme la cabeza contra la pared», quiero decir.

Pero en vez de eso opto por:

---

*Pret A Manger, famosa cadena de cafeterías británica. (N. de la T.)

—Que Tilly se quede quieta —doy unos cuantos pasos hacia delante, junto al río— y apoye los antebrazos en la barandilla en ángulo. Así podríamos sacar una foto estupenda de las manos con el vaso de Pret y Westminster de fondo. Así aprovechamos y sacamos también algunos de los lugares de interés de Londres.

—Me encanta —dice Mona, que empuja levemente a Tilly hacia la barandilla.

Tilly otea el Támesis y recorre con la vista los distintos puntos de interés a ambas orillas del río.

—No me puedo creer que vivas aquí, Mo —dice tras volverse, sonriendo a su hermana—. Es tan bonito que me entran ganas de gritar.

—Sí, es estupendo, pero ¿podemos centrarnos, por favor?

—O sea, ¿te planteas alguna vez que estás viviendo en el puñetero extranjero? —continúa Tilly, hablando cada vez más rápido—. ¿Quién se acuerda de Cleveland? Cosas así no se ven en Ohio. —Señala hacia el Big Ben, justo enfrente—. Es que sigo sin creerme que esté aquí. Mola tantísimo y todo es tan…

—¡Tilly! —Mona da una palmada tan fuerte que tanto Tilly como yo damos un brinco—. Por Dios, cállate y céntrate.

Tilly cierra la boca de golpe y le cambia el gesto.

Ha sido demasiado… severa, pero tampoco voy a contradecir a quien me paga la nómina.

A Tilly le brillan los ojos. Ostras, ¿va a ponerse a llorar? No soporto que la gente llore. Parpadea unas cuantas veces antes de dirigirse hacia la barandilla y colocar forzadamente los brazos tal y como le había explicado.

No nos mira; tiene la cabeza girada hacia el río y los hombros encogidos hacia arriba.

De repente le suena el teléfono a Mona, que lo saca del bolso y echa una ojeada a la pantalla.

—Tengo que cogerlo —dice sin mirarme—. Anda, empezad. Amina, ¿ha llegado el *e-mail?*

—Ahora lo miro —responde ella, y se dirige hacia un banco junto con Mona, las dos con la vista clavada en el móvil.

Así pues, dejo el café en el suelo, saco la cámara y me tomo un tiempo en configurarla antes de mirar a través del visor. No me gusta el ángulo.

—Tilly, ¿te importaría moverte un poco hacia la izquierda? —pregunto.

Ella da un pasito hacia atrás, aún con la vista fija en el río.

Vuelvo a mirar, pero sigue sin gustarme. Dejo colgando la cámara del cuello, cojo el café para darle otro sorbo y me acerco hasta ella.

—¿Te importa si…?

Acerco la mano a su muñeca. Entonces Tilly vuelve la cabeza ligeramente, y una lágrima le recorre la mejilla y va a parar a su brazo.

Mierda. No tengo ni idea de cómo afrontarlo. Tendría que estar haciendo fotos, no consolando a quien llora.

Me pongo nervioso.

Y dejo caer la mano sobre su piel.

—La ciudad… eh… mola mucho —digo. Probablemente sea el mayor cliché de la historia. Londres es fabuloso. Está repleto de colores y detalles. Cada calle ofrece una nueva sorpresa para la vista y me hace más feliz que un niño en una tienda de chucherías.

Tilly se apresura a asentir, aún sin mirarme, y entiendo la indirecta: en realidad no estoy ayudándola.

Vale. No puedo. No tengo ni idea de qué decirle para consolarla.

Le cojo el vaso y Tilly se mira las manos, con el entrecejo fruncido. Entonces le coloco mi café entre ellas.

—Así mejor —digo, tratando de hacer caso omiso de su mirada fija, con los ojos como platos—. Ahora pon las manos… Sí, perfecto. Quédate así.

Vuelvo a mi emplazamiento original, doblo las rodillas y cambio el ángulo del objetivo para que en el centro estén las manos, con el Big Ben y el Parlamento detrás de ella, orgullosos.

Hago unas cuantas fotos estupendas y de inmediato se me ocurre cómo editarlas para destacar los colores del fondo y ligarlos al del esmalte en primer plano.

—¿Cómo va? —pregunta Mona, con Amina a su lado, mientras las dos vuelven conmigo.

—Fenomenal —respondo, y les enseño las fotos.

—Esta me encanta —asegura Amina, que señala una imagen en la que sale un autobús de dos pisos que cruza el puente de Westminster.

Asiento y levanto la vista de la pantalla de la cámara. Entonces veo los ojos de Tilly clavados en mí. Poco a poco, se lleva el vaso a los labios y da un sorbo antes de dirigirme una débil sonrisa.

Entonces mis labios también esbozan una curva ascendente para imitar a los suyos, pero resisto la tentación.

No pienso dejar que vuelva a avergonzarme.

Durante las próximas diez semanas vamos a ser solo compañeros de trabajo. Puede que ni eso. Somos dos desconocidos cordiales de viaje de negocios.

Va a ser mejor que no se nos crucen los cables.

Capítulo 11
Retrato de un borrón

—OLIVER—

a cabamos el día en Shoreditch, un barrio artístico del este de Londres con manzanas enteras de arte urbano y grafitis. Todo el barrio rezuma color; simplemente, me hallo en el paraíso.

Nos hemos detenido frente al que probablemente sea el decimoquinto mural que vamos a usar como fondo para las fotos. En esta ocasión, ocupa todo el lateral de un edificio de ladrillo de cuatro plantas y en el áspero lienzo proliferan unas flores inmensas. El mural está pintado de modo que parezca que gotean ríos de color de la punta de los pétalos: el verde suave y delicado del Pantone 13-0443, Love Bird, que cae de la punta de una cala; el Pantone Ultra Violet que gotea, cómo no, de un ramillete de violetas, y el Radiant Yellow procedente de los extremos curvados de unos pétalos de dalia.

Es como un milagro.

Y me proporciona infinitos tesoros desconocidos para mis propios *posts* de Instagram, con tanto detalle diminuto.

—Hazle una foto y así no se te olvida —dice Tilly a mi espalda mientras fotografío un pequeño ladrillo en el que se observan tanto el Pantone Blue Grotto como el Cool Gray—. Ahí va, si ya has hecho nueve mil —bufa Tilly.

—Qué chiste tan inteligente y nada trillado desde hace décadas —replico mientras me yergo y me vuelvo hacia ella.

—Déjalo en paz, Tilly —espeta Mona—. Imagino que crear contenido para tu página debe de ser un trabajo constante —añade, volviéndose hacia mí. Tilly pone los ojos en blanco y, al ritmo que va, me preocupa que se quede bizca para siempre.

Al final no ha sido un desastre total de día (por el momento, no han corrido ningún riesgo mi vida ni mis extremidades) y hemos hecho algunas fotos buenísimas, pero cada vez que me pierdo en mi propio mundo y me paro a hacer fotos para mi página, pillo a Tilly mirándome, con el ceño extrañamente fruncido. O eso creo. Al principio pensaba que era porque estaba enfadada o porque estaba confusa, como suele pasarme cada vez que me escapo del «mundo real» y me pierdo en la hiperfijación de turno que hace que el cerebro me reluzca de felicidad.

Pero me he dado cuenta de que en su mirada hay cierto toque de, no sé, ¿tristeza? Signifiquen lo que signifiquen esos ojos, me cuesta descifrarlos. De hecho, aparta la vista en cuanto se percata de que me he dado cuenta y al menos tiene la decencia de parecer algo avergonzada de haber estado mirándome.

—A ver, chicos, vamos a ir terminando —dice Amina, que chasquea los dedos con una sonrisa amable—. Estamos en plena *happy hour* y tengo una cita con una pinta.

—¿Y no tienes cita con nadie más, Amina? —pregunta Tilly, que se acerca a ella furtivamente con una mirada pícara.

Amina se ríe con una carcajada grave, ronca y amable. Si fuera un color, sería el caramelo intenso del Pantone 723.

—Depende de quién pregunte, cielo —responde Amina, que le da un toquecito en la nariz a Tilly.

—Pues… —Tilly mira a su alrededor. Por un instante, posa los ojos en su hermana, que articula en silencio las palabras «para ya» desde detrás de Amina.

Sé que hay un significado oculto que no pillo en esas... eh... miradas penetrantes y me aburre estar ahí parado como un cretino que no se entera de nada.

—Será mejor que vayamos acabando —digo después de aclararme la garganta— antes de quedarnos sin luz.

Mona coge de la mano a Tilly y tira de ella para situarla delante de la pared.

—Adelante —dice, y señala hacia mí antes de salirse del plano.

Enciendo la cámara y la configuro.

—En fin, sé que llevo haciéndolo todo el día —dice Tilly—, pero no tengo ni idea de qué hacer con las manos en esta foto.

En las demás localizaciones, Tilly ha estado sosteniendo diverso atrezo, pero no se me ocurre qué podría ir bien con este fondo.

—Lo que te salga natural —digo; me llevo la cámara al ojo y ajusto el objetivo.

Tilly arruga la cara y levanta la mano despacio de modo que le cuelgue inerte desde la muñeca, más o menos a la altura de los hombros. Parece un tiranosaurio incómodo.

—¿Así? —pregunta. Casi me echo a reír.

—¡No, así no! —protesta Mona, y deja escapar un gruñido—. Deja de hacer el tonto y vamos a hacer ya la foto para que podamos irnos a casa.

Las mejillas de Tilly toman color, y empieza a morderse el labio inferior con gesto de pánico.

—¿Puedo? —Me acerco a ella y alargo el brazo hacia sus manos, que aún le cuelgan. Tilly asiente. Entonces la tomo de la muñeca y le giro el cuerpo para que me dé la espalda—. Ahora levanta las manos y haz el símbolo de la paz o algo.

Tilly me mira girando la cabeza hacia atrás.

—Qué fuerte. Ni que tuviera nueve años y me estuviese haciendo una foto para mi perfil de Facebook.

—Pues no sé —digo, mientras le aprieto levemente la muñeca—. Al menos es mejor que lo que estabas haciendo antes.

Tilly aparta bruscamente la mano y levanta los brazos.

—¿De qué vas?

—Así es perfecto. Quédate como estás —digo, y casi me tropiezo dando marcha atrás para intentar hacerle una foto.

—¿Cómo? —pregunta, y gira la cabeza aún más para mirarme.

—No, no. No te vuelvas. Quédate con los brazos así levantados. Queda bien.

Tilly levanta una ceja y me mira con escepticismo por un instante, pero hace lo que le pido: quedarse frente a la pared con los brazos levantados por encima de la cabeza.

Los chasquidos del obturador de la cámara envían un impulso de creatividad a lo largo de mis brazos.

—Echa un pelín la cabeza hacia atrás —le indico, y Tilly me hace caso.

Le cae el cabello como una mancha de tinta sobre la espalda, y el viento amontona finos mechones y los ensortija a su alrededor. Aún sigue con los brazos levantados y las manos abiertas como estrellas, así que sigo haciéndole fotos; la luz cae sobre ella de tal forma que el arcoíris de colores le brilla entre los dedos.

—Están quedando genial —digo mientras pruebo con un nuevo ángulo—. Haz otra cosa. Algo gracioso.

En vez de hacerme la vida imposible, como ha hecho en el noventa por ciento de mis interacciones con ella hasta el momento, Tilly hace lo que le pido y mueve las muñecas en distintas posiciones. No para, prácticamente está bailando, y no tarda en echarse a reír.

Hay tanta energía en la forma que tiene de moverse y de estar que, por un momento, me da la impresión de que los colores vivos le surgen de las palmas de las manos.

Al final, hasta me regala unos cuantos símbolos de la paz. Y una peineta, pero esa la borro de inmediato.

—Cómo cansa ser modelo de manos —dice Tilly, que se desploma de forma exagerada contra la pared cuando anuncio que creo que ya tenemos fotos buenas de sobra.

—¿Qué Tilly ni qué Tilly? Más bien Twiggy —dice Amina, que le tiende una mano a Tilly y la ayuda a incorporarse.

Tilly mira desconcertada a Amina.

—¿Quién es Twiggy?

—Tienes que estar de broma —dice Amina, ladeando la cabeza. Tilly sigue contemplándola con los ojos bien abiertos, como si fuera una lechuza—. La famosa modelo. El icono de la moda. ¡Twiggy! Por favor, dime que conoces a Twiggy.

—Un momento… —titubea Tilly, levantando la cabeza—. ¿Es la que es amiga de Bella Hadid?

Amina se queda boquiabierta.

—Joder, cariño, no me hagas sentir tan vieja, por favor.

Mona se burla:

—No aparentas más de veinticinco.

—No me seas zalamera —dice Amina, que le guiña un ojo a Mona, y esta se sonroja.

Tilly ahoga entonces un grito y mira alternativamente a las dos mujeres, como si estuviera viendo un interesante partido de tenis.

Me aclaro la garganta; me da la impresión de que soy un intruso en una situación que no entiendo.

—Vale, pues me voy a ir —digo.

Mona parpadea, niega con la cabeza y cuadra los hombros.

—Sí, claro. Tenemos que irnos todos. Mañana es un día importante. Tenemos que organizarnos y dormir bien esta noche.

—Enhorabuena por tu trabajo, Oliver —me felicita Amina, y me da unas cuantas palmaditas en el hombro antes de que Mona, Tilly y ella echen a andar en dirección contraria a la que debo tomar yo.

—Sí, un trabajo estupendo —añade Mona mientras desliza el dedo por la pantalla del móvil—. Nos vemos mañana en Heathrow, ¿no? Tienes el itinerario, ¿verdad?

—Sí —digo, levantando el móvil y sacudiéndolo—. Hasta mañana.

Me doy media vuelta y echo a andar.

—Oye —oigo que dice Tilly—. ¿De mí no te despides?

Me apresuro a darme media vuelta, pero se me hacen un lío los pies y casi me choco contra el escaparate que tengo al lado.

Mierda, ¿he sido un maleducado? ¿No había acabado la conversación? Cubby, Marcus y yo tenemos una broma recurrente sobre mis habituales y tristemente célebres «salidas a la autista», en las que o me he marchado mentalmente o me he sumido tanto en mi propio mundo que corto las conversaciones antes de que hayan acabado. Siempre nos hemos reído al respecto, pero sé que la gente lo suele considerar de mala educación y como algo de lo que debería ser más que consciente. Como si no tuviera ya una larga lista de formalidades sociales.

Las tres mujeres van alejándose de mí y Tilly no se da la vuelta para que pueda intentar averiguar si ha hablado en serio o no. Aunque lo más probable es que tampoco me hubiera servido de nada: no se me da precisamente bien rectificar situaciones.

Hundo los hombros y sigo andando, desinflado.

Ha sido un día agotador.

Estoy muy acostumbrado a no ocultar mi autismo (de hecho mis madres siempre me han animado a expresarme de la forma que considere más auténtica), pero a veces lo escondo sin darme cuenta, sobre todo en entornos profesionales o académicos.

El colegio no fue precisamente una maravilla desde el punto de vista social y fue entonces cuando empecé a contenerme las estereotipias y a ensayar las conversaciones para parecerme a mis compañeros y evitar que me pegasen y sentirme distinto a los demás. Pero, debido a que sufrí agotamiento autista siendo aún muy pequeño, Cubby, nuestras madres y yo acabamos yendo a terapia con la doctora Shakil. Tengo la suerte de que mi familia haya creado una red de seguridad a mi alrededor que me anima a dejar de esconder aquello que me ayuda a estar más cómodo, pero a veces me doy cuenta de que sigo imitando la conducta de los demás o controlando mis propias reacciones para que la gente esté más cómoda.

Pues hoy ha sido uno de esos días.

No es que Mona y Amina no sean amables y comprensivas como jefas, pero no las conozco bien. Me cuesta confiar en que la gente a la que acabo de conocer me acepte tal y como soy cuando el mundo en general no tiende a adaptarse a mí.

Y también está lo de Tilly.

Pensándolo bien, con ella no lo he camuflado, pero sí que he invertido un montón de energía mental intentando entenderla. No parece seguir el guion social habitual que he visto en los demás y en parte me parece fascinante.

Cosa bastante ridícula.

Pero repasar mentalmente el día y tratar de desentrañar la anomalía que es Tilly Twomley es el equivalente mental a conducir un coche cuesta arriba cuando no queda gasolina: mucho ruido de las marchas y poco avance. Redirijo mis pensamientos a algo mucho más cómodo: los colores.

Saco la cámara y repaso las fotos de hoy mientras camino; cada paso me sume más en mi propia burbuja de felicidad.

A medio camino de la parada de metro, me agobia la necesidad inmediata de editar las fotos, pues la inspiración me obliga a detener todo aquello que esté haciendo para seguir su rumbo.

Me pasa bastante a menudo. Cuando la mínima idea me llama, tengo que seguirla; no puedo dejar que se me escape.

Mi *mãe* siempre sonríe cuando me pasa (aunque la deje a mitad de frase) y me dice que estoy «escuchando a las musas». Es artista, así que sabe de la imposibilidad de resistir su atracción.

Me meto en un bar y me siento en una mesa tranquila, en un rincón oscuro.

Tras encender el portátil, enchufo la cámara y arranco el programa de edición. Consulto la hoja maestra que me ha dado Amina, me aseguro de contar con la fórmula del color correcta y, con Photoshop, pinto con ella sobre las uñas beis de Tilly. Jugueteo con el valor y la intensidad un par de minutos para asegurarme de que quede perfecto.

Es un rojo brillante, intenso y conmovedor, que llama la atención. Su vivacidad la complementa el brillo dorado del Big Ben y el Parlamento en el fondo. Mi mirada se detiene en el efecto, trazando el circuito natural entre el rojo deslumbrante y la comodidad del dorado. El rojo es el ancla que conecta al espectador con la foto y le proporciona un punto de partida antes de que su mirada se desplace por la imagen; un lugar seguro al que volver si el resto lo abruma.

Me arden las manos de ganas de publicarlas ya, de compartir este momento con todo el mundo, para que los demás también puedan disfrutar de los colores. Por desgracia, las redes sociales se basan en los algoritmos, la hora de publicación y todo tipo de minucias que no pintan nada bien para los cerebros desesperados por una gratificación instantánea. Normalmente me daría igual, ya que me inclino mucho más a los caprichos que se me antojan que a los obstáculos que me plantean las redes sociales, pero si llevo mi cuenta es para alegrarle la vida a la gente, para conectar con ella.

Además, lo hago por el éxito de Ruhe, no para mi diversión, así que obligo a mi cerebro activo a someterse con la promesa de que llegará a más gente si espero. Es bastante molesto, a decir verdad.

Cuando he terminado de editar la imagen, repaso las demás fotos del día. Las de Shoreditch son sobresalientes, de colores vivos y exquisitos, y tengo ganas de retocarlas para que sean perfectas. Estoy a punto de decidir la siguiente imagen con la que voy a trabajar cuando una foto espontánea hace que se frene en seco mi entusiasmo, y noto una extraña sensación: la del corazón aporreándome el pecho.

Es una foto de Tilly, con la cabeza echada hacia atrás y los ojos cerrados con fuerza mientras se ríe. El viento le agita y le enreda el pelo desde todos los ángulos, mientras que un rayo de sol le ilumina la nariz arrugada. La imagen está ligeramente borrosa, como si el disfrute del momento hubiese sido demasiado dinámico y pleno como para figurar en una fotografía. No me acuerdo de haberla tomado ni por qué se estaba riendo, pero tiene una sonrisa tan llena de vida que puedo oír el eco de su diversión.

Entonces me doy cuenta de que hoy se ha reído mucho. Sobre todo de sí misma. Hacía algún movimiento torpón o soltaba algún chiste y se echaba a reír como una bruja.

Amplío la imagen, ladeo la cabeza y la estudio desde diferentes ángulos. Me fijo de nuevo en las pecas que tiene justo debajo de las arrugas de los ojos. Amplío la imagen aún más.

Ostras, ¿qué color es? ¿Por qué no me sale?

Me doy cuenta de que me he sumido demasiado en la imagen de Tilly y de que mis ojos se detienen en diminutos detalles en los que no me había fijado hasta el momento. Es más fácil mirarla así, en la seguridad de los píxeles. En la vida real, tiene demasiada energía, ruido y movimiento, y parece como si me fuera a cortocircuitar el cerebro si no tengo cuidado. Pero es absurdo. Tengo trabajo que hacer. ¿Qué hago sobreanalizando una foto borrosa?

Pulso en el archivo y lo arrastro hasta llevarlo encima del icono de la papelera de reciclaje. No me hace falta esta foto. No necesito para nada la imagen de una chica gritona y preciosa, de personalidad confusa y a la que está claro que le caigo mal.

Pero, en el último momento, muevo los dedos y devuelvo el archivo a un rincón del disco duro.

Cierro la tapa del portátil; me siento... raro. ¿Qué me pasa? ¿Estaré poniéndome enfermo?

Me apresuro a guardar las cosas y salgo corriendo del bar para volver a casa. Necesito... Necesito... En fin, no tengo ni puñetera idea de lo que necesito exactamente, pero sé que incluye moverme.

No recuerdo mucho del trayecto de vuelta a casa y, cuando llego al piso nuevo, Marcus y su pareja, Micah, están abrazados en el sofá, con *Love Island* de fondo.

—¡Oliver! —exclama Micah, que abre los brazos para saludarme.

—Hola —digo, y saludo a los dos con un débil gesto de la mano, tratando de buscar la mejor forma posible de meterme corriendo en mi cuarto.

—¿Qué tal el primer día? —pregunta Marcus sin apartar la vista de la tele.

—¡Ah, sí! ¿Qué tal ha ido? ¿Te caen bien tus nuevas jefas? ¿Te gusta tu trabajo? Ven a sentarte, anda, y cuéntanoslo todo.

Micah se remueve en su asiento y Marcus protesta antes de hacerse a un lado y dejar que su novie se siente en su regazo. Micah da unas palmaditas en el asiento que ha quedado libre a su lado para invitarme a sentarme.

Dios, no me apetece nada.

Marcus es mi mejor amigo y de verdad que Micah me cae genial.

Pero es que están tan enamorados que me dan ganas de vomitar.

Se conocieron por internet hará un año y llevaron una relación a distancia. Ahora que Marcus y yo nos hemos mudado a Londres para estudiar en la universidad, Micah y Marcus por fin pueden estar juntos en persona. Y están decididos a recuperar el tiempo perdido de las formas más románticas e íntimas posible.

Digamos que las paredes del piso son finísimas y tanto Marcus como Micah son muy… apasionados. Por la noche. Toda la noche.

Para mi horror, conozco perfectamente todos los sonidos que hacen durante el sexo.

—Tengo que terminar de… —Señalo con un gesto impreciso hacia la puerta de mi cuarto.

—Jo, Oliver, no, anda. Estate un rato con nosotros. Es la última noche que vas a pasar aquí en meses —dice Micah con un puchero—. Además, nos has dicho que ya terminaste de hacer la maleta anoche.

Mierda. Micah tiene razón.

A regañadientes, me dejo caer sobre el sofá. Les hablo sobre el día y hasta les enseño fotos, que nos sumen en conversaciones sobre combinaciones de colores que hacen que en el pecho vuelva a arrancarme el motor que solo se enciende cuando algo me interesa mucho. Micah me hace un montón de preguntas mientras Marcus solo le presta atención al programa.

Menudo imbécil.

¿Qué hay más interesante que la teoría del color?

—Es muy guapa —opina Micah, señalando una foto del rostro sonriente de Tilly.

Me encojo de hombros.

—No está mal —digo, y entonces salgo de la pantalla y apago la cámara. Noto que Micah me está mirando, y no sé por qué pero tengo claro que quiero evitar la pregunta que tiene en la punta de la lengua.

—¿A quién no soportamos en este episodio? —pregunto mientras señalo hacia la tele con un gesto de la cabeza.

Así consigo que Marcus me preste por fin atención.

—Pues a casi nadie —responde, y Micah se ríe.

Nos sumimos en un bucle de *realities* y nos pasamos horas viendo a gente guapa en bañador o vestida para salir de fiesta que bebe e insulta a los demás.

Cuando aparto la vista durante un confesionario con bastante dramatismo y lloros, me doy cuenta de que Micah y Marcus se han quedado dormidos. Apago la tele, me levanto, cojo una manta y los arropo.

Se han quedado dormidos abrazados. Hay algo en la forma en que se acurrucan que me provoca un dolor extraño en el pecho, como un vacío. Como si estuviera viendo un futuro que nunca voy a vivir. Un futuro que no es para mí.

Siempre he tenido la extraña sensación de que voy a acabar solo.

Es difícil no tenerla cuando a uno le cuesta tanto como a mí llevarse bien con la gente. Miro a Cubby, a mis madres y hasta a Marcus y todos parecen tener la capacidad de... relacionarse con los demás. De iniciar una conversación. De crear momentos de conexión sin que nadie diga nada.

Pero yo no puedo.

Y no tengo claro que quiera.

No me gusta sentirme tan expuesto, sentir que tengo que compartir con los demás pedacitos de mí.

Es que... me aterra que me conozcan. Y no creo que pueda mostrarme tanto a alguien como veo que hacen mis madres o Micah y Marcus.

Por eso me gusta internet, porque puedo controlar mis interacciones. Puedo pensar lo que quiero decir y cómo decirlo. Puedo hablar de lo que me gusta sin tener que hablar de mí mismo ni mostrarme.

Es una forma de relacionarme sin correr el riesgo de que me conozcan de verdad.

Me dirijo sin hacer ruido a mi cuarto, me quito los pantalones y la camisa y me meto en la cama.

«Estoy bien», me digo, y me escondo bajo el edredón y me froto el pecho con el puño. Estoy feliz. Tengo una familia que me quiere. Voy a empezar la universidad y tengo un mundo lleno de color por explorar.

No necesito nada más.

Capítulo 12

Es solo el anhelo

*H*ay pocas cosas peores que pasarse meses entusiasmada hasta el absurdo con algo y acabar viendo cómo se va al traste. Pues así es como veo yo este viaje.

En una especie de *déjà vu* retorcido y malicioso, Oliver y yo acabamos sentándonos juntos en otro vuelo más. Me veo tentada a pedirle a Mona que me amarre al asiento con cinta americana para que no pueda moverme ni volver a hacer algo que me avergüence tantísimo.

Venga. No. No pasa nada. No hice borrón y cuenta nueva con el vuelo de Cleveland a Londres, sino que lo voy a hacer con este a París. Me niego a aterrizar en un nuevo país y que más catástrofes mancillen mi borrón y cuenta nueva. Le pido al universo que me traiga un buen rollo de la hostia y tal.

Además, me voy a París. ¿Cómo me va a pasar algo malo en París? Estoy a punto de empacharme de *baguettes* y de comerme con los ojos a franceses buenorros que, imagino, visten con camiseta de rayas blancas y azules y boina las veinticuatro horas del día y dicen cosas preciosas como *oui, merci* y *voulez-vous coucher avec moi*.

En fin (pronunciado /an fan/).

Es tempranísimo y la cabina del avión está a oscuras y muy cargada. Ojalá pudiera dormir como todos los demás pasajeros. Pero... no puedo. Tengo un sueño muy ligero. Siempre lo he tenido, la verdad.

Me paso el día cansada, pero, en cuanto me tumbo, mis pensamientos empiezan a saltar a la comba y a dar vueltas a la pista de mi cráneo, lo que me deja despierta horas con una energía infinita, para acabar repitiéndose al día siguiente.

Oliver se quedó dormido hace como media hora y a veces me doy cuenta de que me quedo mirándolo, lo que da muy mal rollo. Pero no puedo evitarlo. Hay algo... dinámico en su rostro. Probablemente haya sonreído solo dos veces en todo el tiempo que llevo con él, pero hay algo en esa mueca torcida que se me ha quedado clavado en el cerebro, y el muy glotón tiene hambre de más.

Unas ligeras turbulencias bambolean el avión, y la cabeza de Oliver cae hacia un lado.

Y acaba sobre mi hombro.

El peso firme y el calor de su contacto me obligan a contener un suspiro tan sonoro como molesto. Me encanta el contacto. Lo necesito tanto como los peces necesitan el agua, y no es algo que reciba mucho. Mis padres son atentos, pero cariñosos no son, y no tengo amigas ni novio que me den afecto físico. No sabría decir cuántas veces he estado agobiada y sobreestimulada en clase y solo necesitaba una amiga a la que abrazar. Alguien que me ciñese con fuerza, que me diese un apretujón que me asegurase que tanta energía no iba a partirme el cuerpo en dos.

Otra sacudida de nuevas turbulencias inesperadas nos zarandea a los dos en el asiento, y Oliver se despierta, se frota los ojos y me mira con cara de sorpresa. Entonces se aparta de mí y yo estallo la absurda burbuja de decepción que trata de surgirme en el pecho.

No. No. Ni hablar. Me niego a... anhelar a un chico mono al que apenas conozco y que ha rechazado categóricamente todos mis (muy agresivos) intentos de hablar. Sobre todo cuando voy a estar rodeada de queso del bueno y de chicos franceses.

Aterrizamos aproximadamente media hora después; el vuelo ha transcurrido sin lesiones importantes, ni físicas ni emocionales. Tras recorrer el ajetreado aeropuerto, nos subimos a un tren atestado y nos dirigimos a nuestro hotel parisino.

No aparto la cara de la ventana en todo el trayecto. Solo se ven pasar edificios grises y árboles, pero son árboles, edificios y terrenos que estoy viendo por primera vez. Y que puede que nunca más vea. Son preciosos.

Después de bajarnos en la estación, el trayecto a pie hasta el hotel también me tiene embobada, y contemplo la ciudad boquiabierta. Los edificios se amontonan como plantas que se inclinan hacia el sol. Veo piedra gris, líneas rectas y balcones de hierro forjado, todo acompañado por el sutil olor a pis y alcohol de la calle. Es asqueroso y precioso y me encanta todo.

Cuando por fin entramos en el vestíbulo del hotel (que tiene encanto suficiente como para hacerme querer tumbarme en la recargada moqueta y llorar en *aesthetic* parisino), Amina habla con la persona de recepción en lo que me parece un francés perfecto y precioso.

Me quedo mirando a Mona con gesto de complicidad durante todo el tiempo, mientras Oliver se agazapa en un rincón.

Mona, como el duende sin sentimientos que finge ser, mira hacia delante. Pues yo no pienso bajarme de la burra.

—Todo listo —dice Amina, quien le entrega las llaves de la habitación a Mona antes de señalar con un gesto las escaleras.

Una de las cosas que no molan nada de París es que, al parecer, estos edificios tan antiguos y preciosos no tienen ascensor. Incluidas las habitaciones de la sexta planta a las que solo se puede llegar por una escalera que solo podría haber diseñado Tim Burton en sus peores pesadillas.

—Va a haceros falta una grúa para moverme de aquí —digo, jadeando y sudando, mientras cargo con la maleta por los últimos escalones y me inclino sobre la barandilla para mirar hacia abajo.

—Anda, no exageres —dice Mona mientras introduce la llave en la cerradura.

Alargo la mano para que me dé mi llave, pero mi hermana se me queda mirando un rato.

—Hay una cosita que tengo que comentaros sobre el alojamiento —señala Mona, que a la vez gira el pomo de la puerta.

—Por favor, no me digas que hay fantasmas.

Mona tuerce el gesto.

—Pues claro que no. No existen los fantasmas.

—Negacionista —digo, ocultando la palabra con una tos. Mona no me hace caso, pero sí que consigo que Amina se ría. Me encanta.

—Vosotros dos —Mona nos señala a Oliver y a mí— vais a compartir habitación.

Capítulo 13
Qué mal

En ningún caso podéis cruzar esta línea por la noche —dice Mona cuando termina de mover el último mueble que marca la frontera entre las dos camas.

—¿Y si tengo que hacer pis?

Mona hace caso omiso de la pregunta de Tilly y sigue añadiendo altura a las barreras, amontonando lámparas sobre el aparador.

—Y esta puerta se queda abierta —añade Mona, señalando hacia la puerta que une las dos habitaciones, con una mirada amenazante.

—¿Por qué no nos dais habitaciones separadas en vez de contribuir al riesgo de incendio? —pregunta Tilly.

No sé si alguna vez en su vida ha pensado antes de hablar o si simplemente dice lo que se le pasa por la cabeza en su monólogo interior constante.

—Porque no tenemos presupuesto para que los becarios tengan una habitación cada uno —responde Mona.

—Ah, ¿no?

No entiendo por qué a Tilly le sorprende que las nuevas empresas expriman cada céntimo.

—No pienso hablar contigo del tema —espeta Mona con un suspiro, pasándose el talón de la mano por la frente—. Tenemos lo justo para dos habitaciones para los cuatro en las distintas ciudades, así que habrá que conformarse con eso. Pero nada de hacer la gracia, ¿entendido?

—Sin problema —dice Tilly, apoyándose en el marco de la puerta—. Oliver no tiene ningún sentido del humor.

Noto que se me calientan las mejillas y me quedo con la mirada fija en la pequeñísima habitación con dos pequeñísimas camas.

—En realidad soy bastante ingenioso —digo. Dios, ¿por qué le sigo el rollo como un auténtico gilipollas?

—Nunca te he oído reírte —replica.

Me vuelvo hacia ella y la miro a la mejilla.

—Pues yo nunca te he oído decir nada de lo que merezca la pena reírse.

Tilly se queda boquiabierta y se me hincha el pecho de satisfacción, que no tarda en ser sustituida por... ¿Qué sensación es esta? ¿Culpa?

—No creo que tengas que preocuparte por que hagan nada, Mo —comenta Amina entre risas, y choca la cadera contra la de Mona.

—Igual solo lo asesino —susurra Tilly, y yo pongo los ojos en blanco.

—¡Ya vale! —le espeta Mona a su hermana—. Oliver —dice volviéndose hacia mí—, prepárate, que tenemos que irnos a una reunión dentro de veinte minutos.

—¿Veinte minutos? —dice Tilly, cuya voz ha aumentado una octava—. Pero si tengo que ducharme.

Mona la mira con cara de sorpresa.

—Pues dúchate. No te entiendo.

—Que no me va a dar tiempo a ducharme y a peinarme si nos marchamos dentro de veinte minutos.

Mona abre y cierra la boca varias veces. Me recuerda a un pez tratando de sobrevivir de mala gana.

—¿«Nos marchamos»? —dice por fin Mona—. Sabes que tú no vienes, ¿verdad?

Tilly echa la cabeza hacia atrás.

—¿Qué? Claro que voy.

—¿Por qué narices ibas a venir? —pregunta Mona, agitando los dos puños.

—Oliver sí va —dice Tilly, señalándome con el pulgar.

«Por Dios, no me metas en esto».

—Oliver es quien lleva las redes sociales y el diseño. Es parte importante del equipo. Su opinión importa.

Tilly se estremece y yo me quedo mirando la espantosa moqueta, cuyo diseño de cachemira ha perdido color. No me cae bien Tilly, pero hasta yo reconozco que Mona se ha pasado un poco.

—Pues, que yo sepa, soy la única que lleva el esmalte de las narices. —Tilly mueve los dos dedos anulares y se los enseña a Mona, como queriendo hacer un gesto de mal gusto. Hoy lleva las uñas pintadas de amarillo canario y el color me llama la atención. Sigo el movimiento de sus manos por el espacio mientras sigue discutiendo con su hermana—. Podría servir de testimonio para que la gente quiera comprar el producto.

—Tilly, no quiero pelearme contigo, pero no tienes nada que aportar a esta reunión. No te vienes —concluye Mona.

Me sorprende bastante lo rápido que muestra sus emociones Tilly; son muy evidentes en ella. Y, ahora mismo, el dolor es la más presente. Le brillan los ojos, en cuyos bordes de color rosa pálido rebosan enormes lágrimas relucientes, mientras unas manchas rojas le tiñen las mejillas y encoge los hombros hasta que casi le llegan a las orejas.

—Carisma.

Se produce un momento de silencio aún más largo, durante el que trato de entender quién ha dicho eso.

Un momento. ¿He sido yo? He tenido que ser yo, porque las tres mujeres me están mirando.

—¿Qué has dicho, cielo? —pregunta Amina, con la cabeza ladeada.

Mierda. Voy a tener que seguir hablando.

—Carisma —repito, y carraspeo al final de la palabra—. Tilly tiene carisma. Debería asistir a la reunión.

Vale. ¿Qué cojones estoy haciendo? ¿De dónde salen esas ideas?

—¿Lo dices en serio? —pregunta Mona, cuyos labios se inclinan en una mueca. Luce un pintalabios rojo oscuro, Pantone 19-2429, Plum Caspia, probablemente.

Desplazo la vista a Tilly por medio segundo y lo único que veo antes de volver a clavar la mirada en la moqueta es a ella boquiabierta.

—Creo que sí —digo, pero no estoy seguro—. Tiene energía y carisma y tal vez podría aportar cierta... simpatía. De todos modos, podría servir de ejemplo de cómo adentrarse en el mercado de la generación Z. La gente siempre está intentando averiguar cómo vendernos cosas. *Forbes* publica un montón de artículos sobre el tema al año.

Amina se acerca hasta Mona, le posa las manos sobre los hombros, tensos, y se los frota con delicadeza.

—Oliver tiene algo de razón —dice Amina—. Que venga, anda. Así puede aprender cómo van esta clase de reuniones. A fin de cuentas, es la becaria. Además, así será testigo de las mejores presentaciones del mundo —añade, al tiempo que le aprieta los hombros a Mona y le guiña un ojo a Tilly.

Mona frunce los labios de color ciruela, y yo no sabría decir qué está pensando.

—Está bien —claudica al fin, aunque no parece creerse sus palabras—. Pero voy a poner normas —añade, señalando a Tilly.

—Sorpréndeme —susurra esta.

—No quiero que hables salvo que te pregunten directamente. No toquetees nada. No digas obscenidades. No eructes. No te tires pedos. No...

—Ostras, ¿sabes qué? Déjalo. —Tilly se cruza de brazos.

—¿Perdona? —dice Mona, echando la cabeza hacia atrás.

—Aunque no lo creas, Mo, soy una adulta de dieciocho años con sentimientos y un mínimo de respeto por mí misma, y tu bronca no parece reconocerlo. Así que mejor me quedo. Voy a buscar vuelos para largarme y alejarme de ti.

—No seas exagerada —espeta Mona.

En este punto, las dos hablan en voz muy alta, y yo agito las manos, nervioso, junto a mis flancos. Noto como si en la estancia estuviese creciendo una burbuja amorfa de tensión que va a acabar engulléndonos a todos.

Y las siguientes palabras de Tilly son la gota que colma el vaso.

—Pues tú no seas tan cabrona.

Capítulo 14
Llorando en el baño (Taylor's Version)

—TILLY—

Lo malo de las salidas triunfales (o sea, encerrarse en el baño después de llamar «cabrona» a tu hermana) es lo estúpida que te sientes después.

Fenomenal, acabo de encerrarme en el espacio más pequeño de la habitación del hotel, sin buena cobertura en el móvil y encima teniendo que oír el runrún de cómo hablan de mí al otro lado de la puerta, pero sin entender lo que dicen, así que mi cerebro se inventa las peores posibilidades.

Enhorabuena. Le has dado su merecido a Mona. Victoria.

Tras lo que me parece una eternidad, oigo abrirse y cerrarse la puerta, y en la habitación reina el sonido de la tranquilidad. Espero unos minutos más, con los muslos contra el pecho y la cabeza apoyada en las rodillas, encaramada al váter.

Cuando tengo la seguridad de que se han marchado definitivamente y de que no van a volver para coger algo que se les haya olvidado, me estiro y abro la puerta.

Salgo del baño con la firme intención de tirarme en la cama bocabajo y pasarme el día llorando, pero me quedo a cuadros cuando veo a Oliver sentado frente a la mesita que ha colocado Mona entre las dos camas. Puedo verlo con los ojos centrados en la pantalla del portátil, los auriculares puestos y la espalda perfectamente recta mientras trabaja en el ordenador, cuya pantalla está tomada por una foto de mis manos.

Se puede palpar su concentración, como si tuviera una burbuja protectora a su alrededor que le impide al resto del mundo molestarlo.

Me doy cuenta de que me recuerda a… mí. O, al menos, a mí cuando estoy demasiado centrada en leer o escribir, cuando me escapo de este mundo y me adentro en el mío propio, alegre y seguro. Sigo mirando fijamente a Oliver, deseando que tuviera una ventanita en el cerebro por la que poder asomarme y ver si lo que siente ahora mismo se parece a lo que siento yo cuando accedo a mi dimensión especial.

Nunca había visto a nadie parecido a mí en esto.

La verdad es que no tengo amigos. Y no lo digo de una forma dramática para que la gente se compadezca de mí. Es la verdad. Tengo conocidos. En clase había gente a la que me podía acercar a hablar de cuestiones sin importancia (cosa que intentaba evitar, porque hablar de temas sin importancia hace que parezca que se me está dando la vuelta el cerebro). No me quedaba sola a la hora de comer.

Pero nadie… me conoce.

No hay ninguna persona en el mundo que me conozca. Que sepa quién soy de verdad. Quién quiero ser. Nunca he conectado con alguien que me entendiera. Siempre me ha dado la impresión de que hay una cortina que me separa de la gente con la que hablo, y me preocupa no dejar nunca de sentirme tan separada de los demás. Como si fuera la pieza que sobra de un puzle, descartada y olvidada bajo el sofá, mientras que todos los demás encajan con las piezas correspondientes.

Mis bordes torcidos nunca van a tener el lujo de encajar con los de otra pieza.

Pero, cuando leo o escribo, no me siento sola. Me fundo con las páginas y mi mundo se transforma en la seguridad de los relatos. Me siento aceptada y comprendida cuando mis ojos bailan sobre las líneas del texto, como si me dieran la oportunidad de que me quisieran. De vivir, de gritar, de existir tal y como soy y de ser apta para otra persona.

Sumida en mis pensamientos, me dejo caer sobre el borde de la cama. El movimiento llama la atención de Oliver, que se vuelve de repente y abre los ojos como platos cuando se da cuenta de que ya no estoy encerrada en el baño.

Se pone en pie de un brinco y cierra de golpe el portátil antes de intentar quitarse torpemente los auriculares.

Avergonzada de que me haya pillado mirándolo extasiada, me pongo en pie de una forma igualmente errática, lo que hace que la situación sea aún más incómoda, pues ahora estamos los dos en pie, con una moqueta feísima entre nosotros, mirando con timidez el suelo.

Tras una eternidad de silencio, Oliver pregunta:

—¿De verdad vas a marcharte? —Se mete las manos en los bolsillos y se balancea sobre los talones.

Tardo un tiempo en entender lo que me ha preguntado y me acuerdo de que es verdad que he informado con dramatismo a Mona de que estoy a punto de convertirme en fugitiva. Respondo a Oliver encogiéndome de hombros e, imitándolo, meto las manos en los bolsillos del vestido.

Más silencio.

—¿No ibas a ir a la reunión? —pregunto a mi vez, mientras trazo con la punta del pie curvas en la moqueta.

—Me he quedado.

En fin, eso ya lo veo, jolines.

—¿Por qué?

Oliver se encoge de hombros igual que hice yo hace un segundo y su respuesta es un «ni idea» entre dientes, tras la que se aclara la garganta.

—¿Qué has dicho?

—Que no lo sé —dice con una voz nítida y preciosa, y posa la vista en mí por un segundo antes de volver a clavarla en la moqueta.

Lo miro con los ojos entrecerrados.

—¿Cómo es que no lo sabes?

—Eso tampoco lo sé —responde, pasándose el pulgar por la frente, como si esto le supusiese una angustia terrible—. Estoy sintiendo múltiples reacciones físicas a emociones que no sé nombrar.

Lo miro atónita mientras me zumba el cerebro como un motor a reacción.

—¿Te has quedado por... mí? —Se me escapan las palabras de la boca antes de que pueda pensarlas mejor.

Oliver permanece en silencio, con la mirada fija en mi mejilla y la mandíbula tensa, antes de levantar los brazos. Es un gesto discreto, pero nunca lo había visto tan aturdido. Es muy... interesante.

La experiencia me ha enseñado a no buscar significados ocultos en nada de lo que diga o haga Oliver porque siempre acabo decepcionada, pero ¿no da la sensación de que, aunque sea un poquito, está enamoradísimo de mí? ¿O es que estoy proyectando mis propios deseos? Porque esta declaración de que no sabe lo que siente ha dejado convencido, por ridículo que parezca, al lóbulo romántico de mi cerebro de que está coladito por mí. Solo he tardado tres días terriblemente humillantes en ganármelo con mi encanto arrollador.

A ver. Tengo que estar tranquila. Muy tranquila.

—¿Salimos a dar una vuelta? —propongo, señalando con un gesto del brazo la cascada de luz que entra por la ventana polvorienta, mientras doblo los dedos de los pies a causa de los nervios que se me arremolinan en el estómago.

Ostras, no ha estado mal. Una actividad neutral propuesta de forma tranquila, hasta intrigante, me atrevería a decir. Y como estoy segura de que no ha ido a la reunión por mí y estamos en la ciudad del amor, yo diría que tengo alguna oportunidad.

Oliver mira por la ventana y arruga los ojos antes de fruncir el ceño frente al sol, que nos llama.

—No —dice tras un momento. Luego continúa con educación—: Gracias.

Voy a estrangular a este chico. O eso o me matan a mí primero los latigazos de sus gestos amables seguidos de un rechazo extremadamente breve pero técnicamente educado. Ya se verá, pero estoy segura de que uno de nosotros no va a salir vivo de esta.

—En fin —logro decir sin que la decepción me quiebre la voz.

Me doy media vuelta, cojo los zapatos y el bolso y, corriendo, salgo de la habitación del hotel y bajo las escaleras con estruendo.

Ya en la calle, echo a andar.

Ando y ando y ando, centrada en mis pasos, conteniéndome las incómodas lágrimas que hacen que me escuezan los ojos y me arda la nariz.

Tonta, tonta, tonta. Qué tonta he sido. ¿Por qué sigo haciendo lo mismo? ¿Por qué fracaso en todo lo que hago?

La cuestión es que me encanta la gente. De verdad. Creo que la gente es interesante, buena y única y me apetece conocer a todo el mundo. Y, con ello, quiero que me conozcan a mí también. Quiero caer bien. Quiero que me quieran. Quiero a una persona que me mire como si lo fuera todo para ella.

Pero no la encuentro. Ni en los amigos de clase ni en mis padres ni en mi hermana.

Y está claro que tampoco en Oliver.

Pero, a la vez, no puedo evitar intentarlo una y otra vez.

No sé cuánto tiempo sigo andando, con la vista fija en el suelo mientras los pies me alejan cada vez más de donde se produjo mi última situación de vergüenza, pero llega un momento en que la acera se convierte en empedrado y una suave melodía de violín me obliga a levantar la cabeza.

Estoy al borde de una plaza muy animada, llena de gente paseando y contemplando un infinito mar de caballetes y lienzos de artistas que ocupan el espacio abierto. Me abro paso entre el amable caos hasta que encuentro un banco vacío. Empiezo a mover las piernas cuando me cruzan la mente las imágenes del día terrible que llevo. Hundo la cara entre las manos y trato de pensar qué hacer.

¿Hago realidad la amenaza de marcharme? ¿O sufro la vergüenza de no hacerlo? Si me marchase, ¿adónde iría? ¿A otro punto de Europa? ¿Sería capaz?

Debería estar disfrutando de una enriquecedora experiencia como becaria a cambio de contarles a mis padres de vez en cuando lo cerca que estoy de ser un clon perfecto de mi hermana, así que no creo que aceptasen que abandonase el plan para irme a otro sitio.

¿Volver a Estados Unidos significaría automáticamente volver a casa? Probablemente, y es una idea que me aterra más que lo desconocido. Mi madre se pasó los primeros diecisiete años de mi vida enfadada y quisquillosa, hasta el punto de que no la reconozco si dice mi nombre sin ir acompañado de un suspiro de desesperación. Pero, el último año, me consintió hasta casi asfixiarme y afrontó mi diagnóstico de TDAH como si fuese una sentencia de muerte. ¿Voy a soportar volver a algo así?

A menudo me resulta imposible averiguar qué hacer y el orden en que hacerlo. Tengo un mecanismo defectuoso que retuerce, desvía e inclina los detalles hasta que me mareo intentando averiguar cómo completar una tarea.

Con un gruñido, levanto la cabeza y miro a mi alrededor como si pudiera sacar una respuesta de la nada.

Hay algo en la escena que me calma los pensamientos precipitados el tiempo suficiente como para que pueda darme cuenta de lo pintoresco que es todo. Tengo las mejores vistas de una artista sentada en un taburete, que estudia con la cabeza ladeada la acuarela que tiene delante. Está pintando los edificios chatos que rodean la plaza; moja el pincel en agua y a continuación lo pasa por la pintura para mostrar los toldos rojos que, en grandes letras mayúsculas, anuncian un *café* y una *pâttisserie* y ondean con delicadeza en la brisa de principios de verano, con una preciosa iglesia blanca de enorme cúpula que se erige al fondo, orgullosa.

Se mueve con paciencia, con cuidado, pero con confianza en las manos, y me pierdo viéndola trabajar, recrear esta pequeña parte del mundo en su lienzo. Cuando el rectángulo blanco del primer plano cobra vida con colores diluidos, me echo a llorar. Su arte es tan bonito que me duele el pecho y mis manos ansían crear el suyo propio.

Entonces me sobreviene una idea abrumadora y aterradora, pero, antes de que pueda apartarla, sin darme cuenta, saco el móvil, temblorosa.

Voy deslizando las pantallas hasta que encuentro la aplicación de color amarillo chillón de Babble.

Babble es una red social que podría describirse como una mezcla de un blog, Pinterest, Twitter y AO3, en la que todo está dispuesto en una cuadrícula por la que se puede navegar: un pozo sin fondo de arte, escritura y diálogos.

Llevaré como tres años sin abrirla, pero nunca me he decidido a eliminarla. Me hice una cuenta hace unos años y, para mi desgracia, la usé como diario público. Tenía como cuatro seguidores, a los que no conocía, así que tampoco era para tanto. Hasta que, un día, una chica del instituto se topó con mi página y se lo contó a todo el mundo.

Tampoco es que hubiera escrito nada malo en ella: era, en un noventa por ciento, un chorreo de información sobre la última obsesión que se apoderaba de mí. Las ideas más descabelladas las guardaba para mi *fanfic,* que, por suerte, nunca se descubrió. Pero, por algún motivo, a la clase le resultó graciosísima, un objetivo fácil con el que burlarse de mí.

En una crisis de humillación, borré todas las publicaciones y, melodramática, juré no volver a escribir en ella.

En este momento, mis dedos rondan el icono amarillo de la aplicación y siento el escozor de las burlas de cuando tenía quince años como si fuera ayer. Retiro la mano. No tengo nada que merezca la pena decir ni compartir. ¿Por qué me iba a arriesgar a sufrir de nuevo la misma vergüenza?

Vuelvo a mirar a la pintora. Ha empezado con un nuevo proyecto (su primera pieza descansa apoyada contra la pata del caballete), con una energía más marcada en la postura y en los movimientos. Mueve la mano deprisa, dando largos trazos de lápiz en el lienzo mientras mira alternativamente de la hoja en blanco a una niña que tiene delante y que baila y da vueltas sobre el empedrado, con un arcoíris de cintas en la mano. La niña deja escapar entonces una risita aguda cuando las cintas se le enredan en la cintura. Se apresura a desenmarañarse y sigue bailando.

La artista coge el pincel y la paleta y mueve la mano como un torbellino, mezclando los colores y trasladándolos al lienzo, con los ojos centrados en la niña.

En cuestión de minutos, pinceladas de acuarela transforman la hoja en una delicada imagen de la alegre escena. Me gustaría aparecer en el cuadro. Querría sentir la libertad de esa niña y la seguridad de las manos de la artista.

Querría…

Querría…

Joder, ¿sabes qué es lo que de verdad querría? Ser yo misma.

Estoy harta de tener que fingir que me gustan las cosas (que siento las cosas) menos de lo que me gustan para que los demás estén más cómodos. Estoy cansada de mentirme a mí misma cuando me digo que no tengo nada importante que decir. Tengo tantas ideas que a veces creo que me va a estallar el cráneo.

Pulso en la aplicación.

Recorro la cuadrícula por un momento antes de pulsar en el pequeño símbolo de «más» de la esquina, lo que hace aparecer una pizarra en blanco; rondo con los dedos el teclado.

La necesidad de corregir lo que pienso, de contenerme las cosas y de preocuparme constantemente por cómo me perciban los demás sigue reciente, alerta, y me tienta a esconderme tras ella.

Pero, con un suspiro, lo suelto todo.

Y empiezo a teclear.

El concepto del amor, casi siempre, evoca la imagen de una pareja. Dos manos entrelazadas. Una madre que acuna a un bebé. Las curvas gemelas de un corazón.

Estoy en la ciudad del amor, rodeada de gente y de arte y de siglos de recuerdos, y nunca me había sentido tan sola.

No sé qué esperaba.

Aunque, en realidad, no es verdad. Sé exactamente lo que esperaba. Esperaba llegar a una nueva ciudad y encontrar una nueva versión de mí. Adentrarme en una vida alternativa a la que me adaptara mejor. En la que la soledad no fuese un dolor sordo constante en el pecho. En la que los fantasmas de las amistades fallidas no se cerniesen sobre mi hombro.

Vuelvo a llorar mientras sigo escribiendo, con el corazón en la mano a medida que traduzco en palabras lo que siento.

No quiero rodearme de más gente que no me quiere. O que cree que soy una carga. Si quisiera vivir así, me habría quedado en Cleveland.

En este viaje me dan igual Mona y lo que opine ella. Mis padres y Mona han organizado el viaje, creo, para cambiarme. Para engatusarme con la universidad, negocios, planes y trajes chaqueta. Pero yo no he venido a eso. Ni he venido por ellos.

He venido porque quiero cambiar. Quiero deshacerme de las partes de mí misma que los demás me han obligado a aceptar, las que no me sirven. Quiero desprenderme de las prendas que me irritan la piel y que me impiden mover los brazos. Quiero lucir orgullosa las partes de mí que me dejan respirar. Que me permiten levantar los brazos y agitar las piernas y correr en todas las direcciones en las que me llamen estas preciosas ciudades.

Me encanta el mundo y por fin quiero disfrutarlo.

Lo leo dos veces, con el corazón latiéndome a toda velocidad y las lágrimas secas en las mejillas.

Entonces sonrío y lo publico.

Capítulo 15

No soporto este viaje

–OLIVER–

Este viaje está haciendo estragos en mi rutina matinal y me parece fatal.

Los días normales, me levanto a las siete y media; no me gusta quedarme remoloneando en la cama: me hace sentir como una trucha muerta, tumbada, inútil, sobre un bloque de hielo del mercado. A continuación, me ducho, me lavo los dientes, me paso el hilo dental, me visto y, a las ocho y cinco, ya estoy en la cocina, encendiendo la cafetera (que he dejado preparada la noche anterior). Una vez que está el café hecho, miro el correo electrónico y las redes sociales y, a las ocho y media, estoy listo para marcharme.

Pero hoy no es un día normal.

Hoy estoy en el aeropuerto a las cuatro de la madrugada, con cara de sueño, desgreñado, esperando a que salga el vuelo a Milán.

Ayer, como todos los días en los que he estado en presencia de una de las hermanas Twomley, fue un desastre. Un desastre sentimental, para ser más preciso. Me resulta imposible explicar por qué renuncié a ir a la reunión. Sé que Mona y Amina se enfadaron cuando expuse, sin mucha explicación, que no las acompañaría.

Pero es que, al ver a Tilly tan decepcionada...

En realidad no. No es verdad. No es lo que vi, sino lo que sentí. Le emanaba dolor de la piel, como cuando estás tan cerca del fuego que escuece, y provocó algo raro en mi organismo: un dolor agudo en el pecho y un retortijón en el vientre.

Un rollo, la verdad, que, no sé cómo, me hizo cerrarme.

Pero, cómo no, Tilly tenía que ponerse a hacer cientos de preguntas para las que no tenía respuesta, en vez de dejar que los dos nos quedásemos tranquilos en la habitación del hotel. Y luego se marchó corriendo. Otra vez.

Te juro que me va a matar.

Cuando volvieron Mina y Amina unas horas después, me dijeron que la reunión había sido una mierda y que no habían conseguido el contrato. Dejaron claro que querían que fuese a la siguiente reunión para proponer conceptos de imagen de marca y de publicidad distintos (y para que dejase caer «discretamente» mi cuenta de Instagram, como si yo tuviese la menor idea de cómo hacer las cosas con discreción).

Tilly no volvió hasta por la noche, cuando ya estaba metido en la cama, y fingí estar dormido cuando entró de puntillas en la habitación. Mientras revoloteaba, intentando en vano no hacer ruido, yo no podía parar de pensar en qué parte de la habitación se encontraría en cada momento, como si fuese un imán arrastrándose por mi mente, moviéndose de un punto a otro. No tengo ni puñetera idea de qué me pasaba, pero está claro que me dejó más alerta que cansado.

Y entonces, cuando por fin empezaba a quedarme dormido, no dejaban de presentárseme absurdeces en la cabeza, como la forma de sus manos. Y que siempre parece a punto de echarse a reír, como si estuviese recordando un chiste estupendo para sus adentros. Y esas tres condenadas pecas de la mejilla izquierda, cuyo color, que no sé identificar, se mofa de mí cada vez que sonríe. Una ridiculez.

Culpo a una noche casi sin dormir de la confusión que tengo en la cabeza esta mañana cuando paso por el control de seguridad y arrastro la maleta de cabina hasta la puerta de embarque.

Embarcamos sin problemas y el vuelo a Milán pasa casi sin que me dé cuenta.

Nos montamos en el metro, apretujados en un vagón abarrotado que nos lleva a nuestro hotel, en una de las zonas más baratas de la ciudad; tenemos unas cuantas horas libres antes de la reunión con una cadena de tiendas llamada Lumina.

Mona ha reservado, otra vez, una habitación compartida para Tilly y para mí que comunica con la suya (con otro muro de muebles entre las camas) y hago como si no me pusiera de los nervios.

¿Por qué? ¿Por qué se me hace tan raro compartir espacio con Tilly? Ya he compartido habitación con mi hermana antes. Y con Marcus y con Micah. Hasta con mis madres. Y nunca ha pasado nada, pero esta situación se me hace rara y no logro averiguar por qué.

En cuanto dejo la mochila en el suelo, me escapo corriendo al (diminuto) balcón de la habitación y trago aire.

Llamarlo «balcón» es ser generoso (más bien es un trozo de metal oxidado en el que tengo que ponerme de lado para no tener peligrosamente medio pie fuera) pero así al menos me distancio de Tilly y de la extraña atracción que ejerce sobre mi psique. Apoyo los codos en la dudosa barandilla y hundo la cabeza entra las manos mientras dejo escapar un gruñido silencioso.

¿Qué tiene esta condenada chica que me pone tan inquieto? ¿Acaso es porque no la conozco bien? ¿Porque está todo el rato estallando en distintas emociones que no acabo de entender?

Se me pasa por la mente su sonrisa deslumbrante y me aparto la imagen de la cabeza. ¿Por qué me sigue pasando lo mismo?

Levanto la vista y me centro en los colores que se extienden ante mí. Los tejados de tablillas son del Pantone 7523, un naranja tostado… similar al tono del vestido que llevaba ayer Tilly. Cosa que parece completamente absurdo recordar. Hay una nube tenue a lo lejos más oscura que las demás: Pantone 651, un gris claro azulado, unos pocos tonos más claro que los ojos de Tilly, del color de las nubes de tormenta.

¿Qué me está pasando? Protesto y niego con la cabeza, tratando de desalojar a Tilly del lóbulo en que se haya refugiado. Parpadeo unas cuantas veces y abro bien los ojos para examinar el horizonte más concentrado que nunca. Pero da igual. Todos los colores en los que me refugio, no sé cómo, acaban llevándome hasta Tilly, y en el estómago noto esa horrible sensación de estar cayendo al vacío.

Se acabó. Lo voy a buscar en Google.

Tras buscar qué enfermedad explica el insomnio, los pensamientos intrusivos, el malestar estomacal, el que me ruborice y las palpitaciones cardíacas, salgo finalmente de la espiral de internet que me convence de que lo que tengo es una especie de ameba comecerebros. Con un suspiro, bloqueo el móvil y me golpeo la frente con la esquina del teléfono.

Llevo aquí parado tanto tiempo que empiezo a notar calambres en las piernas torcidas y no me queda más opción que volver adentro.

Tilly está sentada en el suelo, con la espalda apoyada contra el aparador y la lengua entre los dientes, tecleando furiosa en el portátil. Está tan absorta en lo que quiera que esté haciendo que no se da cuenta de que he vuelto a la habitación. Se ha instalado junto a mi mochila y mi maleta; cruzo lentamente el espacio que me separa de ella y me agacho para coger la mochila.

Le miro el ordenador y veo las palabras volar en la pantalla.

—¿Qué haces? —pregunto, señalando con un movimiento de la barbilla el portátil.

Tilly da una sacudida de la sorpresa y casi me clava el hombro en la garganta.

—¡Nada! —grita, y cierra el portátil con tanta fuerza que sería un milagro que no se le haya roto el cristal de la pantalla.

A toda prisa, cruza el suelo de la habitación a cuatro patas cual escarabajo a la huida y me deja agachado y, sinceramente, atónito.

—Métete en tus asuntos, Oliver —refunfuña tras encontrar refugio al pie de la cama.

No sé por qué le molesta. Tampoco estaba siendo un cotilla. Estaba... En fin, hace que sienta curiosidad por saber más de ella y no tengo ni idea de por qué.

—Lo siento —mascullo, y hurgo en la mochila para mantener las manos ocupadas.

Se produce un largo silencio, así que me pongo en pie y me cuelgo la mochila del hombro, pues doy por hecho que ha terminado la conversación.

—Me ha gustado tu *post* de hoy —dice Tilly para mi sorpresa. Se la veía tan molesta con mi cuenta de Instagram cuando se la enseñé que no pensaba que fuera a querer volver a mirarla.

—Ah. Pues... Eh... Gracias.

Hala. Qué labia. Cuánta poesía. ¿Por qué se me nubla el cerebro y parece como si me creciese tres tallas la lengua cuando trato de hablar con Tilly?

—Me da la impresión de que la mayoría de los días subes fotos con el mismo color —continúa Tilly, estirándose el bajo del vestido—. ¿Por qué las cuatro de hoy eran distintas?

Se me tensan todos los músculos del cuello y de la espalda. Anoche, cuando estaba enfadado en la cama, culpando a Tilly de mi insomnio, dejé programado un *post* de Instagram que era un estudio de las marcas de nacimiento: una imagen recortada del lunar que tiene Cubby encima de la ceja derecha, la sonrisa de Micah mirando hacia atrás y su hombro repleto de pecas, la mancha color café con leche en el antebrazo de mi madre mientras amasaba y mi propio lunar a la izquierda de la nariz.

No sé cómo explicarle a Tilly que compuse el *collage* durante un extraño rencor artístico por saber nombrar el color de todas esas marcas y no el de la suya. No me sale natural mentir, pero supongo que ahora es un buen momento para intentarlo.

—Será que me apetecía cambiar un poco —digo sin levantar la cabeza mientras camino hacia mi cama y finjo buscar algo en la mochila.

El otro colchón chirría cuando Tilly se levanta y procede a moverse. Es como si todas las células de mi cuerpo intentasen girarse a mirar adónde va, pero mantengo la cabeza agachada.

—Tienes mucho que decir sobre el color de la peca que tiene esa chica encima del ojo —dice Tilly, invadiendo mi periferia al sentarse junto a mí al borde del colchón—. ¿Es...? ¿La conoces bien? —pregunta Tilly.

—Sí —digo, y se me va la vista al rostro de Tilly por un segundo antes de volver a apartarla.

Pero, joder, se me enreda la mirada en su regazo, en cómo le cae la tela de color rosa pálido sobre los muslos. Me apresuro a cerrar los ojos, pero la cosa no mejora: ahora recuerdo las curvas de sus piernas con un detalle demasiado realista.

Estupendo. Fenomenal. Primero las pecas y las manos y ahora las piernas. Maravilloso. ¿Qué más partes del cuerpo puedo añadir a la obscena fascinación que parece sentir mi cerebro por Tilly Twomley?

Hasta las preguntas retóricas autoimpuestas generan respuestas infinitas de mi literalísimo cerebro. Me pongo a contar hacia atrás desde cien en portugués para distraer la imaginación y que no siga bajando de la curva de sus clavículas y el diminuto hoyo que tiene en la base de la garganta.

Como necesito alejarme de Tilly y, al parecer, participar en el interminable juego en el que no dejamos de orbitarnos, me pongo en pie y retrocedo hasta que mis piernas se topan con el borde de la otra cama, lo que me obliga a volver a sentarme. Tilly es como un asteroide que me desequilibra el eje y me lanza en espiral por la habitación.

—¿Sois... pareja? —pregunta Tilly, pero su voz suena muy lejana, al otro lado de mis confusos pensamientos.

Tardo un segundo en recordar la conversación y entonces me echo a reír a carcajadas. Miro a Tilly, que frunce los labios.

—No, por Dios. —Me río aún más fuerte y saco la foto—. Este soy yo —digo, señalando a mi esquina del *collage*—. Este es el brazo de mi madre y este es el hombro de Micah, que sale con mi mejor amigo, Marcus. Vivimos juntos los tres.

Tilly clava la vista en mi móvil; le cae el cabello sobre el hombro. La forma en que la luz atraviesa los mechones negros crea un color violeta intenso y dinámico, Pantone 19-3716, Purple Plumeria, que me forma un nudo en la garganta.

Trago saliva para deshacerlo.

—Y esta es mi hermana gemela, Cubby —digo con la esperanza de sonar normal.

Tilly abre los ojos como platos y su boca esboza una sonrisa eléctrica antes de adoptar un gesto más neutral. A ver, todo lo neutral que puede ser Tilly. Hasta sus momentos más tranquilos parecen echar chispas.

—¡No sabía que tuvieras una hermana gemela! Cómo mola. ¿No se te hace raro tener una gemela?

Me encojo de hombros.

—Igual de raro que se te hace a ti tener una hermana, imagino.

Se produce una pausa en la que Tilly me mira atónita; me preocupa el silencio porque no sé si he dicho algo malo, pero entonces Tilly estalla en su ya inconfundible y sonora carcajada.

—Qué buena —dice con un bufido—. ¿Y a tu hermana también le gusta… eh… el color… digital… eh… para…?

—La fotografía y el diseño digital para empresas, centrado en la teoría del color y las aplicaciones psicológicas —digo; agradezco el esfuerzo por acordarse de lo que voy a estudiar.

Entonces me doy cuenta de que le estoy sonriendo.

—Sí, eso.

—No. Cubby es música. De hecho, ahora mismo está de gira con su grupo. Hemos estado escribiéndonos a ver si quedamos si coincidimos en la misma ciudad.

—Qué pasada. Me encantaría conocerla —dice Tilly.

Sus palabras me pillan por sorpresa. Nunca se me había ocurrido la posibilidad de que Tilly quisiera conocer a mi hermana. No sabía que a Tilly le interesase nada que tuviera que ver conmigo.

—Has hablado mucho del color negro —dice Tilly tras un momento de silencio. En realidad, más bien me lo grita, pero ya estoy empezando a acostumbrarme a sus cambios de volumen—. En el *post*, digo. No sabía que hubiese tantas tonalidades. Siempre he pensado que el negro era…, en fin, negro.

Echo la cabeza hacia atrás.

—El negro es uno de los colores más complejos que existen. Es mi favorito.

Llamarlo «favorito» es quedarme corto. Me obsesiona. El negro es delicado, cómodo y mullido y hace que el centro de mi cerebro suelte un «ahhhh» de alivio cada vez que lo miro.

—Se cree erróneamente que solo hay un tipo de negro, pero hay infinitos —continúo—. A ver, está claro que, científicamente, el negro se define como la ausencia total de color, pero en el arte se desarrolla a partir de la pigmentación. Plantéatelo: los pintores tienen que mezclar montones de colores e ir añadiéndolos hasta conseguir lo que se supone que es la nada. Es como si el propio acto de producir el color contradijera su definición. Yo creo personalmente que la gente te corrige por decir que es un color por llevar la contraria. En plan, colega, no vamos a rizar el rizo. Creo que buena parte del problema es que falta claridad en las definiciones. En el fondo, sí, solo existe una única tonalidad de negro de verdad, que es el negro puro. Vale. Pero el negro tiene muchos matices, y creo que es en la expresión donde se equivoca la gente.

»También podemos meternos en las diferencias entre croma y saturación, pero está claro que Munsell puede dar una definición mucho más clara —continúo—. Para hablar de las sensaciones de los colores, me gusta llevarlo a la perspectiva de la vistosidad. Ya sé que es menos científica, pero el color, a fin de cuentas, es una experiencia visual, así que ¿por qué no hablar de él en esos términos? Y para ser un color que se considera tan sencillo, es complejísimo. Variado. Es el color de la tinta y del cielo nocturno. Es el color del espacio exterior y de los puntos de las mariquitas. Es… es… —Miro brevemente a Tilly, que intenta descifrar las palabras que luchan por salir de mi interior.

»Es el color de la punta de tus pestañas —digo, señalándola, tras mirarla brevemente a los ojos antes de examinarle el rostro—. De las profundidades de tus pupilas dilatadas cuando te emocionas. De tus Converse desgastadas y de ese vestido con bolsillos que tanto te pones. Es...

Tilly toma aire, y el sonido detiene mis pensamientos desbocados, los cuales, ahora me doy cuenta, se han puesto en su contexto.

Es en este punto cuando me doy cuenta de que estoy agitando la mano junto a mi flanco, como hago siempre que estoy feliz. Entonces abro y cierro las manos, me paso una de ellas por la nuca ardiente y frunzo el ceño con la vista clavada en el suelo.

Mierda. No quería abrumarla con tanta información. No es algo que suela hacer salvo con mi familia o Marcus.

—Creo que solo he entendido un tercio de lo que has dicho —susurra Tilly. La miro por un instante y ladea la cabeza—. Pero me encanta. No sabía que los colores fuesen tan complejos. Pensaba que... eran, y ya.

Me noto en el pecho y en la garganta una abrumadora oleada de sensaciones desconocidas. Carraspeo.

—Perdona. Es posible que me haya pasado. Es que la teoría del color es, en resumen, lo más fascinante del mundo.

Tilly asiente y se inclina hacia mí.

—Por cómo hablas de ella, me lo parece.

Vuelvo a sonreír cuando Tilly y yo nos miramos. Y es entonces cuando me doy cuenta de que, más o menos, estamos mirándonos a los ojos y no me está aterrorizando.

De hecho, estoy sospechosamente cómodo y no sé qué conclusión sacar al respecto.

Tilly abre la boca para decir algo y mis ojos se quedan atrapados en el movimiento. La veo separar los labios y pasarse la lengua por ellos. Pero, por primera vez, Tilly no dice nada: se muerde el labio; los bordes blancos de los dientes contrastan con fuerza con el rosa tostado intenso de su dubitativa sonrisa.

Se me pasa una imagen por la cabeza, tan catastrófica e irresistiblemente tentadora que no me puedo creer que haya surgido de mi mente: mi boca contra la suya. Los mechones negros como la tinta de su cabello entre mis dedos mientras le paso la mano por el pelo. La yema de mi pulgar acariciándole esas pecas que me vuelven loco a la vez que le sostengo la barbilla.

La mera idea me atrae tanto que noto que me inclino hacia delante, y Tilly hace lo propio. Los dos tenemos los ojos bien abiertos y, si no me equivoco, a los dos nos aterra la tensión que nos obliga a acercarnos.

¿De verdad me está pasando? ¿Y qué es exactamente? Dios santísimo bendito, ¿cómo es posible que esta chica me haya trastornado el cerebro? ¿Va a ser la sensación de sus labios contra los míos tan maravillosa como mi cerebro se ha convencido de que va a ser?

Los dos nos acercamos un milímetro.

Y entonces...

—¿Listo, Oliver? —pregunta Amina, que da unos golpecitos en el marco de la puerta antes de adentrarse, bailarina, en la habitación.

Me pongo en pie de un brinco, sin aliento, y me duele al tragar saliva de lo mucho que se me ha secado la garganta de repente.

—No tardará en llegar el coche —añade Amina mientras teclea en el móvil—. Mo está ya abajo.

—Genial. Perfecto. Vale. Estupendo. Genial.

Mi serie de adjetivos extremadamente fluida y totalmente normal llama la atención de Amina, que levanta la vista y me mira con el entrecejo fruncido. Permanece un instante en silencio, observándome, y noto como si se me fuesen a carbonizar las mejillas de lo calientes que las tengo. No puedo evitar sentir curiosidad por el color que tendrán.

Amina mira entonces a Tilly, que sigue en el borde de la cama con cara de búho asustado. Amina parpadea una vez. Y dos. Y a continuación se vuelve hacia mí, esta vez con una ceja levantada e inquisitiva, examinándome.

—¿Todo bien, Ollie? —pregunta, con una débil sonrisa en la comisura de los labios—. Te noto algo paliducho.

Me gustaría decirle: «No, Amina, no va nada bien. De hecho, creo que me he vuelto loco, porque he estado a punto de besar a una chica que ni siquiera sé si me gusta y que, además, resulta que es la hermana pequeña de mi jefa. Ha acabado con mi horario de sueño, me ha invadido el cerebro y me ha provocado, en menos de una semana, el mayor trastorno físico y emocional que haya experimentado nunca. Y, por si no lo sabes, aún me quedan dos meses de viaje por este puñetero continente con ella».

Pero no lo digo, claro, y me limito a carraspear y a parecer ocupado haciendo como que organizo la mochila.

Tilly, como rompedora profesional de silencios, se pronuncia.

—Te ha llamado «Ollie» —dice, señalándonos a Amina y a mí—. Me gusta. ¿Puedo llamarte así?

Me encojo de hombros en una evasiva, con la vista fija en el espantoso edredón. Me da miedo que, si la miro, me vuelva a arder la cara.

—Ollie —repite, pronunciando con claridad las sílabas—. Ollie.

Antes de que pueda procesarlo, se me escapan las palabras de la boca.

—Me gusta cómo lo dices. Llámame Ollie.

Es verdad, me gusta cómo lo dice (la única persona que me llama Ollie es Cubby, y siempre lo dice con ese tono de exasperación que ponen las hermanas y que me hace poner los ojos en blanco), pero ojalá no hubiese sido tan vergonzosamente sincero con ella.

Reina el silencio en la habitación por un instante más, y tengo que salir de aquí antes de que..., no sé, ¿me muera?

—Hasta luego —digo, y escapo por la puerta tras despedirme de Tilly con un gesto de la cabeza y casi llevarme por delante a Amina. El sonido de sus tacones en el pasillo me indica que no la tengo muy lejos.

En la calle, tomo una bocanada de aire húmedo y rancio y apoyo la cabeza contra el muro del edificio. Mona está junto al bordillo, hablando por teléfono mientras espera a que llegue el coche.

Los sonoros pasos de Amina se detienen junto a mí, y yo mantengo la vista clavada en los chicles secos que salpican la acera.

Transcurrido un momento, se ríe, en una carcajada amable y ronca. La miro brevemente por el rabillo del ojo.

Me está sonriendo y niega con la cabeza.

—Ay, cariño —dice, dándome una palmadita en el hombro—. Va a ser un verano muy interesante, ¿no crees?

Capítulo 16

Aún peor

–OLIVER–

—**C**abeza alta, amores —dice Amina en el taxi de regreso al hotel unas horas después—. A la próxima lo conseguimos. —Es un buen espíritu, pero la tristeza de su voz no me convence tanto. Y basándome en el bufido de Mona, ella tampoco se lo cree.

—Ha sido la experiencia más humillante de mi vida —dice Mona, con una mueca en los labios mientras mira por la ventana.

—¿En serio? La mía fue intentar algo, estando borracha, con mi compañera de piso en la universidad, para que esta me dijera, en palabras textuales, que no le gustaban los conejos.

—¡Amina! —Mona le da un cachete a su socia en el brazo, con el rostro de un color rojo intenso, y a continuación me mira.

Tardo un segundo en entender a lo que se refiere Amina y entonces yo también me ruborizo hasta el cuero cabelludo. Genial, puede que este sea mi momento más humillante. Giro el cuerpo entero hacia la ventana y miro al exterior.

—En fin —dice Amina, como si no acabara de dejar caer un bombazo incómodo en el diminuto taxi—, que les den por culo. Eran un puñado de cretinos viejos y aburridos incapaces de fijarse en un buen producto ni aunque les diéramos con él en los morros.

—Igual habría que haber hecho eso —masculla Mona.

—Pero creo que tenemos que reorganizarnos —continúa Amina—. Mañana cogemos el tren a Roma y propongo que aprovechemos el viaje para niquelar la presentación, reevaluar las métricas y poner más énfasis en la parte del marketing y las redes sociales.

Noto la mirada de Amina y la vergüenza que me gotea por la columna vertebral. Es posible que la haya cagado en mi parte de la presentación. Cuando me tocó hablar a mí, mi cerebro seguía en la habitación del hotel con Tilly, y me trababa con cada idea que quería aportar.

—Voy a mejorar —digo mientras me doy golpecitos con los dedos en el lateral del muslo—. Siento haberos fallado.

—No, cariño —dice Amina, que alarga la mano y me toca el hombro—. No es eso. Somos Mona y yo las que te hemos fallado a ti. Hemos estado buscando respuestas a preguntas que nunca nos habíamos hecho. Tú eres maravilloso. Ya hemos más que duplicado los seguidores de Instagram y están aumentando las ventas por internet. Solo tenemos que estar todos en la misma página y pintarla con una imagen concreta para el resto del viaje.

El coche se detiene enfrente del hotel y nos bajamos; la tarde de principios de verano cae con todo su peso sobre nosotros. Me cambio de hombro la mochila en la que llevo la cámara.

—Sé que estarás cansado, Oliver, pero me gustaría que hiciéramos algunas fotos en Milán antes de irnos mañana. Aún nos quedan unas cuantas horas de luz que aprovechar. —Mona echa atrás la cabeza, contempla el hotel y saca el móvil para ponerse a teclear—. Voy a escribir a Tilly para que baje. Como suba yo, no va a haber quien me mueva.

—Estupendo. Fenomenal —digo, jugueteando con el tirante de la mochila.

No estoy preparado para volver a ver a Tilly después de lo que fuera que pasó antes en la habitación. Aunque tampoco es que tenga otra opción, porque sale corriendo del edificio un minuto después.

—¿Qué tal ha ido? —pregunta, mirándonos a los tres con una sonrisa expectante.

—Ha sido una verdadera masacre —dice Amina sonriente antes de rodear con el brazo a Tilly—. ¿Y qué tal la tarde para ti?

Las siguientes horas transcurren como un torbellino de preciosa arquitectura y un transporte público atestado. Mona nos lleva a distintos lugares de interés de la ciudad y nos detenemos a hacer innumerables fotos: Tilly con un ramo de flores en un mercadillo, con la uña superpuesta sobre un pétalo; con los brazos levantados y las emblemáticas espiras del Duomo de Milán de fondo; las manos de Tilly rodeando un cucurucho enorme repleto de helado de frambuesa, y otra en la que levanta el brazo hacia el precioso techo abovedado de la Galleria Vittorio, como si pudiera tocar el cristal cerúleo.

Es tan inmensa su sonrisa durante toda la sesión de fotos que no puedo evitar sonreír yo también.

Tilly hasta se compra media docena de *cannoncini,* se coloca los dulces alargados entre los dedos y grita que es Eduardo Manoscannoli. Mona le dice que lo deje, pero al verla mover los dulces como si fueran garras rellenas de crema me hace reír tanto que tengo que hacerle unas cuantas fotos.

Ya es tarde cuando emprendemos el camino de regreso al hotel y, mientras andamos, repaso las fotos que he hecho. Hay una en particular que me llama la atención, y casi me freno en seco al verla. El eco de su risa aparece reflejado en la foto, con la cabeza echada hacia atrás y las manos llenas de dulces. Al igual que muchas de las fotos de Tilly, está algo borrosa y la composición es una pesadilla, pero, no sé por qué, es una de mis favoritas.

Por el Pantone 100C, Buttery Yellow, y el 7571, Golden Brown, de los *cannoncini,* claro.

La reunión ha sido un desastre, pero, en general, creo que hoy ha sido un buen día. Para la empresa, obviamente.

—Dios, me estoy meando tanto que me voy a morir —dice Tilly mientras los cuatro subimos las escaleras que conducen a las habitaciones. El último tramo lo hace corriendo—. ¡Me lo pido! —añade mirando hacia atrás, abre la puerta y se mete corriendo en el baño.

Yo la sigo unos cuantos pasos por detrás, y Mona y Amina se meten en su habitación, al lado de la nuestra. Me quito la mochila de la cámara y me dejo caer en la cama; casi me siento sobre el portátil de Tilly. Se lo ha dejado abierto, encima de mis almohadas, y el imaginármela tumbada en mi colchón mientras no estaba genera una extraña sensación de efervescencia en mi pecho.

El movimiento ha encendido la pantalla, ahora ocupada por una web llena de texto. Reconozco el icono de la esquina: es Babble, una especie de web de blogs que le gustaba mucho a Cubby hace unos años. Mis ojos proceden a leer el texto.

Cuando era niña, mi familia tenía una gata. Se llamaba Smoosh y era perfecta. La quería tanto que me daba la sensación de que iba a estallar de amor y, hasta la fecha, sigo creyendo que Smoosh me quería igual que yo a ella. Smoosh me seguía de habitación en habitación y movía la cola a rayas de la emoción cada vez que la llamaba por su nombre.

Una vez me contaron que, en cuanto aprendes a leer, el proceso pasa a ser tan automático e involuntario que no puedes evitar leer lo que tienes delante. Es por eso por lo que sigo leyendo lo que ha escrito Tilly, y no por la fascinación que me llega hasta los huesos y que me insta a conocerla mejor.

Cuando yo estaba contenta, se ponía de pie y me tocaba con las patas delanteras. Cuando estaba triste, se acurrucaba sobre mi pecho, ronroneaba y me lamía las lágrimas de las mejillas. Era como si compartiéramos el mismo corazón (y las pocas neuronas que teníamos).

Pero también pienso que era interesante la forma en que las dos reaccionábamos ante el mundo. Cuando Smoosh tenía miedo, se escondía. Me la encontraba en los rincones más raros, inmóvil entre estanterías, con la cola doblada y la cabeza contra la pared como si cerrando los ojos y haciéndose lo más pequeña posible las cosas no volvieran a darle miedo.

Pues lo mismo hago yo cuando estoy agobiada.

A veces me da la sensación de que el mundo tiene tanta capacidad para hacerme daño que necesito...

—¿Qué haces?

La voz de Tilly me raja los sentidos como un cuchillo y me arranca de sus palabras.

—¡Nada! —miento, poniéndome en pie de un salto.

Tilly se acerca hasta mí dando fuertes pisotones, coge el portátil en un movimiento brusco y lo abraza contra el pecho.

—No tenías ningún derecho a leer eso —dice, clavándome el dedo en el esternón—. ¿Cómo te atreves a invadir mi intimidad?

—¿Tu intimidad? —espeto—. Te has dejado el portátil abierto en mi cama con una página web pública en la pantalla. ¿Cómo iba a saber que era información confidencial? —digo, señalándola esta vez yo a ella.

—Pues... pues... ¡No toques mis cosas!

—Dios, ¿por qué gritas? —dice Mona, que ha aparecido en el umbral. Pone los brazos en jarras; lleva colgando del dedo meñique, por sus respectivas tiras, unos zapatos de tacón.

—¡No estoy gritando! —grita Tilly.

Mona la mira con una ceja levantada.

—No estoy… Es él… ¡Agh! —Tilly levanta los brazos y nos da la espalda. Entonces se dirige hacia su maleta y rebusca en ella con la fuerza de un huracán antes de coger un puñado de ropa, correr al baño y cerrar de un portazo tras de sí.

El silencio inmediato genera un ambiente que me pone la piel de gallina. Miro a Mona, que contempla la puerta del baño con el entrecejo fruncido y mordiéndose el labio.

—No seas tan dura con ella, cielo —susurra Amina, que se detiene tras Mona en el umbral.

Mona abre la boca como si fuera a decir algo, pero a continuación la cierra, niega con la cabeza, se da media vuelta, rodea a Amina y se adentra en su habitación. Amina aprieta los labios, pero no tarda en domar sus gestos y me dirige una débil sonrisa antes de seguir a Mona.

Instantes después, Tilly abre la puerta del baño, apaga la luz y se dirige a su cama. Se ha puesto el pijama y ni me mira cuando retira el edredón. Le veo la boca seria y los ojos arrugados en las esquinas cuando se tumba. Lo último que atisbo de ella es lo que parece una diminuta lágrima reluciente en la mejilla. Se restriega la cara con la palma de la mano, se tapa la cabeza con el edredón y se queda increíblemente inmóvil.

Si el silencio de antes era malo, este es aún peor. Aquí estoy, sintiéndome como un gilipollas redomado. Me dirijo de puntillas hasta mi maleta; la cremallera suena como un disparo cuando voy a coger el pijama. Entonces me meto en el baño y cierro el pestillo tras de mí.

Dios, Tilly es desesperante. Y melodramática. Tampoco era para tanto. He leído lo que tiene publicado en Babble. Y no era malo. Pero tiene que montar un numerito. Y ¿por qué, por qué, por qué me importa tanto?

«No es solo cosa mía», razono mientras me pongo la camiseta negra y los pantalones del pijama. Tilly pone de los nervios a todo el mundo. Prueba de ello es la exasperación de Mona, cosa que me alivia. Es perfectamente normal tenerla en la cabeza en un bucle constante. «No significa nada el que no me la pueda sacar de la cabeza», me digo mientras me cepillo los dientes con tanta fuerza que le daría escalofríos a mi dentista.

Ya pasará. Llegará el día en que sea insensible a... lo que sea que hace Tilly que me consume las ideas como una fiebre terrible.

Apago la luz y salgo del baño para dirigirme a mi cama. El débil sonido de la respiración de Tilly atraviesa como un murmullo la estancia. Me acurruco bajo las sábanas y apago la luz de la lamparita de noche.

Estoy seguro de que para mañana cosas como su respiración, los débiles suspiros que se oyen mientras duerme o la descarga eléctrica de su risa no van a perturbarme.

Por desgracia, esta noche me impiden dormir.

Capítulo 17

Opta por el oro

*U*n precioso viaje en tren hasta Roma no es el mejor lugar para estar melancólica y angustiada, pero me esfuerzo por estarlo. Hasta he renunciado al *look* que había elegido para montar en tren (un vestido de color rosa chicle con vuelo y cinturón, verdaderamente perfecto) y lo he cambiado por mi look más lúgubre (vestido largo de color gris pálido con flores blancas bordadas y volantes en la parte superior, igualmente divino) para ir acorde con mi estado de ánimo.

Durante el trayecto, apoyo la frente contra el cristal y miro el paisaje emborronado. Si estuviera en una película, sonaría a mi alrededor una música instrumental deprimente mientras reflexiono sobre la vida, hasta que me doy cuenta de algo importante que resuelve todos mis problemas. O, lo que es mejor, se me sentaría enfrente un atractivo desconocido italiano. Nos miraríamos con timidez, nos sonreiríamos y, poco después, estaríamos hablando y riendo, y en su lugar sonaría una canción de algún grupo *indie*. Entonces, ¡zas!, pasaríamos a una serie de escenas de los dos, guapos y felices en

Roma (probablemente subidos a una Vespa), y comeríamos perdices.

Por desgracia, no estamos en ninguna comedia romántica y yo no soy protagonista de nada. En vez de eso, estoy sentada frente a Oliver, que es verdad que es muy guapo, pero es un asco de persona y no pienso hablarle ni mucho menos sonreírle.

La única persona que hace por hablar conmigo es mi madre, que está jugando a un divertido juego que consiste en ver cuántos mensajes pasivo-agresivos tiene que enviar antes de que responda.

> ¿Te estás portando bien con Mona?

> ¿Te has tomado la medicación esta mañana?

> Si vais a museos, recuerda NO tocar nada.
> Nada de Tilly Tornado <3.

Suena el móvil con la llegada de otro mensaje y me quedo mirando el teléfono como si se tratase de un perro dispuesto a morderme. Mamá aparece en la pantalla.

Aún faltan varios días para la llamada semanal que habíamos acordado (cosa de la que no me puedo olvidar porque todos los días me lo recuerda mi madre con una notificación) y no puedo decir que tenga ganas precisamente. Está todo destinado al fracaso. Nunca voy a poder informar a mis padres de nada que satisfaga sus expectativas imposibles.

Con un suspiro, abro el mensaje.

> ¡No nos cuentas nada!

> ¿Qué tal el viaje? Te echamos de menos.

Mis dedos se ciernen sobre la pantalla mientras trato de pensar en qué decir. La verdad es que no echo nada de menos estar en casa. Aunque las cosas han estado peliagudas últimamente, cada día de este viaje me hace sentir como si pudiera respirar un poquito más hondo, caminar con la cabeza más alta, ser más yo misma.

«Europa es maravillosa», le respondo.

¿Te está gustando trabajar con Mona?

Se me escapa una breve risa de sarcasmo. Mona no confía en mí para hacer mucho más que quedarme quieta enseñando las manos mientras Ollie hace fotos.

Más o menos

La conversación entera es fría y forzada.

Y no lo soporto.

Me gustaría tener ganas de hablar con mi madre, de compartir trocitos de mí con ella.

«Últimamente he estado escribiendo mucho en Babble —le cuento en un mensaje—. Me ha sentado muy bien volver a escribir».

Veo rebotar el bocadillo de texto a la espera de que responda mi madre, con una peligrosa esperanza en el pecho.

Pero espero que estés dando prioridad al trabajo.

Necesitas experiencia laboral.

Y, puf, adiós esperanza, que deja atrás un rastro de vergüenza.

«Mucha gente se gana la vida escribiendo», respondo; me tiemblan los dedos mientras tecleo.

Tilly, no. Sabes que no es un trabajo de verdad

Me quedo mirando el móvil mientras se me forma un nudo en la garganta.

«Los trabajos de verdad son constantes, estables. Nadie necesita un trabajo así más que tú —me escribe mi madre—. Espero que estés siendo realista sobre cómo tiene que ser tu futuro».

Un minuto después, me llega otro mensaje. Es un enlace a una universidad de Cleveland en la que aún puedo solicitar plaza.

Dos lágrimas grandes y calientes me caen sobre el regazo antes incluso de que pueda procesar que estoy llorando. Bloqueo el móvil y cierro los ojos con fuerza, tratando de contener la emoción que me crece en el cráneo. Es de frustración, rabia y... y... No sé, ¿añoranza?, ¿nostalgia? ¿Desesperación profunda por un futuro para el que, al parecer, no estoy hecha? Un futuro en el que tengo ideas y las comparto y en el que pongo todo mi corazón en lo que hago, en vez de obligar a mi cerebro a adaptarse a un molde en el que nunca encajará.

Temblorosa, respiro hondo y trato de calmarme.

A veces no me gusta sentir tantas cosas.

Agacho la cabeza y finjo estar rebuscando en mi mochila como excusa para dejar que el pelo me tape la cara y así esconder toda la emoción que, estoy segura, se me refleja en la piel. La cosa solo puede empeorar si Mona, Oliver o Amina me pillan llorando.

Acaricio con los dedos el borde frío y curvado del portátil. Una pequeña chispa me sube por el brazo y me llega directa al pecho. Es como memoria muscular, que, deliciosa, me tienta y me recuerda que, cuando los sentimientos te abruman, hay una página en blanco esperando que la llenes.

Sin permitirme pensar mucho (apartando la duda que intenta asomarse al borde), saco corriendo el portátil y, con frenesí, abro Babble y escribo:

Se me hace raro el concepto de trabajo. Resulta que los humanos evolucionamos y un día dijimos:

—Mmm, solo se vive una vez, así que ¿por qué no creamos una cosa que se llame «trabajo» y le dedicamos la vida entera? Será, además, lo que determine cómo vamos a vivir y sobrevivir, y además nos juzgarán moralmente por cuánto dinero ganamos con él. Ah, ¿que qué es el dinero? Es una cosa que hemos creado porque sí y que tarde o temprano no será nada más que un papelito al que le asignamos valor, y veremos que hay gente que lo acumula mientras que otra gente apenas llega a fin de mes. Y toda tu existencia va a estar centrada en estas dos cosas. ¡Que te lo pases bien!

Uf. Perdón por la chapa sobre el capitalismo. No era lo que tenía pensado.

A ver, sí, soy consciente de que hay que trabajar para satisfacer las necesidades básicas para sobrevivir, como comida, agua y vivienda. Estoy a favor de que la gente se esfuerce y cumpla con su parte, pero el trabajo es condenarse a la miseria. ¿Qué narices son la bolsa, las criptomonedas y el análisis de mercados? Suena a... falso. O, cuando menos, no parecen trabajos más validos que la pintura, la poesía o la música, que es lo que nos dice la sociedad.

Te aseguro que no quiero tener trabajo, lo que no implica que no quiera trabajar. Escribir es trabajar. Y es gracioso, porque la gente me dice que no es «un trabajo de verdad». Pero ¿eso qué significa? ¿Lo dicen porque no garantiza ganar mucho dinero? ¿Porque depende mucho de la creatividad? ¿Porque implica dinero emocional en vez de papelitos? Traducir sentimientos en palabras y reflejar la intensidad de los momentos no es fácil. Y es importante, al menos para mí.

—Lo siento, pero no. —La voz de Mona me corta la concentración mientras leo lo que he escrito.

Levanto la vista.

—Deberíamos seguir centrados en los básicos —aclara Mona, señalando con un gesto una hoja que hay en la mesita que corresponde a nuestros cuatro asientos y que está salpicada de colores de esmalte estándar (es decir, aburridos)—. Son las opciones más accesibles y versátiles para las usuarias. Los compradores van a quererlas para sus clientas. Algo que puedan vender que sea lo bastante neutro para entrevistas de trabajo y citas.

Amina aprieta los labios mientras contempla la hoja.

—Es una buena idea, pero ¿no deberíamos mostrar opciones más diferentes? —Permanece en silencio por un instante, estudiando los colores, antes de mirarme y decir—: ¿Qué opinas tú, Tilly?

Echo hacia atrás la cabeza de la sorpresa.

—¿Yo? Ni idea. Yo no sé nada de negocios.

—Mmm, puede que no tengas experiencia en los negocios —dice Amina—, pero eres joven y alegre y tienes mucho estilo. ¿Qué querrías comprar tú?

Cierro el portátil y enredo los dedos en la falda del vestido; se me está calentando el cuello. Noto los ojos de Mona y de Oliver sobre mí, pero no los miro. Mantengo la vista clavada en Amina, que asiente para animarme.

—La verdad, son colores bastante básicos que no dicen nada —digo. Mona ahoga un grito, pero continúo—: A ver, son bonitos, pero no me fascinan. No tengo motivos para elegir ese rojo en vez de los otros millones de esmaltes rojos que hay en el mercado.

—Pero las tiendas tienen que saber que conocemos bien los básicos —replica Mona a la defensiva.

—Y se los puedes mostrar, pero creo que no estás teniendo en cuenta lo que quieren las clientas —digo, encontrando el valor de mirarla.

Tiene el ceño fruncido, pero al menos no me mira con un odio mortal, así que me lo tomo como una buena señal y prosigo.

—Las consumidoras jóvenes, como yo, no vamos a comprar un esmalte rosa perlado aburridísimo para entrevistas de trabajo remilgadas o porque una revista nos diga que en la primera cita tenemos que llevar un rojo concreto. Lo compramos para destacar, para tener una seña de identidad propia que diga: «Oye, estoy aquí. Existo y soy distinta, y quiero que te des cuenta, aunque no sea supervaliente, y te lo demuestro de la forma más discreta posible». —Muevo ante Mona los dedos, cuyas uñas me he pintado de naranja chillón—. Queremos ser valientes, pero sin pasarnos. No siempre podemos teñirnos el pelo de un color atrevido ni tenemos dinero para comprarnos un montón de ropa chulísima, pero el esmalte de uñas es asequible. Podemos hacerlo nuestro. Y ya lo estáis demostrando con las fotos que hace Oliver, así que ¿por qué no lo presentáis así en las reuniones?

El grupo se ha quedado en silencio, y yo me retuerzo antes de hundirme en mi asiento, y recorro con la yema del dedo el contorno de las flores de mi vestido en vez de mirar a los demás.

—Es una verdadera pasada de idea.

Levanto la vista a Amina, que me sonríe.

—¿De... de verdad? —pregunto, mordiéndome el labio mientras se me dibuja una sonrisa nerviosa en la boca.

—A mí me encanta —dice Amina, mirando a Mona—. ¿A ti no, Mo?

Mona me contempla como si no me reconociera.

—¿Qué colores enseñarías, entonces? —pregunta, pensándose bien cada palabra.

Ojeo a Oliver, cuya mirada está fija en mi boca, como si no pudiera respirar hasta que diga lo que pienso.

—Tal vez todos los tonos joya —digo, aunque la propuesta suena más como una pregunta.

—¿Para verano? —inquiere Amina, ladeando la cabeza—. ¿No serían mejores para otoño o invierno? —Mira a Oliver en busca de su confirmación, pero este sigue con la mirada centrada en mí.

Me encojo de hombros.

—Imagino que tradicionalmente lo son, pero ¿de verdad hace falta una temporada concreta para engalanarse con los colores de las piedras preciosas? ¿Para sentirse bien con los morados intensos y los atrevidos colores esmeralda? Y luego terminad con las joyas de la corona: atreveos a optar por el oro.

Mona se queda boquiabierta, con el ceño fruncido mientras sigue mirándome.

Me late tan rápido el corazón que se me sube por la garganta mientras espero a oír la maldad que está a punto de decir. Pasan los segundos y sigue mirándome fijamente.

—Me encanta —musita.

Ahora me toca a mí quedarme boquiabierta como un pez muerto. ¿Me ha...? No me jodas, ¿me ha dicho algo bueno? ¿Mi hermana?

—Oliver —dice con entusiasmo en la voz—, ¿crees que podrías editar las fotos? Destaca los tonos joya y añádelos a la presentación.

Oliver asiente tan deprisa que se le desdibuja la cabeza, y se apresura a sacar el portátil y encenderlo.

—Va a ser fabuloso —apunta Amina, que está tomando notas en su cuaderno.

Mona procede a soltarle a Amina términos de negocios que ni reconozco ni me importan, y las dos se ponen a hablar con entusiasmo, acercándose la una a la otra mientras discuten.

Una sensación de bienestar me invade el pecho e hilos de felicidad me recorren los brazos y se me enredan en los dedos. Entonces me giro hacia la ventana y contemplo, con una inmensa sonrisa, lo que hay al otro lado del cristal durante la hora que queda de viaje.

Cuando al fin llegamos a Roma, nos levantamos de nuestros asientos, cogemos las maletas del portaequipajes y, apretujados, recorremos el pasillo.

Amina y Oliver ya se han bajado del tren cuando Mona alarga la mano y me toca la espalda.

La miro hacia atrás: un leve rubor le cubre las mejillas. Entonces se aclara la garganta.

—Gracias —dice al fin, y se coloca el pelo detrás de la oreja—. Se te ha ocurrido una muy buena idea. Y me... —Se muerde el labio por un segundo antes de hacer lo último que esperaba de ella: alarga las manos y me da un abrazo.

Es raro, tenso e incomodísimo, porque sigo mirando hacia delante, así que me está abrazando la espalda y aplastándome la nariz contra el hombro, y el pasillo no nos deja mucho espacio, pero creo que es el mejor abrazo de mi vida.

—Gracias —repite—. Me alegro de que estés aquí.

Me detengo por un momento para tragarme la oleada de emociones que me atascan la garganta. Cuando sé que no voy a llorar, digo:

—Yo también me alegro de estar aquí.

Mona me suelta y se aclara la garganta.

—Si... eh... te parece bien, me gustaría que vinieras a la reunión.

Parpadeo a toda velocidad mientras la idea retumba en mi cerebro.

—¿En serio?

Mona asiente y a continuación sonríe y me indica con las manos que siga adelante. Considero la idea mientras avanzo por los pasillos con dificultad con la maleta y me bajo del tren. ¿Quiero ir? Para ser sincera conmigo misma, el único motivo por el que quería ir en un principio era porque iba a ir Oliver, pero, en realidad, las reuniones de negocios son la versión adulta de estar en clase. En otras palabras, uno de mis infiernos personales.

En el andén, me vuelvo hacia Mona.

—Creo que no me apetece ir —espeto.

La sonrisa de Mona se torna en un gesto torcido y se le tensa el cuerpo. Va a ponerse a la defensiva y abre la boca.

—No es que no crea en lo que haces —digo, interrumpiéndola—, pero no me parece que sea la mejor forma de ayudar. Y quiero ayudar. Mucho.

Mona cierra la boca y ladea la cabeza, invitándome a continuar.

—Si... eh... te parece bien, me gustaría hacer más cosas como la del tren. Hablar contigo y con Amina. Y con Oliver y tal. Me lo he pasado bien. Me ha gustado y creo que con el tiempo se me va a dar mejor. Pero no me interesan las reuniones. ¿Me he explicado bien? ¿Te parece?

A Mona se le suaviza el gesto.

—Creo —dice, ajustándose la blusa— que te has explicado perfectamente. Y nos podría venir muy bien tu perspectiva en el aspecto creativo.

Sin pensármelo, me abalanzo sobre ella y le doy otro abrazo. Mona se tambalea por un instante, tensa, antes de relajarse. Solo un poco.

—Y a cambio de mi ayuda, acepto el cincuenta por ciento de la empresa.

Mona se ríe por la nariz y se aparta.

—Sigue soñando, Til.

Entonces le sonrío y me encojo de hombros.

—Es mi especialidad.

Capítulo 18
Tren mental a la huida

-TILLY-

—*H*ola —dice Oliver con una voz suave, pero que me da un susto de cojones, y grito.

Oliver, Amina y Mona habían dejado las maletas en el hotel y se habían marchado directos a la reunión. Después de encontrar la cafetería más cercana y pegarme un buen atracón de *espresso* y tantas porciones de tiramisú que tendría que habérmelo pedido entero, me obligo a volver al hotel, donde llevo hiperconcentrada... tres horas, si tengo bien la hora del móvil. Aunque me he sumido tanto en mis pensamientos que me parecen tres minutos.

Oliver permanece en silencio mientras yo regreso al mundo real; hay algo amable en cómo deja la mochila en el suelo y a continuación se sienta en el borde de la cama. Menuda diferencia con la forma de reaccionar de mi madre.

A mi madre le pone de los nervios que esté tan concentrada.

Está todo el rato entrando en mi cuarto, diciéndome que esté atenta a lo que pasa a mi alrededor; cabreándose conmigo cuando se me olvidan los trabajos o los deberes de clase; gritándome cuando me sumo en mis pensamientos y pierdo horas y horas después de que mi cerebro se haya quedado atascado en una tarea absurda, como comprarme un bañador, o analizando a fondo teorías de la conspiración muy concretas sobre Pete Davidson.

Mi madre reacciona como si fuese yo la que elige desaparecer cuando de verdad soy físicamente incapaz de dejar de hacer una tarea. A veces, la hiperconcentración me permite crear cosas preciosas o que me entusiasman, como lo que he escrito esta tarde. Pero en otras ocasiones, me toma como rehén hasta las tres de la mañana mientras me recorren las mejillas lágrimas de frustración.

—¿Qué tal ha ido la reunión? —pregunto, frotándome los ojos con los puños.

Oliver y yo no hemos hablado mucho desde la pelea de ayer, y me dirige una mirada de sorpresa que se transforma en una sonrisa tímida que me destroza un poco por dentro.

—Bastante bien, creo —dice, controlando la expresión y frotándose con las palmas de las manos la tela negra de los pantalones.

—¿No vas a contarme nada más? —Cierro el portátil y me inclino hacia él—. Los tres llevabais días viniendo de las reuniones como si los responsables hubieran estado clavándoos estacas bajo las uñas, ¿y solo me dices que «bastante bien»?

Pronuncio las últimas palabras imitando su acento, y no se me escapa la forma en que se le tuercen las comisuras de los labios, en una sonrisa que está a punto de formarse y volver a acabar conmigo.

—Está bien —concede, volviéndose hacia mí—. Ha sido estupenda. Pero de verdad. Les ha gustado tanto la idea que ya estaban pensando en cómo colocar los esmaltes al lado de las joyas y la ropa que tienen.

Se me escapa de la garganta un sonido mezcla de una ballena en celo y un grito de pterodáctilo, y me pongo en pie de un salto y corro hacia la puerta que comunica mi habitación con la de Mona.

Está cerrada, pero irrumpo igualmente.

—¡Mona!

Mona grita cuando la puerta choca contra la pared, y oigo el sonido de su cuerpo al golpear contra el suelo junto a la cama.

—¡Tilly! ¡Pero llama a la puerta, joder! —dice desde el otro lado de la cama.

—La puerta tenía que estar abierta —replico cantarina.

Oigo el murmullo de la ropa y el sonido de una cremallera antes de que Mona salga al final de detrás de la cama.

Dejo escapar un silbido sexi.

—Joder, Mo, ¿has quedado con alguien?

—¿Qué? ¡No! No digas eso —espeta Mona, con las mejillas de color carmesí. Se pasa las manos por el vestido corto con estructura y escote *halter* que se ha puesto y parece sacada de un calendario de *pinups* de los cincuenta. Mira a un punto detrás de mí y yo hago lo propio; entonces veo a Oliver, que ronda por el umbral.

—Me han dicho que la reunión ha ido bien —comento, y echo a correr para tirarme de cabeza sobre el colchón de Mona. Casi puedo oírla poner los ojos en blanco.

—Ha sido muy esperanzadora —admite, cogiéndome de los tobillos y tirando de mí hacia fuera de la cama para que no la pise con los zapatos.

—No puedo con vosotros —digo, sentándome y señalándolos a Oliver y a ella—. Qué estoicos y serios. No pasa nada por reconocer que ha ido la leche de bien.

Mona pone los ojos en blanco y se dirige hacia el espejo para maquillarse.

—No digas «la leche».

—Perdón. No pasa nada por reconocer que ha ido la hostia de bien.

—¡Tilly! —exclama Mona, parando a mitad de la aplicación de la máscara de pestañas para lanzarme una mirada de odio.

—¿Dónde está Amina? —pregunto al percatarme de su ausencia. Le habría hecho mucha gracia.

—Pues… eh… ha salido. —Mona devuelve la máscara de pestañas al neceser de maquillaje.

—¿Adónde? —pregunto mientras veo a Mona destapar el pintalabios y hacerlo girar.

—Pues no lo sé. Ha salido y punto. A por no sé qué. —Mona se pasa el carmín por los labios y, con los dedos, se retoca los bordes.

—¿Por qué te has puesto el pintalabios de las citas? —pregunto, acercándome a Mona para verle más de cerca la boca, pero mi hermana me da un empujón.

—No es verdad.

—Sí es verdad. Solo te pones el pintalabios rojo cuando has quedado con alguien.

Mona es tan doña perfecta que hasta de adolescente tenía cajitas etiquetadas en sus cajones del baño con maquillaje para cada ocasión, desde las reuniones del club de debate de los martes hasta las citas de los viernes.

—No. ¿Qué…? Es que… —Mira a su alrededor, como buscando una salida de emergencia. Entonces sus ojos aterrizan en Oliver—. Tendríais que salir a conocer la ciudad —dice Mona, echándonos con un gesto de las manos.

—No, gracias —dice Oliver.

—Preferiría arrancarme el pelo —añado.

Mona frunce el ceño.

—De verdad, marchaos. Si no tenéis nada que hacer, id a sacar fotos para Instagram.

—¿Qué me estás pidiendo, que vaya a hacer turismo o que haga fotos? —aclara Oliver—. Tengo que saber si computarlo o no para la factura.

—¿A ti te pagan? —pregunto incrédula, hundiéndome en mis talones y resistiéndome a los empujones de Mona para que me marche de la habitación—. ¿Por qué a mí no me pagáis? —añado, volviéndome hacia Mona.

—¡Porque te estás viniendo de viaje gratis por Europa! —dice Mona, levantando los brazos.

Ah. Sí. Pero sigue siendo trabajo y tengo que sacar dinero hasta de debajo de las piedras si quiero continuar engullendo dulces y cafés a la velocidad que lo estoy haciendo.

—¿Por qué tienes tantas ganas de que nos marchemos? —pregunto, arrugando los ojos mientras Mona intenta sacarme de allí como si fuera un perro pastor australiano con su rebaño.

—No es eso. Es que…

Llaman a la puerta.

—Hola, preciosa. ¿Lista para la…? —Amina asoma la cabeza, con una botella de vino y dos copas en las manos. Abre los ojos como platos y cierra de golpe la boca cuando nos ve a Oliver y a mí mirarla fijamente.

¡La leche!

¡Lo sabía!

Sabía que había algo entre ellas.

Me vuelvo hacia Mona con una sonrisa gigantesca, boquiabierta. Entonces tomo aire para preparar un grito de entusiasmo.

—Ni se te ocurra —avisa Mona, con los ojos como platos y un dedo amenazante en alto.

Ahogo el chillido de alegría que se me agarra a la garganta; me va a estallar la cabeza.

A paso muy lento, como si yo fuera un animal salvaje al que no quiere sobresaltar, Mona se vuelve a coger el bolso y hurga en su interior. Sigue mirándome a los ojos, sabiendo que voy a volverme loca como aparte la vista por un segundo.

Me está ofreciendo su cartera.

—Cógeme la tarjeta de crédito y lárgate —dice con un gesto serio, como si estuviera robándole.

Con el cuerpo gozando de alegría y los labios muy apretados, logro asentir despacio y coger la tarjeta de Mona. Entonces me doy media vuelta y agarro a Oliver por el codo.

—¿Qué pasa? —pregunta él con el entrecejo fruncido mientras tiro de él hacia la puerta.

—Te lo explico fuera —digo, y le dirijo a Amina una enorme sonrisa cuando pasamos junto a ella. Sigue clavada en el mismo sitio, pero, un segundo después, me sonríe ella también a mí.

—Ya, pero ¿me van a pagar por estas horas? —pregunta Oliver. Entonces protesto.

—Ya te pago yo si te callas —digo, aún tirando de Oliver. Oigo la puerta cerrarse tras nosotros y se me agranda la sonrisa—. ¿Te vale con helado?

Capítulo 19

Vacaciones en Roma

—TILLY—

Roma es lo que yo llamaría una pesadilla para los sentidos. El calor me golpea sobre los hombros y el cuello
con una fuerza física que me absorbe la energía de los
músculos. La muchedumbre es tan densa y ruidosa en torno a la
Fontana de Trevi que noto como si me engulleran entera las ma-
sas de cuerpos y no fuera a tener jamás espacio para respirar.

Y el ruido. No me jodas, el ruido. De motores, gritos, tinti-
neos, agua, conversaciones, arrullos y llantos de bebé, todos com-
binados en un rumor chirriante que me atraviesa la piel y me sube
y me baja por la columna vertebral con un dolor afilado.

Me abruma tanto todo que tengo que parar de andar, sin
aliento y con las lágrimas asomándoseme en los globos oculares.
Noto que Oliver también se detiene, pero no me atrevo a mirarlo. Si lo miro, sé que haré algo humillante, como echarme a llorar o hundir la cara contra su pecho. Probablemente me
pregunte por qué he dejado de andar o qué me pasa, o me mire
con frialdad como hace siempre, y será humillante y me resultará
imposible explicarle que mi reactor nuclear está implosionando

ligeramente sobre sí mismo de la forma más catastrófica que sea humanamente posible.

Y que me estoy volviendo loca.

En público.

Un leve roce en los muslos me hace mirar hacia abajo, y veo los dedos de Oliver dar golpecitos en el flanco en movimientos espasmódicos. Me arriesgo a mirarlo a la cara. Tiene los hombros y el cuello tensos y se le mueve un músculo de la mandíbula cuando mira al cielo. ¿Acaso... tampoco lo soporta él?

En una décima de segundo que me hace saltar, se posan en mí esos ojos castaños infinitos. Debe de ser capaz de leer la tristeza en mi rostro, porque alarga la mano y entrelaza los largos dedos con los míos.

—Vamos —dice, tirándome de la mano. Entonces se vuelve y empuja a la multitud. Llevándome a mí con él.

Ollie nunca me había tocado durante tanto tiempo antes: todo contacto físico siempre es un breve ajuste de las manos, como un murmullo. Debería sentirlo raro y foráneo y volver locos a mis nervios que haya entrelazado los dedos con los míos, pero, no sé por qué, lo único que siento es seguridad.

Y una chispita de perfección.

Su agarre es firme, seguro y lo bastante ceñido como para saber que no me voy a disolver entre los estímulos de mi alrededor. Ollie crea espacio en torno a mí liderando el camino.

No sé adónde vamos, pero, por algún motivo, confío en que va a asegurarse de que esté mejor que aquí. Mantengo los ojos clavados en un punto entre sus omóplatos, canalizando toda mi concentración en los hilos de su camisa negra, en la forma en que el tejido se estira y se mueve con cada paso que da.

Al fin salimos a las afueras de la zona más congestionada y tira de mí hacia un callejón estrecho, de aire más fresco gracias a la sombra de los edificios de piedra en bruto. Ollie mira hacia atrás cada pocos segundos mientras camina y echa un vistazo a callejuelas y huecos; cuanto más nos adentramos en el laberinto oculto de Roma, más desaparecen tras nosotros los ruidos explosivos de la ciudad.

Pasamos junto a una estrecha abertura entre los edificios y, sin ningún motivo, Oliver se frena en seco. Así, me choco contra él, hundiendo la nariz contra su espalda.

Me duele reconocerlo, pero qué bien huele el cabrón.

Primero está su carita atrozmente guapa; luego, lo bien que describe los colores, hasta hacérseme molesto, y ahora tengo que vivir sabiendo que es un profesional de dar la mano y de que huele como los dioses. Me está poniendo complicado esto de odiarlo.

Ollie se da la vuelta y tira de mí entre los edificios, tras él.

—¡Hala! —digo boquiabierta mientras nos adentramos en un patio escondido.

Tengo que parpadear varias veces para que los ojos se me ajusten a la falta de luz de la zona. Los edificios de alrededor son altos y asimétricos, apoyados cómodamente los unos contra los otros. Sobre nosotros, baten los tendederos repletos de colada y hay pequeños balcones a rebosar de plantas.

Y el silencio.

Podría llorar de agradecimiento por el silencio. Es suave como una manta; el caos de Roma no invade este pequeño espacio seguro.

Me adentro unos pasos más en el patio y, sin pensármelo, me dejo caer sobre el suelo empedrado, una vez agotada toda la energía nerviosa en la tranquilidad de este rincón.

—¿Estás bien? —pregunta Ollie tras un momento.

Su mirada es como una caricia que noto en el rostro, y asiento, presionando la mejilla contra el hombro y apartando la vista de él.

—Sí. Perdona. Es que ha sido... demasiado. —Me mordisqueo el labio—. Lo siento mucho —repito.

—No tienes que sentir nada. —Ollie se aclara la garganta—. Te... eh... te entiendo. Entiendo cómo te sientes.

Bufo.

—Sí, seguro.

Se produce una larga pausa y aún noto que Oliver me mira.

—Creo que estás siendo sarcástica, pero no entiendo por qué —dice al final.

Con un suspiro, apoyo la nuca contra la pared que tengo detrás y entrecierro los ojos al levantar la mirada hacia la mancha de cielo azul que se cierne sobre nuestro escondite. Trato de rebuscar en el batiburrillo de palabras que tengo en la cabeza, pero me cuesta encontrar algunas que me sirvan. ¿Por qué reconocerlo ante la gente me hace sentir como si me estuviera desnudando?

—Tengo TDAH —digo, aún mirando hacia el cielo—. Y, aunque sé que a nadie le gustan especialmente las multitudes, lo que hemos vivido me hace cortocircuitar, en resumen.

Oliver permanece en silencio durante la brevísima pausa que le concedo, así que decido continuar. Abrir la veda. Soltarlo todo.

—La gente cree erróneamente que el TDAH es tan sencillo como no concentrarse o un rasgo de personalidad curioso, pero es mucho más que eso. Es como… Dios, ¿cómo lo explico? Es como si todo lo que tuviera a mi alrededor estuviese gritándome para llamarme la atención, agarrándoseme al cerebro y tirando de él en cien direcciones distintas, todas con la misma fuerza. Y mi cuerpo no sabe cómo procesarlo. Cuando hay tanta gente —señalo vagamente en la dirección en que hemos venido—, mi sistema nervioso siente como si se lo estuviesen cargando. Como si nunca fuese a acabar el ruido en mi cerebro, como si nunca fuese a poder escuchar todo lo que le pide atención. La vida es, no sé, demasiado, joder. Me cuesta todo. Saber cuál es el orden para hacer las cosas. Acordarme de comer o de cuidar de mí misma. Y, sí, da lugar a crisis extremadamente vergonzosas.

Recorro con la yema de los dedos las piedras que tengo detrás, tratando de tragarme la vulnerabilidad que se me está formando en la garganta. Que me pincha en los ojos. Antes de que supiera que tenía nombre, me han criticado por la forma atípica en la que me funciona el cerebro, hasta gente como mamá y papá, que se supone que me quieren más que nadie.

Tuve que pasar una pandemia, unas clases *online* que eran una tortura y ataques de llanto diarios porque no conseguía que mi cerebro cooperase para que mi madre me llevara a un psiquiatra infantil.

El doctor Alverez nos explicó que no es que fuera despistada, vaga o indisciplinada (cosa que había oído demasiadas veces a lo largo de mi vida), sino que prácticamente carecía de función ejecutiva. No es que no prestara atención: es que no podía regularla.

Pero ni siquiera con el diagnóstico mi familia lo entiende, así que sería absurdo pensar que un casi desconocido como Oliver sí lo va a entender.

—Seguro que quieres hacerme alguna pregunta como: «Pero ¿el TDAH no es cosa de chicos o niños pequeños?». Así que venga, dispara —digo, dejando que mis dedos sigan recorriendo el suelo.

Sigo sin poder mirar a Oliver, pero lo oigo acercarse un paso a mí. Por el rabillo del ojo, lo veo ponerse de cuclillas y limpiar con la palma de la mano un hueco en el suelo antes de sentarse a mi lado.

Por algún motivo, su silencio y el calor que emite su brazo junto al mío son mucho peores que si hubiera dicho alguna de las gilipolleces que esperaba que dijera.

—¿Puedo contarte una cosa? —me pregunta tras un momento.

—Si quieres… —digo, tratando de mostrarme frívola mientras, con más bien poca discreción, me seco los ojos y la nariz en la manga.

—Creo que nos parecemos mucho más de lo que te piensas.

Capítulo 20

Neurodivino y me importa un comino

–OLIVER–

–¿En qué? —pregunta Tilly, cuyos ojos de tormenta me contemplan con clara vulnerabilidad.

—Pues... eh... —Carraspeo varias veces, en busca de las palabras adecuadas.

Me cuesta confiar en que la gente vaya a saber cómo actuar al descubrir que soy autista. Suele hacer como si fuera algo de suma importancia en vez de un detalle sobre mi cerebro.

Mis tías, con «buenas intenciones», les dicen en voz baja a mis madres que no parezco autista. Cuando se lo dije a mis compañeros de clase, me miraban horrorizados como si se contagiase. De niño, en el colegio se burlaban de mí llamándome Spock y los profesores me contemplaban con la expectativa de que fuese una especie de erudito, cuando, en realidad, soy como soy.

No es por vergüenza por lo que dudo sobre si contárselo o no a la gente (avergonzarme del funcionamiento de mi cerebro sería un verdadero derroche de energías), sino porque el autismo forma parte de mí y hablarles de mí a los demás me incomoda mucho. Es como entregarle a otra persona algo que o bien puede tratar con amabilidad o bien puede retorcer y reformular para hacerte daño.

Trago saliva mientras doy golpecitos con los dedos a mi lado.

—Soy autista —digo, con la vista clavada en el hombro de Tilly—. Y entiendo los problemas que tienes para procesar las sensaciones. A mí también me pasa, pero con los sonidos complejos y los olores fuertes. Me revuelven el cerebro y me provocan estereotipias.

Tilly permanece tanto rato en silencio (lo que para ella son dos segundos) que me arriesgo a mirar más arriba de su hombro.

Sigue contemplándome con esos ojos grandes y grises, pero con una sonrisa en la boca.

—Ah —dice al fin, y hay algo en esa única sílaba que me reverbera en la columna vertebral, como el efecto tranquilizante de una cuerda de arpa pulsada—. Así que me entiendes. ¿Por qué no me lo habías dicho antes?

Me encojo de hombros.

—Sé que no te caigo especialmente bien, así que tampoco quería molestarte con detalles.

—Que no... ¿qué? ¿Por qué dices eso?

Se inclina hacia mí y una leve brisa le susurra entre el cabello; me rodea su aroma suave y dulce.

Vuelvo a encogerme de hombros y mis ojos se retiran a la seguridad de esas tres malditas pecas que tiene en la mejilla.

—Sueles frustrarte cuando hablamos y acabas largándote. Y siempre me miras como enfadada cuando estoy haciendo fotos o editando o escribiendo. Has dejado claro que mis costumbres te resultan intolerables.

Tilly se arrodilla con torpeza y se remueve de forma que estemos a la misma altura. Me pierdo en sus ojos.

—Ollie, no, no es eso.

—Entonces, ¿es mi personalidad lo que provoca tan evidente aversión?

—Por Dios, no. Y deja de hablar como si fueras el protagonista de una novela histórica romántica. Me confunde el cerebro.

—No te entiendo.

Tilly resopla y se frota los ojos con los talones de las manos.

—Está bien —dice al fin, levantando los brazos—. Reconozco que me das... un poco de envidia.

La miro parpadeando a toda velocidad.

—¿Que me tienes envidia a mí? ¿Por qué?

—¡Porque eres perfecto! Da asco lo bien que se te da lo que te gusta. No pierdes el hilo ni te cuestionas lo que haces ni dudas a la hora de pararte en plena calzada a hacerle una foto a un charco porque estás entregadísimo a lo que haces. Y sabes hacerlo. A diferencia de mí. Yo no sé lo que hago. Nunca. E incluso cuando hago algo, me da la sensación de que lo hago fatal y de que voy a defraudar a todo el mundo.

Hago una pausa por un instante para procesar lo que ha dicho.

—Tilly, te refieres... a la hiperconcentración. No tiene nada que ver con la perfección.

De hecho, es todo lo contrario. Es impulsiva. Es la absoluta necesidad de analizar el color, de jugar con las fotos y de compartirlas con los demás de la única forma que sé compartir las cosas con la gente.

—Pues no lo sabía.

—¿Saber que soy autista y que me hiperconcentro habría cambiado lo mal que te caigo?

—¡Sí! O sea, no. No me refiero a eso. Es...

—¿Qué? —le pregunto, dándole un golpecito con la rodilla.

Tilly me mira la pierna y sonríe.

—Me refiero a que lo entiendes.

—¿El qué?

Tilly se muerde el labio por un instante antes de esbozar esa sonrisa que parece su estado predeterminado.

—Lo difícil que es moverse en un mundo que no está diseñado para ti. La confusión, la frustración y el dolor en el pecho que se sienten cuando intentas conectar con la gente pero no lo consigues, y lo mandas todo a tomar por culo y decides ser tú misma igualmente.

Tilly me mira y yo la miro a ella, mientras me nace una extraña sensación palpitante en el pecho que se me extiende por los brazos hasta la yema de los dedos. Digamos que… es agradable.

En este momento me siento cerca de Tilly, como si estuviésemos compartiendo una manta calentita bajo la que los dos estamos cómodos. No sé si me había sentido así con alguien antes.

—¿No te da la sensación…? —Me aclaro la garganta—. No sé cómo explicarlo, pero, en situaciones sociales, ¿no…?

—¿No tengo ni idea de lo que hago? —dice Tilly, inclinándose hacia mí aún más cerca y riéndose.

—Sí —digo, y le sonrío—. Eso.

Tilly echa atrás la cabeza y ríe con una carcajada de bruja.

—Ollie, constantemente. Todas mis interacciones son como si acabase de plantarme en un teatro cualquiera, me dijeran que soy la protagonista de una obra y me empujaran al escenario. Todos los demás tienen el guion y saben qué decir, y se supone que yo debería saberme mi papel, pero no sé ni de qué va la obra. Es una pesadilla.

Sus palabras me sacan una carcajada.

—Me gusta la analogía. Mucho.

—Gracias. La he sacado de mis sueños angustiosos.

—A mí siempre me ha dado la sensación de que es más bien como una pared gruesa de cristal —digo, dando golpecitos con los dedos sobre los adoquines del suelo—. Veo a los demás, los observo, pero no bien del todo. No sé por qué, pero están distintos. Y a veces hay un brillo raro que me ciega por completo. Y la pared distorsiona los sonidos; jode lo que quiero decir, o bloquea lo que quieren decir los demás. Siempre me deja algo perdido. Y solo. Creo que por eso me entrego tanto a mi cuenta de Instagram. Publicar allí, reducir mi mundo a una pantalla del tamaño de la palma de la mano mientras analizo el color y cómo cambia el mundo, me permite sentirme más cerca de la gente que si estuviera en su presencia. Es la única forma que he encontrado de relacionarme de verdad con la gente.

Tilly suspira y la miro, preocupado de haberla molestado o aburrido en algún punto de mi discurso. Pero no: está…

—¿Por qué sonríes? —pregunto. Un momento. Dios, ¿está…? Ay, no—. ¿Por qué lloras? —Agito las manos como dos pájaros que aletean en su dirección.

Tilly se ríe con un resoplido y se tapa la boca y la nariz con la mano. Literalmente, pasa por todo el espectro de emociones humanas en un segundo. No puedo con esta chica.

—Pues… eh… imagino que es que me abrumo cuando siento muchas cosas y… —Deja escapar un suspiro y se aparta el pelo que le tapa la frente—. Y, ahora mismo, me alegro mucho de haberte conocido.

Unas cuantas cosas muy aterradoras le suceden a mi cuerpo tras sus palabras: se me para el corazón, noto como si me lo estrujasen y luego comienza a latirme al doble de velocidad en el pecho. Mientras tanto, una extraña explosión de electricidad me recorre el sistema nervioso hasta la punta de los dedos de los pies y de las manos, en los que siento un cosquilleo. Y, para rematarlo, se me atraganta la respiración en lo alto de la garganta y tengo la certeza de que voy a morir.

Me pongo en pie de un brinco, haciendo lo posible por, bueno, ya sabes, por no morir. Consigo respirar. Una vez más. Y entonces creo que no le va a pasar nada a mi corazón, pero aun así voy a llamar a mis madres esta noche para preguntarles si, por si acaso, debería buscarme un cardiólogo.

Miro por un segundo a Tilly, que sigue haciendo ese gesto tan interesante como espantoso de llorar y reír a la vez, y ella me devuelve la mirada. Y entonces me doy cuenta de que yo también le estoy sonriendo.

Ella también se levanta. Permanecemos en silencio por un instante y, entonces, me aclaro la garganta.

—¿Te gustaría seguir paseando por Roma? Podríamos intentar encontrar algún sitio que…

—¿Se adapte mejor a los neurodiversos? —dice, arqueando una ceja.

—Sí, justo.

Tilly asiente.

—Me vale. Además, quiero que les demos a Mona y Amina el tiempo suficiente para que…, en fin, para que hagan lo que tengan que hacer para que dejen de suspirar la una por la otra y por fin sean pareja. Las ansias me están matando.

—Sigo sin entender cómo lo sabías —digo con gesto de escepticismo—. A mí me parece una relación de socias totalmente platónica.

—Eres un experto en amor sáfico, por lo que veo —dice, guiñándome el ojo con lascivia, y yo siento que me arden las mejillas.

—Entiendo —masuclo, y me paso la palma de la mano por la nuca y clavo la vista en el suelo. Cuando vuelvo a mirar a Tilly, me está regalando una sonrisa más amplia que el horizonte.

Me doy media vuelta, dispuesto a encontrar otro lugar de Roma que sea seguro para nuestros sentidos, cuando Tilly se aclara la garganta.

—Ollie —dice, con una voz dulce.

Me vuelvo hacia ella.

Tilly vuelve a aclararse la garganta.

—Lo… lo entendería totalmente si me dijeses que no, y quiero que sepas que no estás obligado, pero ¿te parecería bien que… eh… te diese un abrazo?

Ladeo la cabeza mientras la miro, y una sensación extremadamente cálida me llena el pecho. Si la sensación tuviera color, sería el Pantone 176: un rosa pálido, luminoso, suave, seguro.

De repente, no hay nada que me parezca más maravilloso en el mundo que un abrazo de Tilly.

—En fin, da igual —dice ella, abriendo los ojos como platos y con las mejillas ruborizándosele ante mi silencio—. Olvida lo que te he preguntado. De verdad. Ha sido raro. No quería incomodarte. Es que noto como si me hubiera abierto en canal esta tarde y creo que…

No tengo claro lo que me pasa, pero lo siguiente que recuerdo es que estoy cogiendo a Tilly de la mano y estrechándola contra mí.

Tilly se queda inmóvil por un momento (en realidad, los dos, la verdad), hasta que, de pronto..., se derrite. Se abraza con más fuerza, envolviéndome con los brazos la cintura, mientras los míos le caen sobre los hombros, con las palmas de mis manos sobre su espalda. Me aprieta con todas sus fuerzas y hunde la cabeza contra mi pecho. ¿Sentirá mi corazón amotinarse con violencia contra mi esternón?

Pues ya está: voy a buscarme un cardiólogo.

Capítulo 21

Muerte por mil mensajes pasivo-agresivos

-TILLY-

La semana siguiente es un torbellino de aviones, trenes y automóviles en nuestro recorrido por Europa. Ruhe no ha vuelto a conseguir ningún contrato desde lo de Roma y se va consumiendo el subidón inicial; Amina, Mona y Ollie alternan momentos de un pesimismo exagerado con otros de una alegría repugnante.

Yo, por mi parte, me lo estoy pasando en grande. Mona y Amina me han encargado escribir eslóganes y descripciones para los colores que sean divertidos y que llamen la atención, y poco a poco he ido forzando los límites con descripciones raras y extravagantes, añadiendo cosas como «el color perfecto para lucir en el funeral del inútil de tu tercer marido, que ha fallecido trágicamente de una forma repentina y misteriosa. Mejor en Rojo le dice al mundo lo desolada que estás por haber heredado sus millones».

Mona siempre tiene dudas, pero que Amina y yo le pongamos carita de cordero degollado consigue que acabe cediendo con más frecuencia de la que me había imaginado.

Sigo sin asistir a las reuniones de Ruhe: prefiero pasar esas horas a solas, paseando y escribiendo. Escribiendo muchísimo.

Uno de mis *posts* más personales se ha viralizado un poco, y me noto el cerebro como si fuese una esponja saturada de agua al revisar las respuestas y los mensajes directos.

Todo el mundo se toma el diagnóstico de neurodivergencia como si fuera una carga; todo el mundo, salvo el propio dueño del cerebro. Cuando me dijeron que tenía TDAH, fue como si me hubieran entregado un mapa con el recorrido de mis circuitos y cableado. ¿Sigo algo perdida? Sí, claro. Pero al menos ahora me lo tomo con un poco de... paz. Sé que estoy hecha de una forma diferente. No mala: simplemente diferente. No soy vaga ni indisciplinada ni insolente (cosas que se han pasado la vida diciéndome), sino que me faltan las herramientas de función ejecutiva. No es que no preste atención: es que no sé gestionarla.

Mientras que para mí el diagnóstico fue liberador, mi madre lloró como si me quedase una semana de vida. Pasó de los suspiros de exasperación y los enfados repentinos por mis olvidos o por mi hiperconcentración, a consentirme hasta agobiarme y a lamentarse por lo difícil que es «para toda la familia» mi TDAH.

¿Por qué, cuando se habla de neurodivergencias, se hace siempre desde la perspectiva neurotípica? Todas las lecturas recomendadas son sobre las madres que superan el no sé qué de su hijo o los maridos que afrontan el no sé cuánto de su mujer. ¿Por qué las guías nunca son la voz de quienes viven con el diagnóstico? ¿Por qué nos importa más la supuesta carga que la familia y los amigos sienten que sufren cuando están junto a una persona con TDAH en vez de las experiencias de quienes se enfrentan a él? ¿Por qué hablamos del tema en voz baja en vez de celebrar con alegría lo que los distintos cerebros pueden ofrecerle al mundo?

No tengo el cerebro trastornado. No necesito cura. Solo necesito compasión.

Prácticamente de un día para otro he pasado de tener unos pocos cientos de seguidores en Babble a tener miles, cosa que me aterra y me entusiasma a la vez. Cuanto más me abro en lo que escribo, más gente interactúa con mis publicaciones.

Mucha gente me habla de su experiencia con el TDAH o de cómo les han hecho creer que no importa su experiencia en comparación con la de quienes tienen la palabra. Pero a la publicación no le faltan comentarios de gilipollas capacitistas que hablan de que hay un sobrediagnóstico de TDAH y algunos hasta afirman que es propaganda política falsa. Pero los demás se apresuran a defenderme y a acallarlos. Siento una emoción nítida y maravillosa en el pecho cuando otras personas con el cerebro como el mío no tardan nada en salir a defender lo que he escrito.

Todo esto ha hecho que me sienta expuesta y viva. Es… muy fuerte. Pero en plan bien. En plan que hace que mis dedos deseen bailar sobre el teclado; exponerme con la esperanza de que alguien más se sienta comprendido.

Y, cómo no, todo lo que escribo recibe la influencia de lo romántica que es Europa.

Me enamoro de todas las ciudades que veo: Bruselas, Zúrich, Luxemburgo, Ámsterdam. Lloro cuando despegamos hacia un nuevo destino y nunca estoy lista para marcharme, sin importar cuántas horas haya pasado en la ciudad. Dejo un pedacito de mí en cada una de ellas y todas las considero un pequeño hogar para mi pobre corazón.

Además, Ollie y yo nos hemos dado una tregua, por así decirlo. Reñimos con la misma frecuencia de siempre, pero con un trasfondo de comprensión. Nos entendemos, aunque sea un poco.

Pero también guardamos las distancias. Y, al menos por mi parte, lo hago adrede. Estoy intentando frenar todos los impulsos peligrosos de pegarme a Ollie como si fuera papel *film*.

Acercarme demasiado a él puede acabar fatal. Ollie es reservado, ordenado y organizado y tiene un plan. Y yo soy inquieta y sin rumbo y no sé lo que voy a hacer en cuanto me caduque el visado de turista dentro de mes y medio. Sería absurdo cogerle cariño a alguien tan distinto a mí. Alguien tan resuelto y tenaz. Sería como un tornado que lo arrasa y lo estropea todo.

Llegamos a Copenhague a primera hora de la mañana, y me estoy calzando las zapatillas para salir a visitar la ciudad cuando me suena el teléfono. Aparece en la pantalla el nombre de mi madre y dejo escapar un largo suspiro. Estoy evitando sus llamadas en la medida de lo posible, hasta que Mona prácticamente me ata a una silla y me obliga a hablar con ella. Pero me envía mensajes durante todo el día, que me dejan una mella pasivo-agresiva en la piel.

Levanto la vista de la pantalla. Ollie está en un rincón, con los auriculares puestos y centrado en un proyecto de edición. Podría cogerle la llamada aquí, pero decido colarme en la habitación de Mona. Amina y ella han salido a comer con una amiga del máster y nos han dejado a Ollie y a mí a nuestra suerte.

Después de dejarme caer con dramatismo sobre la cama y esperar al último tono, acepto la llamada.

—Hola, mamá.

—¡Tilly! ¿Cómo estás? ¿Te estás portando bien?

—Eh... bien —digo, sin estar segura de cómo responderle. Seguro que, aun teniendo los modales de una baronesa victoriana, mi madre me encontraría fallos—. ¿Qué tal papá? —consigo preguntar; el silencio se estaba extendiendo demasiado y ya era incómodo.

—Bien —dice mi madre, con su preciosa voz nítida—. Muy liado con el trabajo últimamente. Tiene un exceso de nuevos clientes que lo tienen ocupado.

—¿A quién no le gustan los excesos? —digo, como si supiera de lo que está hablando.

Y vuelve a hacerse el silencio.

—¿Qué tal el viaje? —pregunta mi madre—. ¿Qué tal Mona? Últimamente ha tenido unas reuniones estupendas con los inversores. Imagino que estarás aprendiendo mucho.

Mmm... Yo no diría precisamente que ha tenido reuniones estupendas. Y está claro que no han sido con inversores. Pero no voy a corregir a mi madre.

—Sí, Mona está genial. En este punto, estoy obsesionada con Europa. Todo es una puñetera preciosidad e histórico y... maravilloso. Es llegar a una ciudad nueva y no querer marcharme nunca.

La conversación se vuelve a interrumpir. La verdad es que no estoy segura de ser capaz de sobrevivir a otro silencio más en esta llamada, pero insisto.

—En fin, qué maravilla que te lo estés pasando bien, pero espero que estés siendo realista en lo referido a este viaje —dice al fin mi madre, aliviándome el sufrimiento solo muy levemente.

—¿A qué te refieres?

—A que espero que seas realista con tu futuro y no te estés tomando este viaje como unas vacaciones gratis. El viaje tiene que enseñarte los beneficios del esfuerzo; no es una barra libre. A Mona nadie le ha regalado nada: lo ha conseguido esforzándose. Y tú también tienes que esforzarte por tu futuro. Este verano no era para que siguieras viviendo en el país de fantasía de Tilly, sino para mostrarte lo importante que es que vayas a la universidad y te saques una carrera práctica.

El siguiente silencio es culpa mía. Porque, la verdad, ¿a esto cómo respondo?

—¿Sigues ahí? —pregunta mi madre pasado un minuto.

—Sí —respondo con una voz aguda. Me siento pequeñísima, como si se me estuviese formando en el pecho un agujero negro de vergüenza que me consume.

—¿No hay nada que me quieras decir?

Niego con la cabeza, hasta que me doy cuenta de que no me ve.

—La verdad es que no.

Mi madre deja escapar un suspiro de cansancio.

—He seguido escribiendo. —Es absurdo tener que reconocerlo, pero estoy desesperada por mostrarle a mi madre que puedo ser constante en algo—. He estado hablando con mucha gente en Babble gracias a lo que escribo.

Mi madre toma aire entre dientes.

—Me alegro de que tengas una afición, pero nadie se gana la vida escribiendo en un diario. No es un trabajo fijo ni lucrativo.

Ojalá las lágrimas que se me escapan del rabillo de los ojos y me recorren las mejillas pudieran disolverme. Así se me calmaría la sensación de fracaso terrible y doloroso que siento en el pecho.

—No puedes evitar hacerte mayor, Tilly —continúa mi madre, ahora con una voz más suave—. Cuanto antes lo aceptes, mejor. Necesitas un plan. Al menos dime que te lo vas a pensar en serio los próximos días y ya hablaremos del tema en la siguiente llamada.

—Vale —susurro. Es mentira y las dos lo sabemos.

—Habla con Mona. Puede darte información de sobra. Fíjate en todo lo que ha conseguido. Tú podrías ser igual si te aplicaras.

El dolor se transforma en un monstruo enfadado en la base de mi garganta, que abre y cierra las fauces. ¿Que me aplique? Si no hago más que intentarlo. Lo intento tanto que prácticamente se me queda el cerebro del revés. Pero los resultados no se parecen a los de Mona, así que automáticamente están mal.

—Tengo que irme —digo con la voz entrecortada.

—Tilly...

—Te quiero. Adiós.

Con la pulsación de pantalla más agresiva del mundo, pongo fin a la llamada y arrojo el móvil a los pies de la cama. Entonces procedo a tener un diminuto berrinche de nada, en el que pataleo sobre el colchón.

¿Así van a ser siempre las cosas? ¿Todas las conversaciones con mi madre van a hacerme sentir como una mierda? ¿Se supone que tengo que pasarme la vida perdiendo en las comparaciones con Mona? ¿Siempre voy a tener a alguien a quien los demás señalen y digan: «Así. Así es como podrías haber sido tú. Una pena que derrocharas el potencial que tenías»?

Me tapo la cabeza con la almohada, la muerdo y dejo escapar un chillido ronco.

—¿Estás bien?

Me incorporo rápidamente, como una vampira al despertarse en su ataúd (seguro que muy guapa y atractiva), y veo a Ollie en el umbral, demoledor, vestido todo de negro y con una carita tan guapa que da asco.

Lo miro atónita por un momento, mientras su pregunta hace un tirabuzón en mi cerebro. ¿Que si estoy bien? Pues la verdad es que no. Y es humillante la cantidad de veces que Ollie ha tenido que hacerme la misma pregunta. Se ve que nunca estoy bien. Soy una decepción de hija, sin rumbo, que no es capaz de planificar el futuro y que no tiene más motivación que los bollos, el café y la validación de desconocidos por internet. Probablemente no sea el mejor estado mental.

Años de ensayo y error me han enseñado que la gente suele preguntar si estás bien o cómo estás con la expectativa de que no les contestes con nada más profundo que un «Bien, ¿y tú?», lo que la mayoría de las veces es una burda mentira y una norma social agotadora que hay que cumplir. Aun así, es lo que estoy a punto de decirle a Ollie. Tengo la mentira en la punta de la lengua, pero las palabras me amargan cuando veo la seriedad con la que me mira y cómo sus ojos me recorren despacio el rostro.

—No —digo finalmente con una voz aguda y negando con la cabeza—. No estoy bien. Pero ya lo estaré.

Ollie arruga los ojos para estudiarme y luego asiente, satisfecho con la conclusión a la que ha llegado.

—Pues claro que sí —dice, y cuadra los hombros y juguetea con los puños de la camisa—. Y tampoco pasa nada porque ahora mismo no estés bien.

Se me agarra la respiración a la garganta mientras lo contemplo. Este es uno de esos momentos especiales y aterradores en los que alguien dice algo tan sencillo pero validador que se me forman lágrimas instantáneas en los ojos. Una frase simple, pero genuina, que me propina un puñetazo en el pecho y me estruja el corazón, que amenaza con derribar todas las murallas que he levantado porque de repente tengo la seguridad de que me puedo derrumbar.

No sé qué decir y, por primera vez en la vida, no espeto la primera tontería que se me pasa por la cabeza. Empiezo a estar cómoda con los silencios que reinan entre nosotros.

Antes, la falta de estimulación hacía que quisiera arrancarme la piel a tiras, pero eso era antes de que me diera cuenta de todo lo que contienen los momentos de silencio con Oliver. Cómo se le ensanchan levemente los orificios nasales cuando inspira. El movimiento de su casi imperceptible nuez cada vez que traga. La forma en que sus pestañas, negras como el carbón, le rozan la parte superior de las mejillas cada vez que parpadea.

Los silencios me permiten descubrir tan cruciales detalles. Los detalles en los que pensaré cuando acabe el verano.

—¿Te gustaría que trabajáramos juntos? —pregunta Ollie de repente, en una voz más alta que de costumbre.

Ladeo la cabeza, con mi mente aún cerniéndose entre las nubes de mis pensamientos, y lo miro confundida.

Se aclara la garganta y le aparecen en los pómulos pequeñas manchas de color.

—Obviamente, no pasa nada si no te apetece. Pero pensaba que tú podrías escribir y yo me pongo a editar fotos.

Me río demasiado fuerte para fingir que no sé de lo que me habla.

—¿Que escriba? —digo, nada convencida—. ¿Qué voy a escribir?

Ollie ladea la cabeza, imitándome.

—No lo sé seguro, pero te reconozco que siento muchísima curiosidad.

El corazón me tartamudea en el pecho. Tenía la falsa esperanza de que Oliver se hubiese olvidado de lo que me había leído en el portátil en Milán. La única forma que tengo de funcionar es convenciéndome de que no sabe que he estado escribiendo y no ha leído ni una palabra.

Pero, como es clásico en Oliver, con valentía y sin rodeos ha hecho trizas mi sueño.

—Escribo sobre mi cerebro —susurro, un secreto que no sabía que fuera a reconocer. Pero hay algo en Ollie y en sus ojos color miel y en la amable seriedad con la que me habla que me hace querer contárselo todo.

La mirada de Ollie se desplaza hasta mi frente, como si pudiera ver el órgano en cuestión.

—¿Sobre qué de tu cerebro?

Dejo escapar una risita nerviosa e intento no toquetearme el pelo.

—Lo frustrante que es unas veces, y lo divertido y creativo que es otras. Lo distintos que son sus cables y sus circuitos respecto de los neurotípicos y que esto cambia la forma que tengo de ver el mundo.

—Hablas de tu cerebro como si fuera una entidad independiente.

Dios, me encantaría dejar de reírme por nerviosismo; ni que tuviera doce años.

—Es lo que siento a veces. Como si aquí arriba se hubiese alquilado una habitación un bebé rebelde o un genio creativo —añado, dándome golpecitos con el dedo en la sien—. ¿Tú no te sientes así a veces?

Ollie sigue mirándome la frente y lo único que puedo hacer es rezar para que no me estén saliendo granos nuevos.

—Creo que sí —dice al fin.

No explica su respuesta, pero tampoco me hace falta. Con lo que me ha dicho me basta.

—Entonces… eh… ¿quieres que trabajemos juntos? —pregunta transcurrido un momento, mientras se frota con la palma de la mano la nuca.

—Sí —prácticamente le grito, y me levanto con dificultad de la cama y me dirijo hasta el umbral. Oliver se aparta para dejarme pasar. Escudriño mi mitad de la habitación, desordenada, en busca del portátil, y lo encuentro medio abierto en el suelo, entre la cama y la pared; lo recojo y me vuelvo para ver dónde va a sentarse Ollie.

Entonces me doy cuenta de que ha reordenado parte de los muebles: ha situado la mesa de la habitación junto a una mesita de noche extensible. Ha movido ligeramente su cama hacia fuera para que una de las esquinas pueda ejercer del asiento que está usando y, a su lado, está abierta la silla que corresponde a la mesa.

Se me sube el corazón a la garganta cuando me acerco a la nueva disposición. Oliver aprieta las rodillas contra la mesita de noche y retuerce su tren inferior para caber en el hueco. Entonces, me puedo quedar con la silla. ¿Por qué me están entrando ganas de llorar?

Me siento a su lado, abro el portátil y lo enciendo. Noto que Oliver mira hacia mí, y mi impulso es proteger la pantalla para que no vea el caótico borrador del *post* de Babble. Pero no lo hago. No escondo lo que me hace feliz. Lo que me encanta hacer. Dejo que sea un cotilla y mire cuanto quiera.

Oliver, situado tras de mí, lee durante varios minutos, y me noto los dedos tensos y con dudas sobre si escribir, pero a la vez me siento… bien. Como si en vez de ver mis palabras me estuviese viendo a mí. Y puede que, quizá, le guste lo que ve.

Llega el momento en que se vuelve a su propio portátil y los dos nos sumimos poco a poco en nuestra tarea; los clics y los tecleos de los portátiles son una dulce melodía solo nuestra. Nos encontramos en mundos paralelos, en burbujas cuyos bordes se tocan con delicadeza.

No sé cuánto tiempo estamos trabajando, pero llega el momento en que acabo lo que estaba escribiendo y aparto la vista de la pantalla por primera vez en mucho tiempo. Esbozo una sonrisa indulgente de satisfacción con lo que he escrito. He hablado de viajar, de la estimulación y de la carga sensorial que comporta, y he mencionado algunos de los momentos caóticos que hemos compartido Ollie y yo en los aviones y en los trenes. Aunque habla de momentos complicados, me resulta... divertido. Como si se pudiera extraer alegría hasta de los momentos más difíciles.

Le lanzo una ojeada a Ollie, a las intensas líneas y ángulos de su perfil afilado. Y me trago un débil grito ahogado cuando le veo la pantalla.

Está editando una foto mía, acercándose a la pantalla, mordiéndose el labio mientras mueve el ratón. No debería sorprenderme; conceptualmente, sé que coge y edita todas las fotos que usa Ruhe para las redes sociales. Pero verlo estudiarme de una forma tan intensa, con esa potente concentración sobre mi cara...

Me hace sentir muchísimas cosas y todas a la vez. Como si se me fuese a quebrar el pecho de tantas emociones que me recorren las venas. Vuelvo a ojear el rostro de Ollie para confirmar que sigue metido en su propio mundo y, entonces, procedo a teclear algo en el portátil. Algo peligroso, aterrador y catastrófico.

«Creo que me gusta Oliver Clark».

Lo borro de inmediato, pero da igual. Aún noto su impacto. Esas seis sencillas palabras son ciertas y me tienen atrapada.

Hago una pelotita con toda la esperanza de convencerme de que no siento nada por Oliver y la tiro por la ventana.

Capítulo 22

¡Ve a por la mantequilla!

−OLIVER−

Editar fotos de Tilly se ha convertido en una hiperfijación últimamente. Hasta cuando estoy haciéndole fotos a Tilly (a sus uñas, más bien) mis dedos están impacientes por llegar al ordenador, jugar con los ajustes y manipular los colores. Tratar de captar y luego mostrar la luz que tiene Tilly. Edito durante más tiempo del necesario y me preocupa lo que haré cuando se acabe el verano y no tenga más motivos por los que pasarme las horas editando imágenes suyas.

Por suerte, me pagan por mi nueva obsesión, y espero que así parezca mucho menos escalofriante y doloroso cuando Mona o Amina me ven trabajar en ella, cosa que ocurre casi todo el tiempo. Pero tener a Tilly sentada a mi lado, mirándome de reojo mientras trabajo, es toda una metarrareza que hace que hasta yo tenga el instinto social de incomodarme. Pero no hay quien pare la hiperconcentración, así que continúo.

Después de volver a consultar la tabla de colores, le aplico un rojo brillante a las uñas y dejo todo lo demás en blanco y negro. Ladeo la cabeza y estudio el resultado final.

Tilly parece una joven aspirante a estrella del viejo Hollywood. Tiene la cabeza echada hacia atrás y una sonrisa radiante hasta lo imposible, que acaba a mitad de la boca en un tímido intento de atenuar los efectos de su alegría.

Hice esta foto durante nuestra breve parada en Ámsterdam. Habíamos acabado de cenar y estábamos paseando por el canal de regreso al tren para emprender un viaje nocturno. La noche de verano era fresca, con el menor indicio de oscuridad tocándolo todo con su tenue luz. De repente, Tilly contó un chiste verde sobre que me iba a llevar al Barrio Rojo, y mi posterior gesto alarmado y avergonzado la hizo estallar en sus entrañables risas y bufidos.

No tenía preparada la cámara, pero su aspecto, la forma en que irradiaba felicidad como si guardase el sol en el corazón, me obligó a apresurarme a inmortalizar el momento: saqué el móvil e hice innumerables fotos movidas.

Y todas salieron preciosas.

Estoy dando los toques finales en el balance de colores cuando noto una suave brisa en la mejilla. Tilly se ha girado y tengo su rostro a centímetros del mío, de modo que casi nos rozamos la nariz. Nos quedamos mirándonos por un momento, bizcos y confusos, hasta que Tilly se echa hacia atrás y se aparta de mí.

—¡Perdón! —dice (grita) Tilly—. No quería acercarme tanto a ti ni, eh, respirarte en el cuello. Madre mía. Es que me he quedado pasmada viéndote trabajar. No soy ninguna pervertida. Te lo prometo. Aunque, si fuera una pervertida, lo sería… ¿en plan bien? ¿Cómo? Ay, no. Por favor, olvídate de lo que he dicho. En fin…

En este punto, está tan desesperada que levanta los brazos, que chocan contra los dos portátiles y tiran al suelo mi pila de tablas de color y de muestras de Pantone.

Permanecemos en silencio mientras vemos caer al suelo como confeti las fichas de colores.

—Mierda —dice Tilly al fin; se escabulle de su asiento, se mete bajo la mesa y gatea por el suelo en todas las direcciones para recoger los papeles—. Lo siento mucho.

—No pasa nada. —Muevo la mesa y me arrodillo para ayudarla—. No te preocupes.

—Soy un desastre. Lo siento. ¿Han caído debajo del mueble? Voy a…

Se tumba bocabajo, apoya la mejilla contra la moqueta y mete el brazo en el diminuto hueco bajo el cajón.

—De verdad, Tilly, que no pasa nada. Déjalo. Ya…

—¡Lo tengo! —dice Tilly, que gira el cuello para mirarme. El movimiento me recuerda a la aterradora forma que tenía Cubby de girar por completo la cabeza de las muñecas—. Mierda —vuelve a decir, con los ojos como platos.

—¿Qué pasa?

—Que se me ha quedado atascado el brazo. —Tira con su cuerpo hacia mí mientras su brazo sigue alojado firmemente bajo el mueble—. Su puta madre, está atascadísimo.

—Vamos a ver. Un momento. Igual deberías dejar de dar tirones —digo, con la voz una octava más aguda—. No quiero que te hagas daño.

—Ollie, no me jodas. Está atascado de verdad. No quiero ponerme nerviosa, pero me estoy poniendo nerviosa. —Su mano libre se aferra a la moqueta.

—¿Qué hago? —digo, ejerciendo del auténtico gilipollas inútil que soy.

—¡No lo sé! —chilla Tilly; su pánico incita el mío—. ¿Podrías traerme…? No sé, ¿mantequilla?

—¿Mantequilla?

—Con la que untarme el brazo para que salga.

—¿Y dónde voy a encontrar mantequilla?

—Yo no puedo resolverte todos los problemas, Oliver. Tengo el brazo atascado y es probable que muera en esta moqueta guarrísima.

—Espera —digo; me pongo en pie con torpeza y corro hacia el baño.

—¡Tampoco es que pueda moverme! —me grita Tilly.

Cojo las botellitas de champú y jabón del hotel, vuelvo corriendo con ella y me arrodillo junto al mueble.

Tilly vuelve a girar la cabeza, para mi horror.

—Puede que con esto valga —digo; abro las botellas y vierto el líquido viscoso sobre su brazo.

De repente, Tilly grita.

—¡¿Qué?! —le grito yo también.

—¡Que está frío!

Por un segundo, contemplo la posibilidad de dejar a esta contestataria donde está.

—Creo que vas a poder soportarlo —refunfuño al fin. Le unto el líquido viscoso por toda la piel y meto los dedos por debajo del mueble para llegar hasta donde pueda.

—No es verdad. Carezco totalmente de resiliencia.

Hay cierto deje en su forma de hablar que me hace pensar que se lo está pasando hasta bien. Aunque sea un poquitito de nada.

Estoy asustado y enfadado a partes iguales, pero mis labios esbozan una sonrisa sin querer.

—Vamos a probar. —Le agarro el brazo con una mano y la cintura con la otra. En mal momento me percato de lo suave que tiene la piel. De la perfección con la que la curva de su cintura se adapta a la palma de mi mano.

Desesperado por sacarme de la cabeza pensamientos similares, tiro de ella.

Esperaba que la resistencia fuera mucho mayor, la verdad. Pero no. Se libera al momento y la fuerza del impulso me hace caer hacia atrás y golpearme con la cabeza contra el suelo, y el peso del cuerpo de Tilly cae a plomo sobre el mío y esta deja escapar un suspiro de alivio.

Por un instante no puedo respirar, y no es solo porque Tilly me haya clavado el codo en el diafragma.

Es la forma en que enreda las piernas con las mías, su calor que se adentra en mí, los débiles soplos de su respiración contra mi cuello y las cosquillas de su cabello en mi barbilla.

Es…

Estoy…

No sé nombrar las extrañas emociones que me recorren, pero lo siento todo. Como si se me estuviese desplegando el corazón, expandiéndose más y más hasta amenazar con salírseme del pecho. Como si tuviera abejas en el estómago y me recorriera las venas miel caliente.

Son muchas sensaciones a la vez, pero, no sé por qué, no quiero que paren.

Tras un instante, Tilly se mueve, levanta la cabeza y me mira. Y es como si... Joder. No lo sé. ¿A lo mejor ella también siente lo mismo? ¿Sería posible? Me he pasado buena parte de mi vida sintiéndome alejado de los demás, así que no sé qué pensar de este cable de alta tensión que de repente nos ha unido.

—¿Estás bien? —susurra Tilly, y siento el aliento de sus palabras bailarme en la boca.

Asiento.

—¿Y tú? —logro preguntar con una voz ronca.

Al parecer, mis extremidades han dejado de pertenecerme, porque, de repente, las yemas de mis dedos descansan en sus mejillas.

Tilly asiente. Siento el roce de su piel contra la mía como la descarga de un relámpago que me sube por el brazo hasta el pecho. El más delicado rubor rosado calienta los lugares que toco. Pantone 12-1305, Heavenly Pink. Y, de repente, estoy convencido de que este color solo tiene nombre desde que Tilly se lo regaló al mundo.

Permanecemos en el mismo sitio, colgados de un instante, centrados en nada más que en el otro. Tilly se inclina un centímetro hacia mí y yo alzo el cuello la misma distancia hacia arriba. Me da vueltas la cabeza, y fragmentos de preguntas me escarban el cerebro. ¿Qué hace? ¿Está...? ¿Vamos a...?

¿Va a besarme?

Pero un pensamiento aún más importante se consolida en la primera línea de mi cerebro.

Quiero besarla.

Justo cuando estoy a punto de acortar distancias, llaman a la puerta con tanta fuerza que nos asusta a los dos. Nos sobresaltamos tanto que nos golpeamos la frente el uno con la otra. Tilly profiere una serie de palabras malsonantes a la vez que se aleja de mí y yo hundo la cabeza en las manos mientras protesto.

La segunda vez que llaman me provoca un dolor pulsátil en el cráneo y me pongo en pie con torpeza, dispuesto a matar a quien nos haya robado el momento.

Llaman una tercera vez, aún con más fuerza.

Me planto en la puerta en cuatro largas zancadas y la abro.

—Hay que jo…

—Yo también me alegro de verte, Ollie —dice la voz más familiar del mundo—. Siempre das los mejores recibimientos.

Cierro los ojos y suspiro, y con la mano que tengo libre me froto la sien.

—Hola —digo al fin; siento una extraña mezcla de disgusto y emoción por la sorpresa de ver a la última persona que me esperaba.

Mi hermana.

Capítulo 23
Contemplando el soricidio

–OLIVER–

—¿**Q**ué haces tú aquí? —le pregunto a Cubby, sorprendido de verla.

A pesar de todos los mensajes y de los intentos de coordinación, no pensaba que nos fuesen a encajar los horarios este verano durante la gira de Cubby con su grupo.

—Ollie, de verdad que no hace falta que tiendas la alfombra roja para recibirme —dice, poniendo los ojos en blanco, y a continuación me rodea en un abrazo—. Te he echado de menos —añade, y me estruja una vez más antes de soltarme—. He convencido a mis compis para que pasásemos de un antro de Odense y así pudiera venir a verte.

Miro detrás de ella en busca de su habitual grupo de inadaptados: Darcy, Harry y el novio de Cubby, Connor.

—Se han quedado en el albergue —dice Cubby, que me lee la mente con facilidad, como ha hecho siempre—. Luego quedamos con ellos. Se me ha ocurrido que primero podíamos cenar los dos juntos y así ponernos al día.

Asiento, mientras me doy raudos golpecitos con los dedos en el muslo ahora que me estoy empezando a dar cuenta de que Cubby, mi persona favorita, está aquí. Suelo tardar un tiempo en procesar los acontecimientos y no me resulta natural mostrar entusiasmo, pero estoy encantado de verla.

Cubby se percata del movimiento de mis dedos, sonríe y pasa junto a mí para entrar en la habitación.

Me vuelvo para seguirla y acabo chocándome contra su espalda.

—Anda, hola —dice Cubby mirando a Tilly, que se halla en una esquina, como un búho asustado—. ¿Y tú quién eres?

Tilly me mira a mí, luego otra vez a Cubby, una vez más a mí, y después se mira a sí misma, como si no supiera qué responder a la pregunta. Sus mejillas siguen del color rosa oscuro que tenían hace un minuto, cuando las estaba rozando. Cuando ansiaba besarlas.

—Es Tilly. Es mi... No... Es... Pues...

—Soy la hermana pequeña de la jefa de Ollie, además de becaria, o como quieras llamarlo —dice Tilly, rescatándome de un tartamudeo incesable—. Hola.

—Es verdad —responde Cubby despacio, con una sonrisa que va naciéndole en la boca—. Ollie me comentó que viajaba con otra persona de nuestra edad. —Hace una pausa—. Lo que no comentó es lo guapa a rabiar que eres.

Se produce un nuevo silencio en el que, simplemente, querría morirme. O asesinar a mi hermana. Tal vez las dos cosas.

Entonces Tilly prorrumpe en una sonora carcajada mientras yo, con discreción, pellizco a mi hermana en el brazo. Cubby me aparta de un empujón y se acerca hasta Tilly.

—Me alegro mucho de conocerte —dice, extendiendo los brazos.

Tilly duda por medio segundo antes de hacer ella lo propio y abrazar a Cubby como si fuera su mejor amiga.

—A ver, que lo primero es lo primero —dice Cubby, apartándose de Tilly tras unos segundos—. Tenemos que hacer una videollamada con las mamás.

Antes de que pueda decir nada, Cubby ya se ha quitado la chaqueta, se ha puesto cómoda en mi cama y sostiene el móvil mientras llena la habitación un tono de llamada.

Le cogen el teléfono al momento.

—¡Cariño! —suena la voz de mi madre al otro lado de la línea.

—Nuestra niña preciosa —dice mi *mãe* por encima de ella—. ¿En qué ciudad estás hoy, mi amor?

—Mirad con quién estoy —dice Cubby, que me agarra del brazo y tira de mí hacia ella para obligarme a juntar la cara con la suya. Mis madres gritan a la vez y necesito toda mi fuerza de voluntad para no taparme los oídos.

—Oliver, nuestro niño maravilloso, cuánto echábamos de menos esa carita bonita —dice mi madre, y me arden las mejillas.

Miro sin querer a Tilly, que nos contempla a Cubby y a mí con una sonrisa inmensa en la cara. Entonces me ruborizo aún más.

—Un momento, ¿dónde estáis? —pregunta de nuevo mi *mãe*, que se acerca tanto a la pantalla que solo le vemos la frente.

—Le he dado una sorpresa a Ollie en Copenhague —contesta Cubby—. Aunque, por lo poco entusiasta del recibimiento de nuestro querido Oliver, creo que he interrumpido algo.

¿Se puede uno morir por ruborizarse? No puede ser bueno que se me esté juntando tanta sangre en las mejillas. Vuelvo a mirar por un segundo (y, de nuevo, sin querer) a Tilly y me doy cuenta de que ella también está pasando por una crisis fisiológica parecida.

—¿Interrumpiendo el qué, cielo? —pregunta mi madre, apartando de la cámara a mi *mãe*.

—Nada —digo. En voz demasiado alta.

Las cuatro mujeres me miran atónitas, hasta que, de repente, Cubby estalla en una carcajada malévola.

—Luego os lo explico —dice Cubby, que les guiña un ojo a nuestras madres—. Pero lo más importante de todo es que conozcáis a Tilly.

Cubby me aparta de un empujón, se dirige hasta Tilly y le pasa un brazo por encima de los hombros.

—Mamás, esta es Tilly. Está acompañando a Ollie este verano durante la beca.

Se produce una pausa antes de que mis madres vuelvan a chillar. Me gustaría fundirme con la moqueta.

—Por Dios, qué guapísima que eres. ¿Verdad, Lu?

—Me alegro muchísimo de conocerte —dice mi madre, Louise, al menos más tranquila que mi *mãe*—. Y sí, eres guapísima.

Hundo la cabeza entra las manos y ahogo un gruñido. No entiendo por qué de repente todo el mundo está tan obsesionado con el aspecto de Tilly. Tiene mil cualidades más evidentes, como la inteligencia, la capacidad de ponerse a hablar con cualquiera, la energía que irradia cada vez que entra en una estancia.

Con algo de fuerza, vuelvo a mirar de reojo a Tilly, tratando de medir lo incómoda que está y lo mucho que probablemente nos odie a mí y a mi excesivamente entusiasta familia.

Me cruzo con su mirada casi al segundo y me regala una sonrisa deslumbrante que me obliga a volver a esconder la cabeza entre las manos.

—¿Qué tal llevas el viaje, Tilly? —pregunta mi madre—. Sé que Ollie se lo está pasando en grande. En sus mensajes nos dice que le encanta editar el contenido para las redes sociales.

—Pues… —Noto que Tilly me está mirando—. Está siendo un viaje vertiginoso. Pero me encanta trabajar con Ollie en las sesiones fotográficas. Hace que sea fácil ser modelo de manos. Y sé que mi hermana y Amina están muy contentas con lo mucho que Ruhe está creciendo en las redes sociales gracias a él.

—Cariño, ¿las manos de las fotos son las tuyas? —pregunta mi madre.

—Sí. Me dirige fenomenal. De no ser por él, en todas las fotos tendría las manos así —responde Tilly con una sonrisa, dejando caer las manos inertes delante del pecho como si fuera una ardilla adorable.

—Pues está claro que tú eres su fuente de inspiración —dice mi *mãe*—. Nos ha enviado cientos de fotos de manos que aún no ha publicado, hablando de tal o cual color.

—Pues sí —apunta mi madre—. Muchísimas fotos. Pero muchísimas. No sé cómo hacer para que WhatsApp no me las guarde todas automáticamente, así que tengo toda la memoria del móvil llena de tus uñas.

Cubby ahoga una carcajada y yo, una vez más, desearía poder desaparecer ahora que estoy a tiempo.

—Quiero entrar en el grupo de WhatsApp «Fotos de las manos de Tilly» —cacarea Cubby.

—Te voy a enviar mis favoritas —dice mi *mãe*.

—Cubby, vámonos a cenar ya, anda —digo; me pongo en pie y me acerco hasta ellas—. Mamás, os quiero mucho y tengo la amabilidad de anunciaros que os voy a colgar.

Tilly me mira de reojo y se muerde el labio con una sonrisa. Cubby se ríe, no sé de qué, y vuelve a mirar el móvil.

—Os queremos —dicen mis madres al unísono justo antes de que vaya yo y pulse en la pantalla del móvil de Cubby para finalizar la llamada.

—¡Cómo molan vuestras madres! —exclama Tilly, dirigiéndose a mi hermana.

—Son maravillosas —dice Cubby, que se guarda el móvil en el bolsillo de atrás de los vaqueros rotos—. Cosa que pone dificilísimo lo de intentar escribir canciones deprimentes. Ya les vale, darnos una infancia fabulosa y privarnos de un posible trauma con el que crear arte.

Tilly se ríe.

—¿A qué se dedican?

—Mi madre es comisaria de arte, y mi *mãe*, artista. Se conocieron cuando mi madre trabajaba en una galería de Londres. Se enamoraron tantísimo que mi *mãe* se mudó de Portugal a Surrey sin dudarlo.

—Qué romántico —dice Tilly.

—Lo llevamos en la sangre —dice Cubby, que me propina un puñetazo en el hombro.

La miro con odio por un instante, antes de darme cuenta de que Tilly ha posado brevemente los ojos en mí antes de apartarlos.

Y me quedo contemplándola largo rato después de que ella haya dejado de mirarme. Hasta que, de repente, Cubby me clava el codo en las costillas y salgo de mi ensimismamiento.

—Vámonos —refunfuño; cruzo la habitación y le arrojo a Cubby su chaqueta. Entonces abro la puerta y miro a mi hermana fijamente, expectante.

—Qué mandón —replica Cubby, levantando una ceja y mirando con complicidad a Tilly. Esta aprieta los labios en un fallido intento de esconder una sonrisa—. Me ha encantado conocerte, cielo —continúa Cubby—. Nos vemos después de cenar para tomarnos una pinta. No acepto un no por respuesta. Tecléame tu teléfono.

Tilly asiente, le coge el móvil a Cubby e introduce su número.

—Allí estaré.

—Genial. También va a ir Harry, del grupo. Está soltero, es un bohemio y siempre está a la caza de nuevas mujeres sobre las que escribir trágicas canciones de amor, así que estoy segura de que le interesará especialmente conocerte.

—Cubby, nos vamos. Ya. —Estoy a punto de sacar a mi hermana de la habitación por la fuerza.

—Jolines, Ollie, ¿por qué estás tan alterado? —pregunta Cubby mientras franquea la puerta, asegurándose de darme una palmadita en la mejilla—. Te noto muy nervioso.

—No me pasa nada —masculло con los dientes apretados.

Cubby chasquea la lengua.

—Siempre como un libro cerrado. No pasa nada: tengo toda la cena para sonsacártelo.

Capítulo 24
Pájaros, abejas y otras lecciones de vida

-OLIVER-

—Y les expliqué, incluso antes de marcharnos a la gira, que Copenhague era una ciudad demasiado feliz para mi estado natural y que sería un desastre artístico dar cuatro conciertos aquí, pero ¿me hicieron caso? No. Pues claro que no. Es ver que dan copas gratis y querer firmar. No se dan cuenta de que tenemos que rodearnos siempre de entornos que nos estimulen emocionalmente para crear los matices de nuestro sonido. Es como intentar cargar un iPad con un cargador de Android: no funciona.

Cubby lleva como poco treinta minutos hablando de las últimas diferencias artísticas que tiene con sus compañeros de grupo, está centrada en lo malo que es para su proceso creativo irse de gira a ciudades demasiado alegres.

Es la cantante de una pesadilla de grupo de *jazz punk* con títulos de canciones larguísimos, como *La verdad es que estoy más a gusto con mi último cigarrillo que contigo.*

Ellos dicen que son bastante buenos.

No tengo literalmente nada que añadir a esta conversación, pero me gusta escuchar hablar a Cubby, y a ella parece encantarle tener a alguien a quien hablarle sin que la interrumpa. Hace una pausa lo bastante larga como para darle un mordisco a la pizza y un sorbo al vino.

—Ollie, ¿usas protección? —pregunta.

Ladeo la cabeza mientras la miro y me termino el mordisco que le he dado a la pizza.

—¿Contra qué? ¿Contra los ladrones? Me dijiste que mi riñonera interior para guardar el dinero era, cito textualmente, «un puto espanto».

—Y lo mantengo —dice Cubby, inclinándose hacia delante y apuntándome con el dedo—. Esa cartera riñonera gigante y beis era un espanto. Pero no hablo de protección contra los carteristas, imbécil. Hablo de condones.

Me atraganto con el agua.

—Cubby, no. Este es uno de esos límites que no debemos sobrepasar según la doctora Shakil. Lo tengo claro.

—Somos mellizos, Ollie. Es distinto.

—Estoy seguro de que no —mascullo, y toso tapándome la boca con la servilleta—. Y es irrelevante, porque no... los necesito.

Cubby bufa.

—¿Seguro? Porque la forma en que miras a Tilly refleja algo muy distinto.

—¿A Tilly? —casi grito—. No. No, no. Nunca. Somos... Ni siquiera somos amigos. Solo estamos...

—¿Obsesionados el uno con el otro y pasando el noventa por ciento del tiempo mirándoos sin que el otro se dé cuenta?

—¿Me mira? —pregunto. El corazón me da un extraño vuelco en el pecho. ¿Tendré arritmia?

Cubby pone los ojos en blanco.

—No seas lerdo. Pues claro que te mira. Pero más interesante es la forma en que tú la miras a ella.

—Mentira —digo sin pensarlo, antes de continuar—: ¿Cómo la miro?

Cubby se ríe.

—¿Te acuerdas de cuando fuimos al Museo Dalí en España con las mamás?

—Sí.

Fue una de las mejores experiencias de mi vida. Nos pasamos horas entrando y saliendo de las galerías, tan absurdas como divertidas.

—¿Y te acuerdas de cómo miraba *māe* la *Galatea de las esferas?*

Asiento, y recuerdo todos los detalles de la exquisita pintura. La integridad fracturada que había creado Dalí. La elegancia de los colores. La ternura del rostro de su mujer. La forma en que todo casi hizo llorar de la emoción a *māe*.

—¿Y te acuerdas de cómo miraba mamá a *māe* mientras esta miraba el cuadro?

Vuelvo a asentir, tratando de tragar saliva con la garganta seca. Mi madre la miraba como si *māe* fuese el sol y no se pudiese creer el privilegio de poder gozar de su calor. Fue una de las muchas variaciones de miradas de amor que he visto en sus dos rostros a lo largo de mi vida. Me abruma imaginarme que se pueda sentir tanto por alguien como para mirarlo así.

—Pues así es como miras tú a Tilly —concluye Cubby, como si no acabase de tirarme una bomba emocional sobre el regazo. Qué maja es mi hermana—. Es evidente que os gustáis —añade.

—Ya has dejado claras tus suposiciones al respecto, gracias —replico de manera lacónica, y me meto más pizza en la boca—. Pero, para sorpresa de nadie, te equivocas. Nuestra relación es simplemente de conocidos del trabajo.

—¿Seguro? Entonces, ¿era por trabajo por lo que estabas conociendo su boca cuando he entrado?

—¡Eso es mentira! —casi le grito de rabia, parte de la cual se debe a que eso es exactamente lo que intentaba hacer antes de que Cubby tuviera la descortesía de interrumpirnos. Pero eso no se lo voy a decir a ella.

Su sonrisa se torna en un gesto más dulce y serio.

—No pasa nada si te gusta, Ollie. Te mereces que te guste alguien. Y que tú le gustes a alguien.

Niego con la cabeza y le doy otro mordisco a la pizza.

—¡Granadina! —digo con la boca llena. Es nuestra palabra de seguridad. La decidimos junto con la doctora Shakil hace años para cuando las conversaciones se pasasen de la raya. De intensas. De difíciles como para que pudiera procesarlas en tiempo real.

Cubby se echa hacia atrás y respeta los límites. Este es uno de los motivos por los que es la mejor hermana del mundo: me empuja a mejorar más que nadie, pero respeta los momentos en los que le pido un respiro.

Y yo hago lo mismo con ella, si necesita parar de hablar durante una conversación. Pero, en cuanto le pregunto una tontería sobre el imbécil de su novio, Connor, procede a soltar una retahíla de quejas y ejemplos de lo capullo que es.

Estoy escuchando a Cubby, lo juro, pero la mitad de mi cerebro sigue recordando la anterior conversación.

No voy a acostarme con nadie. Menos aún con Tilly.

No es que no quiera. Joder, se me ha pasado por la cabeza muchas más veces de lo que se aceptaría socialmente. Es…, en fin, que me parece que no entra en el abanico de posibilidades que Tilly quiera hacerlo conmigo. Que sienta… esto… que yo siento por ella.

Pero eso no significa que no quiera acostarme con nadie llegado el momento. Eso espero, vamos. Dios, de verdad que lo espero.

Se produce una breve interrupción en la conversación, en la que Cubby le da otro trago al vino.

—En teoría, ¿cómo se compran condones? —pregunto, con la mirada fija en el plato.

Cubby está a punto de escupir el vino y, a continuación, se ríe en una carcajada tan escandalosa que me planteo el marcharme de la mesa.

—En fin —digo mientras me limpio las manchas del merlot que tengo en la mejilla—, olvida la pregunta.

—Ni hablar —replica Cubby, que me regala su ya famosa sonrisa malévola—. Pues, en teoría, uno entra en la farmacia, se dirige al pasillo correspondiente, considera las opciones estriadas y lubricadas para el placer de todos, los lleva a la caja, saca dinero (pero no de una espantosa riñonera de viaje, por favor), paga por los condones y se marcha con ellos en la mano.

Asiento mientras me pregunto si me mataría si sacase el móvil para apuntarlo en la aplicación de notas.

—Luego se dirige a su pareja, obtiene su maravilloso consentimiento y mantiene relaciones sexuales con protección como conejos en celo, y después repite el proceso tantas veces como sea necesario.

—Los conejos no tienen celo —digo; me arde la cara.

—Sí que lo tienen, como todos los mamíferos. Es biología.

—Los conejos tienen ciclo estral, no menstrual.

—¡Por Dios, granadina! ¡Granadina! —dice Cubby, que se lleva las manos a las orejas.

—Ya. Porque un debate sobre el desarrollo folicular de los conejos es mucho más indecente que el que me digas que compre condones —le digo con el ceño fruncido.

—Respeta la palabra de seguridad o llamo a la doctora Shakil. —Cubby hace una pausa antes de señalarme con el dedo—. Y a las mamás.

Con la mayor amenaza entre las amenazas cerniéndoseme sobre la cabeza, me termino la pizza y pido la cuenta.

Capítulo 25
Adiction al fanfiction

–TILLY–

En serio, ¿hay algo que intimide más que ir sola a un puñetero pub de Copenhague para encontrarme con una chica de la que estoy desesperada por hacerme amiguísima, sus compañeros de grupo y un chico por el que tengo exagerados sentimientos no recíprocos?

Va a ser que no.

Me quedo rondando la entrada tanto tiempo que la gente que está bebiendo fuera empieza a mirarme raro. Pero, en vez de hacer lo lógico, que sería entrar, decido que la mejor opción es dar unas cuantas vueltas a la manzana.

Una voz muy familiar me detiene al empezar la cuarta vuelta.

—¿Tilly?

Me giro y veo a Ollie en la puerta del bar; la luz dorada enmarca su esbelta silueta.

—Hola —digo, y le saludo con lo que parece un espasmo del brazo.

—Has pasado de largo al menos tres veces. ¿No te funciona el GPS o qué? —pregunta Ollie, que con un movimiento de la cabeza apunta hacia el móvil que llevo en la mano.

Dios mío, mátame ahora mismo.

—No —miento—. Parece que no. Me dice que siga andando doscientos metros más.

Ollie frunce el ceño y se acerca hasta mí.

—No puedes ir por ahí con un GPS que no funciona. ¿Me dejas que le eche un ojo a tu móvil? Igual le falta alguna actualización y puedo arreglártelo.

Como soy una sucia cobarde y una mentirosa, me meto el móvil en el bolsillo y eludo la pregunta.

—Ya lo mirarás mañana en el tren. Vamos a tener mucho tiempo libre.

Ollie se queda un instante reflexionando; sus ojos recorren la calle de arriba abajo, como si estuviera pendiente de posibles carteristas.

—Vale —dice al fin, y se mueve para indicarme que entre en el bar—. Pero no me gusta que vayas dando tumbos por ahí estando en el extranjero.

Este chico me tiene tan loca que reconozco que me encanta que se preocupe por mí.

—Estamos ahí —dice Ollie, y mientras me conduce hacia unos bancos al fondo del bar comenta—: Les he hecho moverse cuatro veces hasta encontrar el sitio que menos me sobreestimulase. No me gustaría que ninguno de los dos acabase sobrecargándose y sufriendo una crisis.

—Sí, seguro que es un horror ponerse en ridículo en público por primera vez en la vida. No tengo ni idea de qué se siente.

Ollie me mira de reojo y, cuando se percata de mi sarcasmo, me dirige esa sonrisa que siempre amenaza con destrozarme.

Aparto la vista de él y la centro en Cubby, quien, desde el rincón, me regala una sonrisa y me saluda con un leve gesto de la mano tan guay que ya estoy sudando.

Cuando por fin dejamos atrás la multitud y llegamos a la mesa, me consterna, pero no me sorprende, ver que los que parecen sus compañeros de grupo son igual de guais y alternativos que ella.

—¡Tillyyyyyy! —canturrea, y se pone en pie para darme dos besos, como si fuéramos dos amigas que por fin se reencuentran tras varios años separadas—. Anda, siéntate. Ollie, muévete un poco, por Dios.

Oliver mira a Cubby con indiferencia, pero hace lo que le ha pedido y me deja espacio para que me siente en el banco, a su lado.

—Tilly —dice Cubby—, te presento a mi grupo, Tongue-Tied.

—¿No os llamabais Rabbit Hole? —la interrumpe Ollie.

Cubby le lanza una mirada de odio.

—Llevamos años sin llamarnos así.

—Os llamabais así hace cuatro meses, cuando en el concierto de Londres me obligasteis a comprarme la camiseta en la que ponía «Rabbit Hole».

—Ya, pero poco después nos dimos cuenta de que la gente nos llamaba «coño de conejo» porque se pensaba que nuestro nombre hacía referencia a otro tipo de agujero** —dice la otra chica de la mesa, que le dirige a Oliver una amplia sonrisa.

Cubby suspira.

—Eso ya da igual. Ahora nos llamamos Tongue-Tied. Tilly, estos son mis compañeros. Darcy toca el bajo. —La chica de mechones rosas me guiña un ojo—. Harry toca el teclado...

—Y a veces el saxo. Cuando la jefa me deja —dice el guapísimo chico que tengo sentado al lado en el extremo de la mesa; le brillan los ojos azules como el hielo cuando se me acerca para darme la mano. Es de ese tipo de chicos guapos que hacen saltar las alarmas, según me han avisado todas las canciones de Taylor Swift, con el letal añadido del acento irlandés. Se me ruborizan las mejillas traicioneras con la enorme sonrisa que me dedica.

—Y este es Connor —dice Cubby, que le pasa el brazo por encima del hombro al más melancólico de los integrantes del grupo—, mi novio. Toca la guitarra y a veces canta conmigo.

**En inglés, *rabbit hole* (literalmente, «agujero de conejo») significa «madriguera». (N. de la T.)

174

Connor apenas levanta la vista y responde con un gruñido; luego, le aparta el brazo a Cubby, se apoya en la pared y se pone a mirar el móvil. Qué encanto de hombre.

Saludo con la mano, incómoda, a toda la mesa.

—¿Cuánto tiempo lleváis de gira? —pregunto.

—Pues serán seis semanas ya, ¿no? —responde Darcy, mirando a Harry para que este se lo confirme.

Harry se encoge de hombros y vuelve a someterme a su sonrisa.

—Yo diría que sí. Aunque lo tenemos todo borroso.

—¿Dónde habéis estado?

—En todas partes, o lo parece —dice Harry, apoyando el codo en la mesa para darle un trago a la cerveza—. En un par de antros de Londres, unos cuantos más en Bruselas, un par de paradas en Francia... Hasta hemos bajado a Lisboa. En ese estuvieron las madres de Cubby.

—*Mãe* consiguió juntar a todos sus amigos de la universidad en el concierto —le dice Cubby a Ollie—. Con toda la gente que vino, parecía que nos habían contratado para una reunión de antiguos alumnos.

—Le vino de perlas a nuestra imagen —masculla Connor.

Cubby lo mira de reojo y se le nota el dolor en la fachada tranquila.

—¿No decías que no te importaba que vinieran? —susurra.

Connor pone los ojos en blanco y vuelve con el móvil, y Cubby sigue mirándolo dolida.

Me da la sensación de que no pinto nada aquí, así que empiezo a mover la pierna con la esperanza de que Darcy o Harry sigan hablando. Pero se quedan mirando fijamente sus respectivas bebidas.

Hasta Ollie nota la tensión, se remueve en su asiento y yergue la espalda, jugueteando en su sitio como si estuviera intentando identificar el origen del cambio.

Cubby se aclara la garganta y me sonríe con brevedad.

—Llevamos una gira estupenda. Una pasada. Pero solo nos quedan dos semanas. Aunque ya estamos planificando una nueva.

Harry y Darcy asienten con entusiasmo.

—Esta vez en Irlanda, ¿verdad, cari? —dice Cubby, que le dirige un gesto de cariño a Connor.

—Ya veremos si sobrevivimos a esta, ¿vale? —espeta él—. Apartaos, anda, que tengo que ir a mear.

Darcy y Cubby se levantan del banco para dejar salir a Connor, quien, en vez de ir a los baños, se dirige a la otra punta del bar y se acerca a una chica guapísima de más o menos nuestra edad.

Todos hacemos como si no lo viéramos.

Bueno, todos menos Oliver, que mira fijamente a Connor con una expresión de las que matan.

—¿Y tú a qué te dedicas, Tilly? —pregunta Darcy, con una voz alegre para combatir la oscura nube que se cierne sobre la mesa.

Hago lo mismo de siempre para intentar aliviar la tensión y las emociones pulsantes de los demás, que me presionan el pecho como si fueran las mías propias: bromear sobre mí misma.

—Tras una incursión inicial en el negocio de provocar incendios y verter toda bebida que toco, he encontrado mi verdadera vocación: modelo de manos —digo, pestañeando—. Igual pruebo también con los pies. Dicen que en internet hay un enorme mercado de fetichistas que están dispuestos a pagar millonadas por mis calcetines usados.

Darcy y Harry se me quedan mirando, atónitos, por un instante, antes de estallar de la risa. Hasta Cubby se ríe disimuladamente.

—Tilly es escritora —interviene Ollie, que por fin levanta los ojos de Connor. Me empiezan a arder las mejillas.

—¿En serio? —dice Darcy, inclinándose hacia delante—. ¿Qué escribes?

—Actas de defunción de bocazas —digo, mirando a Oliver con mi gesto más amenazador. Este me mira por el rabillo del ojo y, a continuación, le da un trago a la cerveza—. Nada importante, la verdad —continúo, y me coloco un mechón de pelo detrás de la oreja mientras me vuelvo hacia Darcy.

Hablar de la escritura (esa actividad imprecisa y esquiva que deseo tanto que me duelen los huesos) es como saltar de las rocas a un lago: emocionante y aterrador, con altas posibilidades de acabar exponiendo tus partes más íntimas.

—Es muy buena —apunta Oliver—. E inteligente.

¿Quién me iba a decir que cinco sílabas podían hacer que se me inflase el corazón como un globo aerostático hasta hacerme volar entre las nubes?

—Qué interesante —dice Cubby, y me alegro de volver a verle esa chispa en los ojos—. Continúa.

Respiro hondo. Yo puedo. Puedo creer en mí misma lo bastante como para hablarle a la gente de lo que me hace feliz. Aquello en lo que me pierdo. Aunque no consiga nada. Aunque sea el sueño más imposible del mundo. Escribir sigue siendo algo que me encanta y puedo amarlo abiertamente.

—Al principio, empecé con *fanfics*...

—Como quiere Dios que empiecen todos los grandes escritores —dice Darcy, y yo le sonrío.

—Llevo cinco años obsesionada con AO3 y no parece que vaya a cambiar la cosa. Es mi gran alegría y me amarga la vida a la vez. Llevo como catorce meses esperando el siguiente capítulo de un *fic* sobre Steve y Bucky que acabó con un convulso *cliffhanger* sexual con el brazo metálico. El. Brazo. Metálico. ¿Quién es capaz de escribir 148000 palabras y estar a punto de hacer que se me derrita el portátil con las habilidades sexuales del puñetero Bucky Barnes con dicho brazo metálico para luego dejar en vilo al público?

—¡Qué fuerte! —salta Darcy, abriendo los ojos como platos. Entonces alarga el brazo desde el otro lado de la mesa y me coge la mano—. ¿Te refieres a *Empotrado por Barnes,* escrito por LexiProsa22?

Me quedo boquiabierta durante lo que serán tranquilamente veinte segundos.

—¿Quieres ser mi mejor amiga? —espeto. Hala. Qué bien. Qué sutil.

Me quedo esperando la mala cara, la señal de que he cruzado un límite o he sido muy directa y la he incomodado. Es la respuesta habitual cuando se me cae la careta.

Pero Darcy, como el ángel en la tierra que es, no espera un segundo para asentir y sonreír.

—Ya lo somos, cariño.

—No tengo ni idea de lo que estáis hablando —dice Harry, a quien se le forman unos hoyuelos cuando nos sonríe—. ¿Cuál es esa web de la que habláis?

—Te encantan las obscenidades con brazos biónicos, ¿eh? —dice Cubby, guiñándole un ojo.

—No puedo meterme con algo que no conozco, ¿no?

Seguimos media hora más, riéndonos y gritando sobre nuestras aficiones favoritas. Al principio, me preocupa estar pasándome de la raya. Hablar muy alto. Haber notado lo que no era y estar soltando demasiada información a desconocidos. Miro de reojo a Ollie, que no ha hablado mucho, y me pongo nerviosa al pensar que puedo estar dejándolo en ridículo delante de su hermana, la guay. Pero me escudriña con una débil sonrisa torcida en su seria boca que me provoca vértigo en el pecho. Darcy, Harry y Cubby parecen igual de entusiasmados, discutiendo sobre un grupo desconocido en el que, al parecer, hay un triángulo amoroso de los gordos.

No puedo evitar que se me escape el entusiasmo por la boca y, por primera vez, tengo la sensación de que lo que digo en una conversación de verdad aporta algo. De que no importa el volumen en el que lo diga ni la velocidad a la que hable. De que puedo ahondar en un tema o pasar de uno a otro cual pelota de goma y la gente que me rodea no va a mirarme raro, sino que va a seguirme el ritmo. A espolearme.

A lo mejor no es que hasta ahora se me diera mal hablar con la gente, sino que estaba hablando con la gente inadecuada.

—¿Sobre qué estás escribiendo ahora, Tilly? —pregunta Darcy una vez que nos hemos tranquilizado lo suficiente como para pensar con claridad.

Me encojo de hombros. ¿Cómo respondo a esa pregunta? ¿Sobre todo? ¿Sobre nada? Quiero desnudar mi alma en una página a la vez que guardo bajo llave todo aquello que me sale del corazón.

—Creo que, en este momento, escribo sobre la vida. Sé que suena muy difuso y algo chorrada, pero es así.

—A mí no me parece ninguna chorrada —dice Cubby, que alarga la mano desde el otro lado de la mesa para apretarme la muñeca—. Si lo piensas, esa es la gracia de escribir, ¿no?

Asiento.

—Solo quiero escribir algo que haga que la gente se sienta comprendida —digo en voz baja, mordiéndome el labio inferior.

Tengo una frase más en la punta de la lengua. Quiero ser valiente. Quiero decirla. Pero ¿puedo?

Miro de reojo a Oliver, que sigue contemplándome. Y hay algo en su gesto que me hace sentir muy valiente.

—Tengo TDAH —digo, doblando los dedos de los pies dentro de las zapatillas.

Nadie parpadea siquiera, y, ostras, reconocerlo con tanta indiferencia es como abrir las cortinas de una ventana que tengo en el pecho y dejar que entre el sol.

—Me gusta escribir sobre cómo influye en la forma que tengo de ver el mundo. Sobre cómo me dificulta las cosas, y sobre otras cuestiones más bonitas. No sé. Igual no me estoy explicando bien.

—Tilly tiene un blog increíble —dice Ollie.

—Ah, ¿sí? —dice Darcy, a la que se le iluminan los ojos—. ¿Lo puedo leer? Perdona, ¿estoy siendo una maleducada? Es que eres divertidísima y me encantaría ver cómo escribes.

Le lanzo una ojeada a Ollie, y veo una mirada dulce y una sonrisa que me empuja con amabilidad a volver a ser valiente.

—¿Me das tu WhatsApp? —pregunto, volviéndome hacia Darcy—. Así te lo mando.

Capítulo 26
El momento de la verdad

–OLIVER–

–me alegro mucho de haberte conocido —dice Darcy junto a la puerta del bar, mientras abraza a Tilly—. Y no te olvides de enviarme el *fanfic* de Harley y Ivy que has comentado antes.

—Y a mí —dice Harry, que también abraza a Tilly.

Por algún motivo, verlo rodearla con sus brazos, contemplarla ponerse de puntillas para abrazarlo con fuerza, hace que me recorra el cuerpo una fuerte sensación que me retuerce el estómago como un paño al escurrirlo.

—No te preocupes por Harry —susurra Cubby a mi lado y me posa la mano en el hombro.

—¿Qué? —pregunto, frunciendo el entrecejo.

—Harry no tiene nada que hacer contra ti, Oll. No te pongas celoso.

Frunzo el ceño.

—No estoy celoso. ¿De qué iba a estar celoso?

Cubby pone los ojos en blanco y me sonríe.

—¿Puedo quedarme contigo esta noche? —pregunta.

—Pues claro —respondo sin pensar—. ¿Y eso?

Cubby deja escapar un largo suspiro.

—He vuelto a pelearme con Connor. No tengo ni idea de por qué está cabreado, pero no quiero compartir habitación con ese capullo esta noche.

—Siempre te estás peleando con Connor.

—Eso no es asunto tuyo, ¿vale?

Cubby se cruza de brazos y camina arrastrando los pies sobre la acera.

—Eres mi hermana melliza, Cubby. Preferiría pensar que algo de asunto mío sí que es.

Cubby suspira.

—Esta noche no, Ollie. Hoy solo quiero estar contigo y no pensar en cosas de mierda. ¿Te parece bien?

Alargo la mano y la rodeo con el brazo.

—Pues claro que me parece bien.

—Nos vemos por la mañana —dice Cubby, despidiéndose de Harry y de Darcy.

—No pierdas el tren o tendremos que abandonarte en la tierra feliz —la amenaza Harry cuando Darcy y él ya empiezan a alejarse por la calle.

—Ni siquiera tú eres tan cruel como para someter a la gente inocente de Copenhague a algo parecido —grita en dirección a las figuras que se retiran, cuya risa retumba en un eco.

—No te importa que Cubby se quede con nosotros, ¿verdad? —le pregunto a Tilly.

—¿Que si me importa? Me hago pis de la emoción. Espera, que voy a escribir a mi hermana para avisarla.

—¿Compartís habitación? —pregunta Cubby, que me mira con una sonrisa y los ojos como platos.

Veo nacer el color rosa en las mejillas de Tilly. Con poca luz, parece el Pantone 14-1714, Quartz Pink. Es precioso.

Entonces carraspeo.

—Mona reserva habitaciones comunicadas por una puerta que dejamos abierta, así que es como si fuera una habitación grande para los cuatro.

—Sí, seguro.

—Mona dice que le parece bien —dice Tilly, levantando la vista del teléfono—. Vamos.

La noche es fresca y neblinosa, cosa que no ayuda a que se me despeje la cabeza, en la que sigue presente Tilly. Ella y Cubby se cogen del brazo mientras caminan, con las cabezas juntas, riéndose entre dientes y a carcajadas. Y noto como si... Dios, no sé cómo explicarlo. Es como si tuviera el pecho repleto y las extremidades calientes, y pienso que igual no pasa nada por estar en una nube.

Cuando llegamos al hotel, me sorprende ver que Amina o Mona han cerrado la puerta comunicante y que han movido las mesitas de noche entre las camas cual mediocre barrera.

Tilly chilla y procede a relatar, susurrando, su teoría conspiratoria de que Amina y Mona en realidad están enamoradas pero tienen miedo de reconocerlo, y que el que la puerta esté cerrada lo confirma todo. Cubby se muestra de acuerdo con cada palabra.

Los tres nos quedamos hablando hasta tarde. Bueno, son Tilly y Cubby las que más hablan, tumbadas en sentidos opuestos en la cama de Tilly. Pero los tres nos reímos en igual medida.

Siento...

En fin, es un sentimiento de felicidad. No hay lugar a confusiones.

A la mañana siguiente, cuando me despierto, Cubby se ha marchado y me ha dejado un mensaje.

> Perdón por haberme marchado sin despertarte, pero ya sabes que no soporto las despedidas. Te quierooooooooo.

Sonrío mirando el móvil. «Yo también te quiero», escribo.

Un ruidito procedente de Tilly atrae mi atención a la otra cama. Está acurrucada, como un bultito en el centro del colchón; su pelo negro como el carbón contrasta de forma llamativa contra el edredón blanco a su alrededor, como si estuviera durmiendo sobre una nube esponjosa.

De pronto me abruma una oleada de sensaciones (un cosquilleo en la nuca, una presión en el pecho y un subidón de adrenalina en los brazos) mientras la observo respirar.

Aparto a regañadientes la mirada y busco como loco en el móvil hasta encontrar el nombre de Marcus. Entonces procedo a teclear con moderado frenesí.

> Creo que me estoy muriendo

> Cada vez que miro a Tilly, noto como si me fuera a estallar el corazón

> Me preocupa que me pueda estar dando un infarto

> Cómo sabes que te gusta una persona?

> No era tu tío cardiólogo? Puedes conseguirme una consulta de emergencia?

Marcus tarda cuatro minutos en responder, cosa bastante alarmante teniendo en cuenta que me estoy muriendo y tal.

> Hola, Oliver. ¡Cuánto me alegro de saber de ti! Estoy muy bien, gracias por preguntar. ¿Qué tal tú?

Exhalo con desesperación por la nariz.

> Me alegro de que estés bien. Yo también, salvo por lo del posible infarto y tal

> Jajaja quién coño es Tilly?

Contengo un gruñido. No me apetece entrar en detalles ahora mismo; solo quiero saber cómo sobrevivir a lo que me aterra que pueda estar pasando en mi organismo.

> Déjalo

Me dejo caer sobre las almohadas, con el teléfono junto a mí. Doy golpecitos frenéticos con los dedos a mi lado para intentar no centrarme en el sonido de la inspiración y espiración de Tilly, un ritmo que ya me es tan familiar como el de las mías. Me llega otro mensaje.

> Cuando te empieza a gustar alguien, te agobias tanto que te da la sensación de que te estás muriendo. Pero eso es solo porque estás frente al precipicio de empezar a vivir de verdad

Leo su mensaje como siete veces y pongo los ojos en blanco.

> No te entiendo. No tiene sentido. Esta conversación no me ha servido de nada

> Jajajajaja

> Yo también te echo de menos, bro

Tilly recibe el día con un bostezo repentino y desperezándose mientras se incorpora. Apenas puede abrir los ojos somnolientos mientras examina la habitación, con el cabello despeinado en todas direcciones. Me da un vuelco el corazón.

No me jodas.

—¿Ya se ha ido Cubby? —pregunta Tilly, mirándome con el ceño fruncido—. No he podido despedirme de ella.

Trago saliva para deshacerme el nudo de la garganta.

—Así es ella. Le gusta entrar y salir de la vida de la gente con el mayor dramatismo posible.

—Una mujer misteriosa —dice Tilly, mirándome con una sonrisa. Me doy cuenta de que yo también le estoy sonriendo.

Sigo contemplándola, con la vista fija en su boca, y me sorprende ver que le trepa el color por el cuello y las mejillas como si fuera hiedra. Pantone Burnt Sienna.

Tilly se aclara la garganta y aparta la vista para volver a bostezar.

—¿Qué es eso? —pregunta, señalando hacia una bolsa de plástico con el logo de una farmacia que hay sobre la mesilla, mientras se despereza con los brazos en alto. Encima hay un sobre—. Ahí va, ¿es una chocolatina?

Entrecierro los ojos y distingo los colores del envoltorio del chocolate con leche de Cadbury al otro lado del plástico blanco y fino.

—Eso parece.

Tilly me mira de reojo.

—¿Puedo?

—Son las siete de la mañana.

—¿Qué eres, mi dentista?

—Pues que lo disfrutes —digo, señalando hacia la bolsa con un gesto del brazo.

Tilly recorre con torpeza la cama como un animal rabioso hasta el mueble.

—Pásame la tarjeta, anda —le pido.

Tilly me la arroja y se vuelve hacia la bolsa, moviendo los dedos como un malo de dibujos animados.

Acabo de romper la solapa del sobre cuando el chillido de Tilly hace que me corte el dedo con el filo.

—¿Qué pasa? —pregunto, y me chupo el dedo para que deje de sangrar.

—Eh… nada —dice Tilly, que retrocede despacio desde el mueble con los brazos en alto, como si estuviera rindiéndose—. He cambiado de opinión sobre lo de la chocolatina.

—Pues vale —digo, vocalizando bien.

—Vale. Chao.

Tilly corre al baño e, instantes después, se oye caer el agua de la ducha.

Por Dios, qué rarita es. Saco la tarjeta del sobre y la abro.

Me ha encantado verte, Oll. Te los he comprado para ahorrarte el lío. Ten en cuenta que en ningún caso te los puedes poner junto con ese espanto de riñonera.

Un beso,

Cubby

Aparto el edredón con las piernas, me encamino hacia el mueble y hurgo en la bolsa. Sí, hay chocolatinas, pero también hay otra cosa. Una caja violeta y brillante. Tardo un segundo en leer la etiqueta.

Durex Placer Extra.

Dejo caer la cajita y salgo corriendo como hizo Tilly hace un momento.

Dios, Tilly. Los ha visto.

Tilly ha visto los condones.

No me puedo imaginar lo que estará pensando. Probablemente se crea que soy un pajillero chungo que le pide a su hermana que le compre condones y chocolate.

No creo que la cosa pueda ponerse peor.

Lo que sí tengo claro es que, la próxima vez que vea a Cubby, me la cargo.

Capítulo 27

Moonwalk entre emociones

-TILLY-

El TDAH puede provocar pensamientos obsesivos.

A veces son cosas como: «Tengo que ir a una tienda de manualidades HOY MISMO y comprar TODAS las acuarelas porque mi destino es ser artista, pero TENGO QUE HACERLO HOY MISMO O ME MUERO».

O es: «Hola. ¿Te acuerdas de cuando tenías once años y te chocaste contra una puerta de cristal en un museo, la rompiste y todo el mundo se rio de ti? Pues vamos a reproducir en bucle ese momento durante ocho días seguidos hasta que te hayas encogido tanto de la vergüenza que se te haga un esguince en el culo».

Con frecuencia, es el sencillo y potente: «Soy una pesada y una plasta y todo el mundo me odia», una y otra vez hasta que empiezo a odiarme a mí misma.

Pero, durante los tres últimos días de viaje, el único pensamiento que parece pasárseme por la cabeza es: «Oliver "segundo nombre probablemente britaniquísimo" Clark lleva condones en la maleta y tengo que saber con quién tiene pensado usarlos».

No es asunto mío con quién se acueste Oliver. Lo tengo claro. Entiendo la lógica de la afirmación y por qué objetivamente es verdad. Pero me resulta humanamente imposible que mi cerebro le haga caso.

Sigo pensando en todas las chicas imaginarias de las que está enamorado Oliver y me lo imagino besándolas y acariciándolas como me gustaría que me hiciera a mí. Me rompo el corazón una y otra vez tratando de adivinar cómo será, por dentro y por fuera. Porque nunca me imagino a alguien como yo. No puedo ser yo, por mucho que lo desee.

Siento nostalgia de una vida y una relación que nunca he tenido.

Pero voy a atribuirme el mérito de que, con la excepción de mi nada tranquila reacción a haber descubierto los condones, se me ha dado bastante bien eso de hacer como si no pasara nada. De hecho, Ollie y yo nos llevamos bastante bien. Y cada vez que trabajamos juntos o me escucha hablar sin parar de un tema en concreto, y todo lo que siento por él se me acumula en el pecho y me atasca la garganta, descubro que marcharme de la habitación haciendo el *moonwalk* es la mejor forma posible de huir y llorar en privado sin que me siga.

Además, el alojamiento de Estocolmo también me ha ayudado a alejarme de Ollie. El hotel no tiene habitaciones conectadas y, como solo quedaban una doble y una individual, hemos jugado a los colchones musicales y me ha tocado dormir en una supletoria con Mona y con Amina.

—No entiendo por qué él puede dormir solo —protesto ante Mona, que frunce el entrecejo.

—No voy a tener a mi becario de dieciocho años durmiendo en la misma habitación que sus dos jefas —dice Mona.

Algo de razón tiene.

—Pues resulta —digo mientras abro la maleta— que yo también soy vuestra becaria.

—Antes de nada, eres mi hermana.

Arrugo los labios, pero noto en las costillas una punzada de felicidad.

—Tienes razón. Pero tampoco deberías obligar a tu cofundadora a dormir en la misma cama que tú cuando podrías compartirla con tu hermana —digo, mirando de reojo con inocencia a Amina, Mona y el colchón en el que están sentadas.

Mona se sonroja hasta tomar el color de los tamales calientes y se mueve hacia un lado para separar la cadera de la de Amina.

—Es que... Pues... Resulta... que te mueves mucho mientras duermes —espeta Mona—. Pretendo salir viva de este viaje.

Se pone en pie, se cruza de brazos y se pasea de un lado a otro de la estancia. Con una amplia sonrisa, lanzo una ojeada a Amina, que aprieta los labios para ocultar sus ganas de sonreír. Me guiña brevemente el ojo y me entran ganas de gritar.

Me encantan.

Entonces le suena el teléfono a Mona, que responde con tono cortante.

—¿Diga? —Pausa—. Ah, sí. Hola. Soy yo.

Permanece en silencio unos segundos más, que es el tiempo que tardo en perder el interés y ponerme a mirar el móvil.

Mi última entrada en Babble está teniendo bastante éxito, cosa sorprendente y rara, porque era una publicación larguísima y sin editar sobre cómo dominan las estereotipias los perros.

Los perros se emocionan tanto que se ponen a mover el culo como si fueran torpedos, empiezan a gemir y a saltar, y luego van a coger su juguete favorito para enseñártelo, como si así te estuviesen hablando de sí mismos. Y eso es lo que nos encanta de los perritos. Su entusiasmo. Cómo demuestran su alegría incontrolable, sin que intenten apaciguarla. ¿Por qué no puede gustarnos eso también de las estereotipias de los humanos?

Leo un comentario que dice que le suelen dar vergüenza sus estereotipias vocales, pero que gracias a mi *post* va a empezar a relacionarlas con las de los perritos, cuando de repente oigo un grito de Mona. Del susto que me da, casi se me sale el alma del cuerpo.

—No te lo vas a creer —dice Mona, corriendo junto a Amina—. Era el comprador de Vers, la pequeña cadena de Ámsterdam. Han estado hablando y planificando el otoño y han cambiado de opinión. ¡Quieren hacernos un pedido!

—¡No te creo! —exclama Amina, agarrando de las manos a Mona—. ¿Lo dices en serio?

—¡Sí! Nos han pedido que vayamos mañana a enseñarles unas cuantas muestras más de tonos joya antes de formalizar el pedido.

—¿Y qué les has dicho?

—Que sí, obviamente —responde Mona, abrazando a Amina—. Podría ser importantísimo para nosotras.

Amina abraza también a Mona y las dos se balancean de un lado a otro. Se las ve muy… felices. Se me hincha el corazón con solo verlas.

Mona interrumpe el momento de alegría, se aclara la garganta y se aparta para escudarse en su muro de Mujer Profesional™.

—Hay que ver cómo vamos hasta allí —dice.

Amina sigue con el corazón en la mano y en los ojos cuando asiente.

—Ahora me pongo, cari.

—Vamos a intentar coger el primer vuelo que podamos. Y el hotel en el que nos alojamos la otra vez era bastante barato, así que espero que queden habitaciones.

—Soy capaz de dormir en un banco junto a los canales si con eso llegamos a un acuerdo —dice Amina, que saca el portátil y teclea en él—. Dios, la conexión aquí es malísima —añade, moviendo el portátil de un lado a otro—. No consigo que me cargue ni una página. Me bajo a recepción a ver si pueden ayudarme.

Amina se pone en pie de un brinco y corre hacia la puerta.

—Espera —dice Mona justo cuando Amina va a accionar el picaporte. Mona me mira brevemente—. Tilly, ¿nos dejas a solas un minuto?

—¿Y adónde voy? —pregunto, y señalo con un gesto la habitación, del tamaño de una caja de zapatos.

—¿Al vestíbulo?

—No, gracias —digo, y me siento con remilgo en la cama.

A Mona parece como si le fuera a estallar la vena de la frente, pero consigue tranquilizarse.

—Está bien. —Se vuelve hacia Amina—. Compra billetes solo para ti y para mí. Nos volveremos mañana después de la reunión si es posible; así no tendremos que reservar una habitación para dos noches.

—Entendido —dice Amina, que a continuación se marcha.

Todo permanece en silencio durante un instante.

—¡¿Nos abandonáis?! —grito entonces.

—No te pongas dramática —replica Mona, que se mueve cual tornado muy bien vestido por la habitación, recogiendo sus cosas—. Probablemente volvamos mañana. ¿De verdad crees que no vais a aguantar una noche sin supervisión de un adulto?

Cuadro los hombros e intento parecer madura, sabia y justificadamente indignada.

—Pues claro que puedo.

—Entonces, ¿qué problema hay?

—Que no entiendo por qué Ollie y yo no podemos ir con vosotras. Me gustó mucho Ámsterdam y no me importaría volver.

—Siento tener que decírtelo, pero el mundo no gira en torno a ti —dice Mona mientras cierra el neceser de maquillaje.

Resoplo con altanería.

—Eso no es verdad. Yo siempre soy la protagonista de todo. ¿Qué excusa me vas a poner ahora? ¿Es todo una trama para tener una cita secreta con Amina? No tienes que fingir que no sientes nada por ella. Lo vemos todos.

—¡¿Quieres parar?! —Mona levanta la voz mientras mete sus artículos de aseo en la maleta—. No todo en la vida es broma.

—Por Dios, ¿por qué gritas? —grito—. Solo te estaba haciendo una pregunta.

—Porque me estoy quedando sin dinero, ¿vale? —dice Mona, mirándome con odio—. Ya lo tienes. ¿Ya estás contenta?

—¿Cómo?

—Que me estoy. Quedando. Sin. Dinero —dice con los dientes apretados—. El negocio va mal, Tilly. No puedo permitirme pagaros los vuelos a Oliver y a ti a Ámsterdam para la segunda reunión sin pasarme de presupuesto. Y estoy segura de que te mueres de ganas por restregármelo. Así que, venga, adelante.

Mona se cruza de brazos, con el entrecejo fruncido y la boca torcida.

—¿Por qué te lo iba a restregar? —pregunto, y doy un paso hacia ella.

—Pues… no lo sé —dice, con la mirada fija en sus zapatos de charol—. Actúas como si siempre tuviera que ser perfecta. Como si tuvieras ganas de verme fallar. Y… no lo soy. Qué vergüenza.

La miro y se me rompe el corazón.

—Mo, eso no es verdad. Para nada. Eres la persona más triunfadora que conozco y me encanta ver que lo estás petando. Pero que sepas que no hace falta que seas perfecta.

Mona pone los ojos en blanco antes de proceder a parpadear a toda velocidad y desviar la vista hacia un lado.

—No es tan sencillo.

—¿A qué te refieres?

—A que siempre he tenido mucha presión por triunfar. Papá lleva diciéndome desde antes de que pudiera andar que me incluirían en las listas de personas influyentes menores de treinta años. —Respira hondo y se lleva una mano a la frente para taparse la expresión—. Y luego irme a Yale fue raro. Estaba rodeada de gente rica, ambiciosa y triunfadora y había un constante trasfondo de competencia; por mucho que trabajase, siempre me daba la sensación de ir la última.

Se le quiebra la voz y se hunde en el borde de la cama, con los hombros encorvados formándole una curva protectora alrededor de las orejas.

—Nada era suficiente. Me daba la sensación de que tenía que ser otra persona, seria y motivada, y, cuanto más me acercaba a ella, más contentos estaban conmigo papá y mamá. No sé, a veces me da la sensación de que ya no sé quién soy. Si no soy perfecta, si no soy un magnate de los negocios ni una innovadora ni nada de lo que la gente espera que sea, ¿qué soy entonces?

—Eres mi Momo —digo, alargando el brazo y cogiéndola de la mano. La aprieto con fuerza a pesar de lo tensos que tiene los dedos—. Eres mi hermana mayor, una fuerza de la naturaleza. Eres la más lista de los presentes. La que se reía y cantaba canciones de Taylor Swift mientras me pintaba las uñas. La que se vuelve loca cuando ve fotos de crías de elefante.

Dos lágrimas recorren las mejillas de Mona, que me dirige una sonrisa llorosa.

—Es que me encanta cuando les dan el biberón a las crías de elefante.

Me muerdo el labio y le dedico una sonrisa triste y llorosa.

—Pero, Mo, tienes que darte cuenta de que, si hay alguien aquí que siente que no tiene margen de error, esa soy yo. Soy yo la que vive a tu sombra.

La mirada de Mona me destroza con su dolor sincero.

—No me gusta que pienses eso.

Me encojo de hombros.

—No es fácil no pensarlo.

Los ojos de Mona me escudriñan el rostro como si intentase descifrar el código secreto presente en mis rasgos.

Estoy empezando a sentir demasiadas cosas y demasiado fuerte, y, con un gesto de la mano, deshago parte de la seriedad.

—Vas a tener que ir arreglándote —susurro.

Mona niega con la cabeza y se vuelve completamente hacia mí para agarrarme de los hombros.

—Esto es más importante.

—¿El qué?

—Tú, Tilly. Nosotras. Estoy harta de mentirme a mí misma diciéndome que podemos posponer lo de arreglar nuestra relación hasta que se tranquilice un poco la vida.

—¿Crees que hay que arreglarla? —digo mientras me caen por las mejillas unas cuantas lágrimas.

La sonrisa de Mona es tan triste que me destroza.

—Estoy segura.

—Te... te echo de menos, Mo. A la Mo de antes.

Mona me abraza contra sí, con fuerza y firmeza, y se me derriten los músculos cuando me pasa la mano por el pelo.

Se me encoge la garganta, pero decido ser sincera con mi hermana.

—Cuando te fuiste a la universidad, me dio la sensación de que cambiaste. Dejé... dejé de caerte bien. Ya no querías ser mi amiga. Y no sé por qué.

—Siento mucho haberte hecho daño —dice Mona—. Perdón por haberte hecho sentir que no me caías bien o que no eres maravillosa tal y como eres.

—Me da la sensación de que no valgo. Ni para ti ni para mamá ni para nadie. De que soy una molestia y una carga que tenéis que soportar. Eres la hermana mayor perfecta mientras que yo soy la fracasada de la familia. —Se me entrecortan las palabras en un sollozo y hundo la cara en su hombro.

Mona me abraza con más fuerza y de la garganta le sale un débil sonido entrecortado.

—Ser hermana tuya es un honor, Tilly. No soporto haberte tratado de una forma que te haya hecho sentir lo contrario.

Dejo escapar un bufido de incredulidad.

—Lo digo en serio —añade Mona, echándose atrás para mirarme a los ojos. También está llorando—. No puedo cambiar a mamá ni a papá. No puedo hacer que te traten mejor. Pero lo entiendo. Sé lo difícil que es salirse del papel que te han marcado. Yo misma me he dejado aplastar por su peso.

Nunca se me había ocurrido que Mona también pudiera sentirse atrapada.

—Pero tú eres maravillosa —continúa Mona, colocándome el pelo detrás de la oreja—. Eres graciosísima, llena de energía y brillante, y no hay nadie a quien no puedas sacarle una sonrisa. Siento mucho no haberte demostrado lo maravillosa que creo que eres.

No sé qué decir, así que vuelvo a apoyarme en Mona y dejo que me meza de un lado a otro mientras aprendemos a estar cómodas en el silencio.

—De verdad que te quiero, Tilly. Mucho —vuelve a susurrar junto a mi cabello—. Y cada vez se me va a dar mejor demostrártelo.

Capítulo 28
Un asunto peligroso

*a*mina y Mona acaban yéndose y yo me quedo descansando en la habitación un rato, mirando el móvil. El momento emotivo con Mona me ha dejado descentrada: reconfortada y alegre, pero también nerviosa y con ganas de moverme.

Por un instante, contemplo la posibilidad de ir a la habitación de al lado y molestar a Oliver, pero sé que está editando y no me parece bien invadir su burbuja.

Y tal vez quiero estar... ¿a solas? No lo tengo claro. No sé decidir si quiero la libertad de la soledad o la energía de otra persona.

Me bajo de la cama y me dirijo a gatas hasta mi mochila para coger la cartera; he decidido que, por lo menos, tengo que salir de esta habitación de hotel. Sumergirme en esta preciosa nueva ciudad.

De uno de los bolsillos interiores sobresale la esquina de mi portátil, y es entonces cuando me doy cuenta de que la chispa que se desplaza en un bucle constante del cerebro a los dedos es mi deseo de escribir. Pequeños bocadillos de pensamiento y palabras bonitas me flotan por toda la cabeza, brillantes y deliciosos, rogándome que los persiga, que los refleje sobre el papel.

Me apresuro a coger la mochila, cierro la cremallera y salgo de la habitación a la calle.

Camino unos cuantos minutos por las calles empedradas de Estocolmo. Aunque está nublado, la ciudad irradia alegría (en la compleja mampostería de los edificios históricos, en los rascacielos sencillos y modernos que reflejan el resto de la ciudad, en las bicicletas, los tulipanes y el río), y absorbo todos los pequeños detalles como la piel absorbe los rayos del sol.

Me vibra el teléfono en el bolsillo; lo saco y veo que es un mensaje de Darcy.

¡Hola, cielo! ¿Cómo estás?

Sonrío. Darcy y yo nos hemos escrito unas cuantas veces desde que nos conocimos en Copenhague y quiero pensar que nos hemos hecho amigas.

¡Hola! Bien, ¿y tú? ¿En qué ciudad estáis?

En un pueblucho a las afueras de Frankfurt

Reza por mí

Pero, oye, quería hablarte de una cosa

¿Te puedo llamar?

Medio segundo después de que le responda que sí, Darcy me llama.

—A ver —dice como único saludo. Me crece la sonrisa—. Tengo aquí a Cubby.

—Hola, Tilly —canturrea Cubby de fondo.

—Hemos leído tus *posts* de Babble; maravillosos, por cierto. Nos tienes enganchadas.

—Muy buenos —añade Cubby.

—Y ayer, después del concierto, hablamos con otro grupo…

—Demasiado poperos para mi gusto —dice Cubby.

—Sí, demasiado sintetizador. Ya no estamos en 2014.

—E intentaron darle protagonismo a la gaita. ¿Entiendo desde el punto de vista artístico el magnetismo carnal que buscaban? Sí. ¿Fue puro y creó una disonancia cognitiva que reflejó el clima político al yuxtaponerse al ritmo pop con sintetizador? También. Pero ¿funcionó?

—No —remata Darcy—. En fin, pero eran gente muy maja a pesar de lo confundido de su sonido. Estuvimos hablando y, en resumen, una de las chicas del grupo, Hamda, tiene una prima que dirige una revista *online* muy de moda.

—¿No era una amiga de la prima de Hamda? —pregunta Cubby.

—Mmm… No. Era su prima.

—¿Estás segura?

En este punto, me da vueltas la cabeza mientras trato de seguirles el ritmo a estas dos, pero es una causa perdida.

—Da igual que sea prima o amiga: Hamda conoce a quien lleva *Ivy*.

—Al parecer, es una mezcla entre *Cosmo* y BuzzFeed, con un toque de *Elite Daily*, pero menos *millennial* —dice Cubby.

—Y están buscando a gente —añade Darcy—. Buscan, cito textualmente, voces únicas. —Hace una pausa—. ¿Qué te parece?

Permanezco en silencio, pues doy por hecho que Cubby y Darcy van a seguir interrumpiéndose, pero no es así.

—¿Que qué me parece el qué? —pregunto.

—La posibilidad de presentarte, claro —responde Darcy—. Le hemos enseñado a Hamda tu Babble y le parece fabuloso. Al parecer, su prima también tiene TDAH. Le hemos pasado a Hamda el enlace y se lo ha enviado a su prima, que dice que deberías enviar tu currículum y muestras de tu trabajo.

Noto una punzada en el estómago. Otra vez esa sensación. La de saber que la gente disfruta de algo que he creado.

—Pues... eh...

—Anda, Tilly, tienes que presentarte. Serías perfecta. Te estamos pasando el enlace por mensaje.

Efectivamente, me vibra el móvil al recibir la web de la solicitud. La ojeo por unos segundos y leo la descripción del puesto de ayudante editorial.

—No sé si sirvo para esto —digo.

—Por Dios, ya nadie sirve para ningún puesto de trabajo. A estas alturas, se necesitan diez años de experiencia para entrar a trabajar en cualquier lado. Anda, Tilly, preséntate, por favor. Serías perfecta.

—Perfectísima —repite Cubby—. Somos tus fans número uno. Capaces somos de hacernos pasar por ti para presentar una solicitud en tu nombre.

Noto como si tuviera la cabeza llena de abejorros revoloteándome por el cráneo mientras intento procesarlo todo.

¿Esto es...? ¿Esto es lo que se siente cuando se tienen amigos? ¿Gente que te anima sin reparos? Me abruma de la mejor forma posible.

Tengo miedo. Mucho miedo. Tengo el rechazo garantizado; soy una doña nadie con cero experiencia.

Y sin embargo...

—Está bien —susurro, y a continuación sonrío—. Me presentaré.

Cubby y Darcy gritan.

—Perfecto. Voy a escribir a Hamda para que le escriba a su prima para que esté atenta a tu solicitud. Hazlo hoy mismo. Ahora mismo, si puedes.

—Está bien —vuelvo a decir, con una sonrisa aún mayor.

—En fin, tenemos prisa, Tilly —dice Cubby—. Saluda a Ollie de nuestra parte.

—Vale. Y muchas gracias por pensar en mí. Qué ilusión.

Terminamos la llamada y me meto en una cafetería, en la que pido un café y un bollo llamado *kanelbullar,* que parece un bollo de canela, pero, no sé cómo, está aún más rico.

Me hago con una mesita en una esquina, saco el portátil, le doy un trago al café y, sin pensármelo mucho, relleno el formulario. Adjunto muestras de mi trabajo y me arriesgo a presentar algunos de mis escritos más vulnerables sobre el TDAH. Probablemente me esté apresurando demasiado (no dejo de mover la pierna, nerviosa), pero quiero acabarlo lo antes posible y quitármelo de encima antes de que me sobrevengan las dudas.

Una vez que he acabado, respiro hondo. Estoy… orgullosa de mí misma. Como si hubiera hecho algo proactivo. Algo bueno.

Pero no quiero pensármelo más. Si empiezo a desearlo demasiado, me hará más daño cuando me rechacen.

Aparto esos pensamientos, abro una nueva pestaña, vuelvo a respirar hondo y me lanzo de lleno sobre una nueva página en blanco.

Pasadas unas horas, he bebido tanta cafeína y he comido tantos *kanelbullar* que me noto el pulso en las uñas de los pies. Tecleo las últimas líneas de mi artículo para el blog y, a continuación, me hundo sobre el respaldo de la desgastada silla de cuero para leer los últimos párrafos:

Siempre he pensado que mi hermana era perfecta. Que tiene la perfección escrita en el ADN, como el pelo negro y los ojos castaños. Que encaja en cada lugar al que accede.

Y siempre he pensado que la columna vertebral de mi genética era el pifiarla. Tengo TDAH. Mi cerebro no funciona como el de los demás. Siempre me da la impresión de que a mi cerebro y a mi cuerpo les hacen infinitas preguntas para ponerlos a prueba y de que no tengo la respuesta. No soy capaz de procesarlas. Y la sociedad nos dice que eso significa que estoy condenada desde el principio. Que el funcionamiento especial de mi cerebro es un defecto de personalidad. Que no quepo en ningún espacio y que no me merezco trastocar el entorno y abrirme un hueco.

Pero tal vez no sea verdad. Estoy segura de que no es justo. Mi hermana no debería tener la carga de que se espere de ella que domine toda tarea que intenta. Y yo no debería soportar el peso de que me etiqueten como un desastre antes siquiera de intentarlo.

Así que ¿y si rompemos los compartimentos en los que se supone que tenemos que entrar? ¿Y si deshacemos los nudos que nos atan a las expectativas? ¿Y si nos permitimos (y permitimos a los demás) ser tal y como somos?

P. D.: Son preguntas de verdad. Una servidora no tiene la respuesta.

P. P. D.: Este post hay que agradecérselo a demasiados cafés de Drop Coffee Roasters. No es un anuncio ni nada (aún) pero que por soñar no quede, ¿no?

Sonrío.

Me gusta mucho lo que he escrito.

Se ve que no me doy cuenta del peso que tienen algunas palabras en mi corazón y se me olvida que mis manos pueden quitarme ese peso tecleando. Escribir sobre mis sentimientos no me los alivia, pero les concede más espacio: un lugar del que me puedo marchar o que puedo visitar cuando lo necesite.

Con los dedos temblorosos, pulso en «publicar». Ya está. Publicado.

Escribir es como una paradoja. Quiero que el mundo absorba mis palabras y a la vez me aterra la idea de que todos las vean. Quiero que me conozcan, pero no que me critiquen. Me gusta escribir párrafos sobre los colores en la web de Mona, pero es distinto, allí no estoy exponiendo partes de mí.

Mi blog es el lugar más seguro en el que exponerme. Existe, en el salvaje oeste que es internet, pero no hago nada para dirigir hacia él a la gente. No es que me exponga, sino más bien que asomo la cabeza. En realidad, a estas alturas, probablemente asome algo más que la cabeza. He visto crecer de forma bastante sustancial la interacción y los seguidores de mi cuenta de Babble, hecho que me emociona y me aterra a la vez.

No entiendo exactamente por qué a la gente le importa lo que tengo que decir, pero relacionarme y escribirme con más gente neurodiversa en la aplicación es una de las experiencias más validadoras de mi vida. Por fin entiendo a lo que se refería Ollie cuando dijo que hablar con gente en internet lo ayuda a sentirse más cerca de los demás que si estuviera en su presencia.

Trato de sacar a relucir el autocontrol, pero yo de eso no tengo, así que me pongo a actualizar la página de estadísticas del *post*. Espero que lo haya leído alguien. Espero que no lo haya leído nadie. Espero… Mierda. Cero visitas. ¿Cómo es posible que mi blog personal, sin etiquetas y sin monetizar, no tenga cuatro mil millones de visitas a los doce segundos de haberlo publicado?

Pulso en «actualizar».

Ahí va. Mierda. Dice que tengo dos visitas. Vale. Ostras. Madre mía. Qué bien. ¿Qué pensarán? Probablemente que es una chorrada y no les guste.

Vuelvo a pulsar en «actualizar». Quiero volver a sentir el mismo subidón de dopamina que cuando dejé de ver el cero.

Un momento. No. No lo voy a tolerar.

Cierro el portátil antes de que la página termine de cargarse. Esto tiene toda la pinta de cerebro desbocado. La necesidad obsesiva de pulsar en algo con la esperanza de una recompensa virtual.

El puñetazo de decepción en el estómago cuando no hay nuevos *likes*. Ni visitas. Ni comentarios. Esa extraña sensación que se me extiende por todo el cuerpo de que estoy sola en un mundo lleno de relaciones constantes.

He escrito ese artículo para mí. Solo para mí. Y me he sentido bien. Voy a proteger esta sensación, joder. No me hace falta la validación externa en algo que me aporta felicidad. Salvo cuando la necesito de forma desesperada. Pero este verano he venido a progresar, etcétera, etcétera.

Me levanto de la mesa, recojo mis cosas y me las guardo en la mochila. Salgo de la cafetería, me pongo los auriculares y dejo que la música me invada el cuerpo como una cascada. Este es el ruido que me gusta a mí. Está concentrado y tiene su lógica, y sé qué va a venir después. Es distinto a los ruidos aleatorios de las zonas bulliciosas, que suenan como arañar una pizarra.

Hay algo liberador en estar en un lugar nuevo, a solas. Solo tengo que ocuparme de mí misma. Puedo comer lo que quiera, ir a donde quiera. No tengo que preocuparme de si los demás se lo están pasando bien o no, ni de si se aburren. Ni de si les molestan mis constantes paradas para mirar todo aquello que le llama la atención a mi pegajoso cerebro. Puedo ser yo, total y absolutamente.

Me fundo con las calles de Estocolmo mientras sigo andando y cada paso deja grabada una nota de amor en los adoquines. «Tilly Twomley ha estado aquí y vaya si se lo ha pasado bien».

Pasados unos bloques, estoy en Gamla Stan, el casco antiguo de Estocolmo. Aquí hay más turistas, pero ahora entiendo por qué. Los edificios son como casitas de jengibre en tecnicolor, altas, finas y muy juntas. Algunos bordes son curvilíneos y otros son afilados, y las cimas sonríen, felices, hacia las calles estrechas.

Me llama la atención un escaparate y acudo al cristal como una polilla a la luz.

El escaparate está repleto de zapatos de arriba abajo.

Pero no son zapatos cualesquiera.

Son zuecos.

Así que me decido a entrar.

El aroma a cuero y a madera me rodea como un abrazo, y me quito los auriculares para disfrutar de la amable tranquilidad de la tienda.

Todos los sentidos me zumban y vibran en una frecuencia feliz mientras paso los dedos por hebillas y broches en mi paseo por la tienda. Cojo un montón de zapatos distintos, los estudio desde todos sus ángulos y admiro la complejidad de los diferentes diseños. Un par de cuñas de madera, de piel suave como el terciopelo y pequeñas hojas talladas, me tienta a sacar la cartera, pero también sé que los tacones de seis centímetros me matarían, así que, con todo el melodrama posible, las devuelvo a su lugar en la estantería.

Pero entonces veo algo que hace que mis ojos se tornen en corazones gigantes.

Unos zuecos. Rojos. De madera.

Me acerco a ellos despacio, como si fueran un animal asustadizo a punto de huir. Acaricio con respeto la compleja pintura que decora el empeine. Es un paisaje. Conjuntos de flores amontonadas sobre la hierba verde, con un perfecto cielo azul de fondo y un molino de viento a lo lejos.

De inmediato pienso en Oliver. Me pregunto qué color encontraría en un rincón de la escena. Qué diría del equilibrio. O de las sensaciones. Y la forma en que sus ojos, de mirada aguda, intensa y maravillosamente profunda, recorrerían una y otra vez los zapatos rojos.

Me apresuro a cogerlos y me dirijo a la caja.

—*Hej hej!* —me dice la mujer mayor detrás del mostrador mientras me coge los zapatos.

—*Hej!* —la saludo—. Me encantan los zapatos —añado.

—¿A que son preciosos? —dice, haciéndolos girar de lado a lado.

—Y muy típicos suecos —digo; objetivamente, es lo más guiri que podría haber pronunciado.

La dependienta me dirige una sonrisa divertida y pulsa unos cuantos botones en la caja.

Entonces aparece el precio en la pantalla y me muerdo los labios de la sorpresa: 2200 coronas suecas. Es... muchísimo, ¿no? ¿O me equivoco?

No me acuerdo de la tarifa de conversión. ¿Un dólar era... cincuenta coronas? ¿O veinticinco? A escondidas, saco el móvil y abro la aplicación de conversión de divisas tratando de no parecer una guiri asustada, pero no tengo cobertura.

Vale. No pasa nada. No es buen momento para ponerse nerviosa. Estoy segura de que cada dólar equivale a veinticinco o cincuenta coronas suecas, lo que implica que 2200 coronas son o cuarenta y cuatro u ochenta y ocho dólares. La diferencia es... notable, y es un precio elevado para unos zapatos; pero son preciosos y auténticos, y ya que estoy en Estocolmo... En fin, que los voy a comprar y punto.

Ya en la calle, me quito de inmediato las sandalias y me pongo mis nuevas preciosidades de madera.

Qué. Maravilla.

Ahora mismo, soy la tía más esotérica de Estocolmo y no podría estar más feliz. No puedo pensar en otra cosa que no sean mis zapatos.

Recorro la ciudad con el estruendo de los zapatos contra los adoquines. Me fastidia un poco notar que se me está formando una ampolla en los talones, pero las miradas de lo que imagino son turistas me ayudan a ignorar el minúsculo dolor. Probablemente piensen que soy una *influencer* de moda sueca y les fascine mi impecable estilo europeo.

Transcurrido un rato, reconozco parte de los edificios que me rodean y me percato de que he vuelto al hotel.

Nos alojamos en un establecimiento pequeño y me tomo un tiempo para contemplar cómo la luz dorada del atardecer acaricia el edificio. Estamos en la segunda planta del hotel de cuatro pisos y Oliver se ha quedado con la habitación de la esquina, con vistas a la callejuela que tenemos debajo. Las últimas luces del día resplandecen sobre su ventana y, de repente, siento deseos desesperados de verlo, de disfrutar de la tranquilidad de su compañía.

¿Estará despierto? ¿Estará trabajando? ¿O viendo la tele? Puede que esté al teléfono con la chica misteriosa para la que ha comprado condones.

No soporto la posibilidad de que sea cierto, lo que me impulsa a avanzar hasta situarme debajo de su ventana como en el mayor cliché de mal de amores del mundo. Puaj.

Pero, si voy a ser un cliché, mejor darlo todo. Miro alrededor y veo una piedrecilla en el suelo. La recojo y se la tiro a la ventana, pero apenas suena contra el alféizar. Con el ceño fruncido, encuentro una piedra más grande y se la tiro, pero ni siquiera le doy a la ventana. Cojo la última piedra que encuentro y la arrojo al cristal.

Y...

«¡CRASH!».

El sonido del cristal al romperse me genera una sensación similar en el estómago.

Me quedo inmóvil donde estoy, cuando la ventana se abre con un chirrido y se asoma la cabeza de Ollie, que mira arriba y abajo de la callejuela y, a continuación, directamente a mí.

—¿Tilly?

—Hola, Ollie —digo, saludándolo débilmente con la mano, como una imbécil.

—¿Estás bien?

—Pues... eh... ¿estás ocupado?

—Has roto la ventana —dice Ollie, que afirma lo evidente con la mirada fija en el cristal.

—Sí, ya lo veo —replico.

—¿Algún motivo en concreto por el que me hayas tirado una piedra?

—No te la he tirado a ti, sino a la ventana.

—Es una forma de verlo, supongo.

—Entonces, ¿estás ocupado? —pregunto, y golpeo el tacón del zueco contra el suelo.

—¿Dejando de lado que tengo que averiguar cómo sustituir el cristal de la ventana? No mucho.

Esbozo lentamente una sonrisa imparable. Es sarcástico de narices. No soporto que me guste tanto que lo sea.

—¿Te apetece hacer algo?

Ollie me dirige una sonrisa.

Capítulo 29
Muerte por zuecos

-TILLY-

-¿Te gustan mis zuecos nuevos? —pregunto, enseñando los zapatos y golpeando el tacón de madera contra el suelo mientras andamos y comemos helado. Trato de no inmutarme con las puñaladas de dolor que me suben de las ampollas directamente a las rodillas—. Ya parezco prácticamente sueca.

Ollie frunce el ceño y observa mis zapatos mientras le da un lametazo al helado de menta con pepitas de chocolate.

—Son todo de madera.

—Qué observador —digo guiñándole el ojo y tratando de que parezca que me he desplomado a propósito sobre un banco cercano y no porque me duelan tanto los pies que ya no me responden.

Ollie frunce el ceño aún más cuando se sienta a mi lado.

—Pero te has equivocado, ¿no?

—¿Qué? No. —Hago una pausa—. ¿En qué?

—En que los zuecos de madera son… neerlandeses, creo.

—Ollie, haz el favor de no estereotipar a los escandinavos. No está bien.

—Los neerlandeses son de los Países Bajos, igual que estos zapatos. A ver, si hasta llevan pintados tulipanes y un molino.

Hago una pausa en la que miro con recelo mis zapatos. No puede tener razón.

—Sé que eres una especie de gran maestro de los colores, pero está claro que de moda no entiendes tanto —digo, y me agarro la pierna por la corva para sostenerla en el aire de modo que el fabuloso zueco le quede frente a la cara.

Oliver saca el móvil y teclea durante un minuto antes de enseñarme la pantalla. Cómo no, es un grafismo que muestra que los zuecos suecos suelen tener la base de madera y el empeine de piel, mientras que los de madera con la puntera picuda son... neerlandeses. Mierda.

Le aparto la mano.

—¿Por qué iban a vender zuecos neerlandeses en Suecia?

—¿Para vendérselos a turistas incautos?

Le gruño.

—En fin, me da lo mismo. Son un chollo y siguen siendo mis zapatos favoritos. Me los voy a poner todos los días. —Eso si dejan de arrancarme la piel a tiras.

—¿Cuánto te han costado?

—2200 coronas.

Ollie se termina el barquillo del helado y ladea la cabeza para mirarme.

—¿Y eso te parece un chollo?

Ahí va. Un goteo de pavor me hace cosquillas en la espalda.

—Sí. Creo que están hechos a mano. ¿Y cuánto es? ¿Como ochenta dólares?

Ollie vuelve a sacar el móvil y teclea por unos segundos.

—Más bien doscientos —dice, y me enseña la conversión de coronas a dólares estadounidenses.

Me da un vuelco el corazón.

Me cago en todo. ¡¿DOSCIENTOS DÓLARES?! ¡¿He pagado doscientos dólares por un par de minúsculos instrumentos de tortura que se hacen pasar por zapatos?! Ni siquiera puedo devolverlos, porque están empapados de sangre de mis pies.

—En internet se pueden encontrar por veinticinco pavos —dice Ollie mirando el móvil, para seguir hurgando en la herida (de mi pie)—. Yo diría que has pagado de más.

Vuelvo la cabeza para evitar mirarlo; me siento idiota. Una respiración de vergüenza me vibra en el pecho y me entran ganas de llorar. Sé que Oliver me está mirando, así que hago lo posible por mantener la compostura.

Carraspea como me he dado cuenta de que hace a menudo. No. No va a funcionar. No voy a ser como el puñetero perro de Pavlov con sus toses nerviosas, que no sé por qué me atraen tanto. Ni hablar. Soy impenetrable. Estoy hecha de hielo. Soy...

—Lo siento —dice Ollie, que me da un susto de narices cuando alarga la mano y me la posa en el antebrazo—. Te estaba tomando el pelo. Me encantan tus zapatos nuevos. Valen cada penique que cuestan.

Me vuelvo para mirarlo y mis ojos recorren sus nudillos y la curva que forma su brazo hasta la mandíbula afilada, la pronunciada nariz y los tiernos ojos castaños. ¿He dicho hace un momento que estaba hecha de hielo? Porque, ahora mismo, más bien soy un charco de baba templada. Igual de algo que no dé tanto asco. Pero templado. Calentito. Creo que lo vas pillando.

—Los colores son vivos —dice Ollie, que se inclina hacia delante para observarlos—. Un caos controlado en la punta de los dedos. ¿Puedo hacerles una foto?

Y, por algún motivo que desconozco, acaba de merecer la pena la vergüenza de la confusión cultural y la catástrofe en mi cuenta bancaria derivada de una mala conversión. O al menos merece la pena por un segundo. Ojalá no me hubiera gastado tanto dinero en estos zapatos.

Ollie saca el móvil y hace unas cuantas fotos. Sonríe a la pantalla y, a continuación, se inclina hacia mí en el banco para enseñármelas.

—Están un poco oscuras —dice, y su hombro roza el mío—, pero creo que las he captado lo suficientemente bien como para poder corregirlo luego. Me encantan los toques de rosa pálido y amarillo que iluminan la escena y atraen la atención al centro. Creo que son Pantone 12-1706, Pink Dogwood, y 11-0620, Elfin Yellow. Tengo otras tres fotos perfectas con este rosa.

Ladea la cabeza para acercarla aún más a la mía, hace *zoom* en una zona del zapato y señala el punto detrás del molino de viento que hace que parezca que mis zuecos emiten un rayo de sol.

Contemplo a Ollie y me fijo en la devastadora curva de sus pestañas, en el ángulo de entusiasmo de su boca y en la diminuta protuberancia del puente de su nariz.

Tras un instante, él también se vuelve para observarme. Su mirada salta de mis ojos a mis mejillas y luego traza el recorrido hasta mi boca.

Hacemos una pausa en la que el mundo se reduce solo a nosotros, el banco del parque y el frescor de la noche de verano. Quiero que me bese. Quiero gustarle. Quiero…

Lo quiero a él. Sus peculiaridades, su franqueza, su cerebro magnífico y su carita bonita.

Y cuando me mira así (con toda su atención e intensidad) es fácil imaginarme un universo alternativo en el que él también me desea.

Y eso duele. Me causa un dolor terrible que nunca me vaya a desear así. Que ya haya otra persona en el mundo con la suerte de ser el centro de su deseo. Alguien que hace que este momento no me pertenezca.

Una brisa fría atraviesa nuestra burbuja, me mueve el pelo y acrecienta el dolor que siento en el pecho hasta que un escalofrío me recorre la columna vertebral. Ollie se da cuenta. Siempre se da cuenta de todo.

—Tienes frío —dice, frunciendo el ceño mientras mira alrededor, como si tratase de ver el viento—. Tenemos que volver a casa.

Asiento y me levanto a la vez que él. Me abrazo el torso como para evitar que se me caiga a pedazos el corazón roto.

Ollie echa a andar y, con un largo suspiro, procedo a seguirlo.

Salvo que, tras dar un paso, un dolor tan fuerte emana de mis pies y me recorre el cuerpo que me ceden las rodillas y me desplomo sobre la acera, dejando escapar un gritito de agonía al caer sobre el asfalto, con las extremidades en unos peculiares ángulos.

Ollie se vuelve de golpe y parece que se le van a salir los ojos de las cuencas cuando ve mi posición inerte.

—¿Estás bien? —pregunta, y vuelve a mi lado para rodearme.

No sé cómo explicarle que, si pudiera, me moriría aquí y ahora, así que le dirijo un débil gesto de la mano y dejo escapar un pequeño gruñido.

—Sí. Solo me ha salido una ampolla de nada.

Ollie desvía la vista a mis pies.

—Tilly, ¿estás sangrando?

Bajo la mirada y, cómo no, un hilillo de sangre gotea del borde del zapato y me rodea el tobillo.

—Estoy bien —digo, tratando de moverme a una posición más digna en el suelo.

Oliver se inclina sobre mí y me baja ligeramente el zueco izquierdo a la altura del talón. Tengo que morderme el labio para no gritar.

—Por Dios, tienes los pies destrozados —dice; suelta el zueco y retrocede como si fuese radiactiva.

—No exageres, anda —digo, y encuentro la fuerza interior necesaria para ponerme en pie. Doy un paso tambaleante y aún más sangre me mancha los zuecos. Hasta a las propias ampollas les están saliendo ampollas.

—Por favor, si he visto carne con mejor pinta en la carnicería.

—Hala, eres un encanto —siseo sin dejar de andar por la calle arrastrando los pies, a pesar del dolor.

—Tilly, para un momento.

—Agradezco que te preocupes, de verdad —digo, girando la cabeza para mirarlo, mientras me pica la piel por el sudor—, pero, si paro de andar, es más que probable que no pueda volver a seguir. Y voy a ponerme a llorar.

—¿No tienes otros zapatos?

Lo miro sorprendida mientras continúo renqueante y entonces me palpo el cuerpo, como si fuese a encontrarlos en un bolsillo gigante para zapatos. ¿Dónde tengo los otros?

—Mierda. Creo que me los dejé en la tienda después de comprar estos y ponérmelos.

Ollie se muerde el labio sin dejar de mirarme los pies.

—¿Y si…? ¿Y si te llevo en brazos? —dice, frenándome en seco (y muerta de dolor).

—¿En brazos?

—O a caballito. No puedes seguir andando de esta manera.

Lo miro con los ojos como platos. Tendría que tocarlo. Y él me tocaría a mí. Tendría que rodear con brazos y piernas al chico que me tiene loca, cosa que me colocaría en una posición de riesgo extremo ante la posibilidad de hacer algo humillante, como… olerle el pelo o… suspirarle al oído. O, yo qué sé, toquetearlos a él y a su camisa negra.

Pero, cuando otra oleada de dolor me recorre los pies retorcidos, no me queda otra opción. O, mejor dicho, no existe un universo en el que rechazaría la opción de acercarme a Oliver Clark.

—Está bien —digo al fin, algo alicaída.

Vuelvo a dejarme caer en el suelo y, con mucho cuidado, me quito uno de los absurdos zuecos. El roce de la madera y el soplo del aire en las heridas abiertas son como cuchillos, y gimoteo con lágrimas en los ojos mientras aprieto los párpados.

Respirando de la misma forma agresiva y rítmica que las mujeres cuando dan a luz, me quito el otro. Del dolor siento náuseas y tengo la piel húmeda y pegajosa. La cosa no puede ponerse peor.

Y, entonces, siento el leve peso de una mano fría en la mejilla.

Abro los ojos.

Y mi mirada aterriza en Oliver, que está de cuclillas frente a mí. Se estremece (de forma bastante exagerada) ante lo que imagino que es mi expresión, desenfrenada y con los ojos saltones. Ollie también abre mucho los ojos y los posa en donde su mano yace sobre mi piel, como si no supiera cómo ha llegado hasta ahí. Como si no supiera cómo moverla.

—Hola —espeto. En voz muy alta. Como si fuera imbécil. Pero, en serio, ¿qué digo? Oliver me está tocando y creo que me ha cortocircuitado el sistema.

—Hola —me responde, aún mirando con el ceño fruncido la mano que me posa en la mejilla.

Con lo que parece esfuerzo, aparta la mano, con la vista aún fija en mi piel. Tras largo rato, se pone en pie y alarga la mano para ayudarme a levantarme. Me pongo en pie con sumo cuidado, y Oliver se vuelve y dobla las rodillas para ponerse a mi altura.

—Sube —dice, mirando hacia atrás.

En un mundo perfecto, me subiría a su espalda como flotando y, con elegancia, lo rodearía con mis brazos y mis piernas.

Pero, en la realidad, estoy sudorosa y nerviosa, y termino desplomándome sobre él como si le estuviera haciendo un placaje después de golpearlo en el pecho con los zuecos de madera entrelazados formando un puño.

Pero no parece darse cuenta.

Oliver me levanta y entrelaza los brazos debajo de mis muslos, y yo, simplemente, me derrito.

Entonces echa a andar y con cada paso mi pecho se ciñe aún más contra él, y lo abrazo con más fuerza. ¿Podrá notar los fuertes latidos de mi corazón?

—¿Estás bien? —pregunta Ollie, con una voz que es el opuesto al estruendo sónico de mis pensamientos irrefrenables.

—Sí —respondo. Porque sí, me duelen los pies, que aún me sangran, y no sé si podré volver a ponerme zapatos, pero Ollie acaba de tocarme la mejilla y ahora me lleva en brazos y parece preocuparse de verdad por mi bienestar, y nunca me he sentido tan maravillosamente bien en la vida.

—Solo unas manzanas más —dice, como si yo no estuviera suplicando en silencio para que nunca acabe este paseo.

Tardamos demasiado poco en llegar al hotel. Oliver se detiene frente a las escaleras de la entrada. Se vuelve y me deposita en el segundo escalón para que no tenga que esforzarme mucho en bajar. Aunque esté en tierra firme, mi cabeza y mi corazón no volverán a bajarse de la nube en la que están después del paseo.

Oliver pasa junto a mí subiendo las escaleras, mientras se hurga en los bolsillos para buscar las llaves. Yo me descuelgo la mochila de un hombro para hacer lo mismo. Es un hotel antiguo que aún usa cerraduras tradicionales y enormes llaves metálicas en las habitaciones y en el acceso al vestíbulo.

Mi búsqueda se ha tornado frenética para cuando Ollie abre la puerta de la entrada.

—¿Pasa algo? —pregunta mientras abro del todo la mochila y empiezo a arrojar cosas al suelo.

—Creo que he perdido las llaves —digo, y noto que el pavor me baja por la garganta y se me instala en el estómago mientras una espiral de pánico que me resulta muy familiar comienza a darme vueltas en el cerebro. Mierda. ¿Por qué siempre tengo que perderlo todo?

—¿Dónde las has perdido? —pregunta Oliver, en lo que objetivamente es la pregunta más inútil de la historia.

—Si supiera dónde las he perdido, no me las habría dejado allí, ¿no te parece? —espeto, dándole la vuelta a los bolsillos laterales.

Oliver permanece quieto por un instante, contemplando cómo me vuelvo loca, y, no sé por qué, lo empeora todo. No quiero ser así. No quiero ser despistada, imprudente, olvidadiza y...

—Tilly —dice con una voz suave y un tacto firme al alargar la mano y rodearme la muñeca para detener el frenesí de mis dedos—. No pasa nada —continúa—. Son solo unas llaves. Seguro que tienen más. Podemos preguntar en recepción.

Cierro los ojos por un segundo, tratando de armarme de valor para mirarlo, consciente de la expresión de molestia que debe de tener grabada en sus rasgos. Es lo que siempre aparece en la cara de la gente cuando la pifio.

Pero, cuando al fin lo miro, en su rostro muestra... paciencia. Y tranquilidad. Y preocupación, pero no por las llaves que he perdido, sino por... mí.

—De acuerdo —digo, asintiendo.

Ollie asiente también y abre la puerta del vestíbulo.

Hay un tipo de aspecto aburrido repantingado en una silla de plástico detrás de la mesa que sirve de recepción, mirando el móvil y sin molestarse en levantar la vista cuando la campanita de encima de la puerta señala nuestra presencia. En su placa torcida se lee «LIAM».

Tras un momento, Oliver se aclara la garganta. Liam levanta la vista y la vuelve a clavar en el móvil.

—¿Sí? —dice, casi sin contenerse un bostezo.

—Hola. Sí. Perdón por molestarlo —dice Oliver—, pero mi... eh... mi... amiga...

Oliver se tropieza con cómo llamarme de una forma tan evidente que hasta Liam se percata y levanta la vista para examinarnos más detenidamente.

—¿Sí? —dice como si estuviera cansado.

—Ha perdido la llave de la habitación y necesita una nueva —termina Oliver, disparando las palabras a toda velocidad.

Liam mira primero a Oliver, luego a mí y después a mis manos, que se aferran a los zuecos rojos y a la mochila desordenada, antes de posar los ojos en mis pies.

—¿Tienes algún documento de identidad? —pregunta Liam.

Oliver y yo nos miramos aterrados.

—Eh... La habitación está a nombre de mi hermana. La habitación 27.

—¿Figuras como huésped de la habitación? —pregunta Liam, bostezando de nuevo.

—No lo sé. ¿No lo puedes comprobar o algo? —digo, señalando con un gesto el libro de registro que tiene sobre la mesa—. Me llamo Tilly, Tilly Twomley.

Liam se me queda mirando como si acabase de ponerle el día insoportablemente difícil y, a continuación, consulta el registro.

—No me figura el nombre —dice.

—Ah. Vale. Tengo un documento de identidad por si sirve —digo, rebuscando en la mochila—. Nos apellidamos igual.

—No —replica Liam, volviendo a prestar atención al móvil—. A menos que la persona cuyo nombre figura en la habitación me enseñe un documento de identidad, no puedo ayudarte. Lo siento. —No parece sentirlo de verdad.

Oliver y yo volvemos a mirarnos, sin saber qué hacer.

—Soy huésped de Mona Twomley —digo con fingida asertividad, señalando el lugar del libro de registro en el que veo su nombre— y exijo acceso a la habitación.

—Ya —dice Liam con cara de desprecio—. Repito que no puedo darte la llave sin que esté ella presente porque tu nombre no me figura. Y, además, sinceramente, no te creo. —Liam me mira de forma evidente de arriba abajo, regodeándose en mis espantosos pies descalzos.

En fin.

La verdad es que me siento un poco menos culpable por el incidente de la ventana de antes después de ver la actitud de este tío. Pero ¿qué voy a hacer? ¿Dormir en la puerta? He visto demasiadas series sobre secuestros como para pensar que esa posibilidad pueda acabar bien.

—Puedes quedarte conmigo —propone Ollie, como si me oyera los pensamientos.

Lo miro.

—¿Qué? No. A ver. ¿Estás seguro?

Me mira confuso antes de ofrecerme una sutil sonrisa.

—Pues claro. Vamos.

Oliver se vuelve y sube las escaleras. Entonces miro a Liam por última vez y le deseo muchos problemas todas las mañanas de camino al trabajo, antes de seguir a Ollie.

—Eh… ¿Quieres que duerma en el suelo? —dice Oliver, mientras los dos nos miramos aterrados al darnos cuenta de que esta habitación solo tiene una cama.

Solo. Una. Cama.

—¡No! —prácticamente le grito. Muy sutil—. O sea, no deberías. Soy yo la que ha perdido la llave de la habitación. Si alguien tiene que quedar relegado a dormir sobre una sucia moqueta de hotel, esa soy yo.

—Sabes de sobra que no te lo voy a permitir —dice transcurrido un momento, con la mirada aún fija en el colchón.

Me encojo de hombros y trago saliva; tengo la garganta seca.

—¿No podríamos dormir juntos? —Señalo con un gesto del brazo la cama, cuya presencia pesa tanto como si hubiera una tercera persona en la habitación.

Los ojos de Oliver se van agrandando más y más y parece como si fuera a hacer un agujero en el edredón con la intensidad de su mirada. Entonces asiente.

—Va a tener que ser así.

Los dos nos quedamos en el sitio, incómodos, durante un minuto más, sin saber qué hacer.

—No tengo pijama —digo, más para mí que para él.

Oliver parpadea dos veces y luego asiente; abre un cajón de la cómoda y rebusca entre montones de ropa muy bien ordenados. Me encanta que haya deshecho la maleta y les haya encontrado sitio a todas sus cosas, a pesar de que solo vayamos a pasar unos días aquí.

—Igual esto te vale —dice, entregándome un fardo.

Dejo que se desenrollen en mis manos unos pantalones de pijama y una enorme camiseta gris. La tela es suave, está algo desgastada, pero no mucho, y ya huele a Oliver. No sé por qué se me calientan las mejillas.

—Gracias —mascullo, y paso junto a él para meterme en el baño y cerrar la puerta tras de mí. Me pongo su ropa, y el roce de la tela sobre mi piel antes de acomodarse en su sitio es a la vez extraño y agradablemente familiar.

No me jodas.

Me miro en el espejo y trato de vivir uno de esos momentos de película en los que la protagonista tiene una revelación al contemplar su propio reflejo. Puede que, si me esfuerzo, pueda deshacerme de este sentimiento tan doloroso y entre en razón: estar obsesionada (y no correspondida) con un chico del que me voy a despedir en cosa de un mes no es una buena idea.

Para mi tragedia, lo único que veo en el espejo es a una chica algo sudorosa, con la cara roja, el cabello despeinado y su corazón en la mirada.

Genial.

Me encanta.

Es imposible que esto no acabe fatal.

Me doy cuenta de que, cuanto más tiempo me esconda en el baño, más probabilidades hay de que Oliver se piense que estoy cagando, así que apago las luces y salgo.

Oliver se ha puesto otro pijama y está sentado en el borde de la cama, mirando el móvil. Está... está... para comérselo. El mechón de pelo sobre la frente; la leve curva de su espalda, inclinada sobre el móvil; la seriedad con la que teclea en la pantalla, probablemente hablando con alguien sobre algún uso descabellado del color malva.

—Ollie, ¿estás saliendo con alguien? —espeto. Y a continuación cierro la boca con tanta fuerza que oigo el choque de mis dientes.

Oliver vuelve a toda velocidad la cabeza para mirarme.

—¿Perdona? —pregunta.

Dejo escapar un suspiro.

—Es que... eh... Querría saber si estás con alguien. O... ya sabes. Porque es probable que no esté bien que duerma contigo si es así.

Oliver se me queda mirando un rato y veo cómo empieza a abrir los ojos de una forma alarmante, casi cómica.

—¡No! —me grita, agitando los brazos y poniéndose en pie—. O sea, no. Pero esto no... —Señala con gestos frenéticos hacia los dos, antes de apuntar a la cama, negando con la cabeza.

Hala. Qué bien.

—Ya lo sé —digo, cruzándome de brazos—. No tenías por qué horrorizarte tanto.

—No estoy horrorizado —replica, con gesto horrorizado—. Es que… Es que… —Deja escapar un largo suspiro y se le hunden los hombros—. Me ha pillado desprevenido. Creo que lo que quiero decir es que no tengo ninguna relación con nadie. Que no compartiría la cama contigo si la tuviera. Pero tampoco quiero que pienses que doy por hecho que… ¿Por qué me lo has preguntado?

Me encojo de hombros.

—Solo quería saberlo. No quiero faltarle al respeto a nadie que pudiera ser… especial para ti.

Oliver sigue mirándome fijamente, y el silencio me presiona el pecho y me extrae más palabras.

—Y que he visto los condones que te compró Cubby, obviamente —añado mientras el pulso me late en la garganta, arrojando la palabra «vomitar»—. Así que he dado por hecho…

—Cubby me los ha comprado como broma —dice Oliver, frotándose los ojos mientras las mejillas se le ponen rosadas—. Una rara broma perversa entre hermanos. No los estoy… eh… usando.

Asiento y presiono los labios contra los dientes para esconder la sonrisa eufórica que quiere surgirme en el rostro.

Oliver no está saliendo con nadie. No se está acostando con nadie. Esto no cambia que mi aborrecible deseo siga siendo no correspondido, pero sí me afloja el nudo en el estómago que sentía al pensar que pudiera estar con otra persona.

—Pues nada —digo al fin, asintiendo mientras me dirijo al lado opuesto de la cama.

—Pues nada —repite Ollie.

Permanecemos en un extraño punto muerto, cada uno en su lado de la cama, a la espera de que sea el otro el que haga el primer movimiento.

Me vibra el cuerpo de la energía, y mi mente no para de moverse cual cachorrito que se persigue la cola. No aguanto más tiempo quieta. No puedo.

—En fin —digo, retirando el edredón—, deberíamos dormir. A quien madruga, Dios lo ayuda, y tal.

—Ya —dice Ollie, haciendo lo propio.

Los dos nos sentamos en nuestro borde del colchón y a continuación, incómodos, metemos las piernas en la cama. Tengo medio cuerpo fuera del colchón y puedo decir con seguridad que nunca en la vida había estado tan tensa.

Oliver carraspea.

—Buenas noches —dice; alarga la mano y apaga la luz.

—Buenas noches —susurro, aterrada de que nos hayamos sumido en la oscuridad.

Dios mío, ¿qué hago? No puedo mantener esta posición medio fuera de la cama toda la noche, pero ¿qué alternativa tengo? ¿Dormimos bocarriba, como…, yo qué sé, cadáveres? Lo que tengo claro es que no vamos a dormir dándonos la espalda. La mera idea de que mi nalga se roce con la de Oliver me da escalofríos. Mierda. ¿Se habrá dado cuenta? ¿Cómo no iba a darse cuenta? Si acabo de generar un terremoto en el diminuto colchón. Tampoco podemos dormir los dos del mismo costado, porque no confío en que no lo abrace como un koala desvalido. Además…

—¿Estás bien?

—¿Eh? —digo con voz aguda. Hala. No tengo nada que envidiarle a Ariana Grande, con lo alto que llego.

—¿Estás bien? —repite Oliver—. Te estás moviendo mucho.

Trago saliva y me aclaro la garganta, avergonzada.

—Perdona. Ya me quedo quieta. No quería moverme tanto, pero es que, en cuanto me pongo a pensar en quedarme quieta, mi cuerpo se pone en plan: «¡Eh, mira cómo me muevo!». Y entonces empiezo a respirar muy fuerte y se me olvida respirar y…

—Tilly —me interrumpe Oliver con una voz suave y profunda, que me llega directa al corazón y me envía ondas a través del pecho como una piedra en el agua. Entonces se vuelve para ponerse frente a mí—. De verdad que no me importa dormir en el suelo. No quiero que estés incómoda.

Mierda. Este es uno de esos momentos en los que alguien dice algo que tampoco es nada especial, pero que te llega a las entrañas. La claridad de sus palabras, la amabilidad con la que las dice… Todo hace que me dé un vuelco el corazón, se me cierre la garganta y se me llenen los ojos de lágrimas porque hay alguien… que se preocupa por mí.

Alguien no.

Oliver.

Oliver se preocupa… por mí.

Me aclaro la garganta y decido ser valiente.

—Creo que lo que más incómoda me pone son las ganas que tengo de tocarte.

Oliver está quieto.

Muy quieto.

Tan quieto como tendría que haber estado yo hace dos minutos para que no me hubiera preguntado si estaba bien y no hubiera ABIERTO ESTA BOCAZA QUE TENGO Y DICHO LO QUE ACABO DE DECIR.

—Valebuenasnocheschao —digo a toda prisa; arrojo todo el cuerpo al borde de la cama y entierro la cabeza bajo la almohada. Tendría que irme a dormir a la calle.

Apenas respiro, abrumada por la humillación. ¿Por qué, por qué, POR QUÉ he dicho eso? ¿Qué me pensaba que iba a ocurrir? ¿Qué…?

Oliver me toca la espalda. Y hago como si no hubiese notado nada. A lo mejor se piensa que me he quedado dormida en los treinta penosos segundos que han pasado desde mi última humillación.

Me la vuelve a tocar. Por Dios.

—Oliver —susurro—, por favor, no me hagas reconocer lo que acabo de decir en voz alta.

Esta vez, Oliver no me toca la espalda, sino que me posa la mano entera en ella. Vale, ahora sí que he dejado de respirar. Noto cómo extiende los dedos y me acaricia los bordes de los omóplatos.

—Yo… —Ollie se aclara la garganta—. Yo también quiero tocarte.

Abro los ojos de golpe. ¿Perdona? ¿Qué?

Una versión mía más tranquila y calmada dejaría reposar sus palabras en el aire. Le respondería con delicadeza. Tal vez se volvería despacio y dejaría que su mano se le deslizase por el cuerpo mientras se vuelve frente a él.

Pero, en vez de eso, me giro a toda velocidad, le aplasto la mano debajo de mí y, sin querer, dejo la cara a dos centímetros de la suya.

—¿En serio? —digo. Es un susurro, pero parece un grito a la vez.

Entonces oigo a Oliver tragar saliva. Noto el movimiento de su cabeza contra la almohada; en la oscuridad de la habitación de hotel, su rostro no es más que sombras tenues y unos ojos relucientes.

Despacio, alargo el brazo hacia el hueco que nos separa y le saco la mano de debajo de mí. Le sujeto la muñeca por un instante, vacilando al borde una importante respuesta cuya pregunta desconozco. Entonces poso su mano en mi hombro.

Ollie espira y el calor de su aliento me acaricia la mejilla. Noto débiles pulsaciones y brincos en sus dedos. Con cuidado, desliza hacia arriba la mano, que se desplaza por la curva de mi cuello hasta el ángulo que forma mi mentón. Sus dedos me acarician las mejillas y se abren paso entre mi cabello. Enciende cada terminación nerviosa de mi cuerpo cuando me pasa los dedos por el pelo, trazando los mechones hasta la punta. Enroscándolos en sus dedos. Repite el movimiento como si, ahora que sabe lo que es tocarme, no pudiera parar. Finalmente, descansa la palma sobre mi nuca, sujetándome la cabeza; la más leve de las presiones me acerca a él. No tiene que pedírmelo dos veces.

Me aproximo y Oliver me coloca la cabeza bajo su barbilla.

Respiro su aroma como si probase el oxígeno por primera vez. Es templado y embriagador, y siento como si fuese a desmayarme solo con olerlo.

Entonces comienzo a mover la mano y lo envuelvo con el brazo, pasando la palma por su cintura hasta su espalda. Mi dedo corazón descansa entre los músculos a ambos lados de su columna vertebral. Arrastro la mano hacia arriba y noto cómo toma aire cuando lo hago. Mis dedos curiosos al fin se detienen en su nuca, y los extremos de su cabello se me enredan en los dedos como fría seda.

Permanecemos así durante un instante infinito, con la respiración acompasada y nuestros respectivos torsos tocándose en cada inhalación.

No sabía que fuera posible sentir tanto a la vez.

—Me está gustando mucho —le susurro al hueco que forma la base de su garganta. Noto cómo traga saliva.

—Es increíble —dice Oliver, que me ciñe con delicadeza para enfatizar.

—No creo que pueda quedarme dormida.

Oliver se ríe, con delicadeza y en voz baja, pero noto que me atraviesa la reverberación.

—Yo tampoco lo creo, pero los dos tenemos que intentarlo.

Podrían ser minutos u horas, pero tarde o temprano la respiración de Ollie acaba por hacerse más profunda. Más regular. Suena como el ir y venir de la marea.

Me alegro de que él sí haya podido dormirse. Pero yo no puedo. Imposible. Tengo al puñetero Oliver Clark rodeándome entre sus brazos. Creo que voy a quedarme despierta para siempre. No concibo que pueda dormirme y perderme un solo instante de este momento. Estoy sintiendo demasiadas cosas. Todo es perfec...

Y caigo en el sueño más profundo de mi vida.

Capítulo 30

Pero besaos ya de una vez

–OLIVER–

T engo los siguientes días algo borrosos. Mona y Amina se reencontraron con nosotros en Estocolmo después de conseguir un contrato decente en Ámsterdam, y la renovada capital le ha infundido una nueva vida a la segunda mitad del viaje que hace que mis jefas estén atolondradas de una forma que no veía posible en ninguna de ellas. La única persona más escandalosa en su entusiasmo es Tilly.

Mona alquiló un coche en Estocolmo y condujo hasta Hamburgo, Berlín y por último Praga, antes de volver a coger un avión. No suelen gustarme los viajes en coche (las vibraciones mecánicas durante horas me ponen la piel de gallina), pero ni un trayecto de diez horas cruzando el continente está tan mal con Tilly apretujada en el asiento de atrás conmigo.

Seguimos encontrando cosas sobre las que discutir cada pocas horas, pero no es igual que antes. Es como si los dos nos contuviésemos una sonrisa mientras nos importunamos. Y entre discusiones, hablamos; Tilly me escucha divagar sobre el color y ella me habla sobre lo que escribe. Otras veces estamos en silencio, y de vez en cuando nos enviamos canciones en lo que sería el equivalente moderno a grabarse un CD con nuestras canciones favoritas.

Ruhe consiguió otro vendedor en Praga y desde allí nos subimos a un vuelo atestado a Granada, España. Y, ostras, me encanta esta ciudad. Es cálida, seca y preciosa; un paisaje rodeado de tonalidades de beis y verde cuyos sutiles matices me hacen vibrar de emoción.

Y, no sé cómo, Tilly hace que todo sea aún mejor con su enorme sonrisa y sus sonoras carcajadas mientras la fotografío por la ciudad.

Paseando, hemos salido a las afueras de la localidad, donde densas marañas de plantas abrazan los viejos edificios de estuco blanco.

Me llama la atención una puerta complejamente tallada, que me atrae a la riqueza de la madera oscura y los precisos ángulos del diseño.

—Es Pantone 483, creo —le digo a Tilly, que tiene la cabeza ladeada mientras se adentra conmigo en el diseño—. Un marrón intenso, pero con evidentes notas rojas como el óxido. Sorprende el contraste con el blanco, ¿verdad?

—Pues claro —dice Tilly, que da un paso hacia la puerta y pasa por ella el dedo.

Al principio creo que se está burlando de mí y me inunda el calor de la vergüenza, pero entonces mira hacia atrás y me regala una de esas sonrisas a las que Shakespeare probablemente habría dedicado un libro entero de sonetos.

—Me recuerda a tu pelo —dice, volviendo a mirar la puerta.

Me quedo boquiabierto, pues, ahora que lo pienso, sí que es un color muy parecido. Pero no me puedo creer que Tilly se haya dado cuenta. Que vea colores en mí igual que veo yo los veo en el mundo. Me genera una sensación casi dolorosa en el pecho y la garganta.

La verdad es que no sé qué decir, porque las emociones que se arremolinan en mi interior parecen importantes, pero no me salen las palabras. En vez de eso, me llevo la cámara al ojo y capto la mirada de Tilly de perfil mientras contempla con algo parecido al deleite esa puerta que le recuerda al color de mi pelo. El chasquido la hace girarse.

—No estaba lista —dice, arrugando la cara, pero incapaz de esconder esa sonrisa que tan fácil le sale.

Le hago otra foto.

—Ollie, por Dios, van a ser horribles. Para —dice, alargando el brazo hacia mí. Le agarro las manos y tomo unas cuantas fotos más.

Ahora mismo se ríe a carcajadas y sé que cada una de estas fotos va a ser una obra maestra.

—Eres lo peor —dice al fin, escogiendo una nueva táctica y llevándose las manos a la cara para esconderse de mí. De eso también hago unas cuantas fotos.

—Lo siento —digo, y dejo que me penda la cámara del cuello—. Se me ha ido el dedo.

—¿Cuatrocientas veces? Sí, claro. —Tilly alarga la mano y me propina un empujón juguetón—. Vamos a ponernos serios y a hacer fotos para Ruhe.

—Ya. Porque «serios» es la primera palabra que se me viene a la mente cuando pienso en ti.

—Seguro que la segunda es «kétchup» —dice Tilly, y se me escapa una carcajada. Tilly se vuelve y mira la puerta una vez más—. Podríamos hacer como si la estuviera abriendo —añade, posando las manos sobre la madera.

—Me gusta la idea. —Sostengo la cámara y enfoco la lente. En la posición en la que tiene las uñas, se ven algo oscuras—. Un poco a la derecha —le indico.

Tilly deja las manos plantadas en la puerta y mueve el resto del cuerpo a la derecha hasta colocarse en un ángulo extraño.

—Las piernas no. Pon las manos… No, ahí no. Un poco a…

Entonces bajo la cámara, me acerco hasta ella y, con delicadeza, le rodeo las muñecas con los dedos. Un chute de energía me recorre el brazo y me retumba en la columna vertebral. Tilly me mira como si ella también lo hubiera sentido.

Con cuidado, tratando de no generar más… chispas, le muevo las manos y las coloco contra la pared de modo que estén ladeadas. Los anillos, todos distintos, le relucen bajo el sol, y las piedrecitas y el oro le hacen brillar la piel.

Y ahí me quedo, mirándola fijamente, olvidándome de que debería estar haciendo cualquier otra cosa salvo contemplar las elegantes líneas de sus dedos, la forma en que la luz le sube por los brazos y le besa las mejillas. Es… es…

Tilly es insuperable.

—¿Qué pasa? —pregunta en un tono tranquilo.

—Nada —digo, apartándome de ella—. Perdona.

Sujeto la cámara y pulso el botón del obturador unas cuantas veces antes de ajustar el ángulo. Todo tiembla en mi interior, como si mi cuerpo se hubiese vuelto del revés.

—Creo que tenemos varias buenas —digo con la garganta seca.

—Súper —dice Tilly con una voz burlona—. ¿Seguimos viendo la ciudad?

Asiento, y es todo el ánimo que necesita para seguir andando.

Caminamos durante un rato en un silencio cómodo; el día es fresco y despejado y ofrece vistas perfectas del paisaje montañoso y desértico. Llega un momento en que Tilly se desvía de la calle principal por un camino de tierra que baja a un valle.

—¿Adónde vas? —pregunto, siguiéndola.

—No lo sé —dice Tilly, riéndose mientras coge velocidad cuesta abajo. Va levantando polvo y parece como si de un momento a otro fuese a alzarse, a echar a volar.

—No tenemos un plano y la cobertura no es muy allá —continúo; me saco el móvil del bolsillo y me fijo en las barritas de la esquina superior mientras intento seguirle el ritmo.

—Por eso es una aventura. —Tilly se vuelve para mirarme, con una sonrisa tan amplia y vital que casi me tropiezo yo solo.

A los pies de la cuesta, deja de correr, y los dos intentamos recobrar el aliento entre risas.

—Vamos —dice al fin; me agarra de la muñeca y tira de mí como si no estuviese dispuesto a seguirla fuese donde fuese—. Creo que oigo agua.

—¿Agua? —casi grito—. ¿Qué tienes pensado hacer si encontramos agua?

—En serio, Oliver, ¿tú te crees que yo me pienso las cosas? —dice Tilly, que se vuelve y me toca la nariz antes de echar a correr por el camino—. Mis dos estados favoritos son sin planes y sin pantalones.

—¿Perdona? —pregunto, ahogado. Fenomenal. Ahora me la estoy imaginando sin pantalones. Dios bendito, está claro que esta chica quiere matarme.

—Vamos, cielo —dice Tilly volviendo a intentar, sin conseguirlo, poner acento *cockney*.

Gira a la izquierda bruscamente y se cuela entre una densa maraña de matorrales. Yo me freno en seco, dudando sobre si adentrarme o no en la flora desconocida, que bien podría provocarme un sarpullido.

Entonces Tilly ahoga un grito, que hace temer a mi corazón que pueda haberle pasado algo malo.

Me adentro entre las plantas.

Y estoy a punto de llevarme por delante a Tilly.

Está mirando al horizonte, con la boca abierta. No puedo dejar de observarla. La curva de su nariz. El borde blanco de sus dientes. El ángulo de su mandíbula y la forma en que sus respiraciones poco profundas le mueven arriba y abajo el pecho.

Tilly es preciosa. No puedo decirlo de otra forma.

Sin mirarme, levanta la mano, me coloca los dedos en la mejilla y me gira la cabeza para que yo también pueda ver lo que le ha llamado la atención.

Y, ostras, no exageraba ahogando el grito.

Hay una charca cerúlea (una nana para mis sentidos) a la que da sombra un círculo de arbolitos y arbustos, y un dulce arroyo se filtra entre las rocas hasta la cuenca. Rayos de luz resplandecen sobre la superficie formando triangulitos dorados que convierten el rincón tropical en un caleidoscopio de belleza y de color.

Noto que la mirada de Tilly se posa en mí, y me vuelvo hacia ella. Los dos nos observamos en un silencio reverencial por un instante, antes de sonreír.

—Vamos —dice Tilly, rompiendo el silencio de esa maravillosa forma que tiene de hacerlo.

Lo siguiente que recuerdo es que ya no tengo que imaginarme a Tilly sin pantalones: me lo está mostrando en la vida real tras quitarse los zapatos y los calcetines. Lo siguiente de lo que se despoja es de la camiseta, y permanece inmóvil por un instante, solo en ropa interior y un sujetador deportivo; un cuadrado de luz la hace relucir. Deja escapar un chillido de entusiasmo, corre hacia el agua y salta

Su. Puta. Madre.

Tilly saca la cabeza a la superficie y le dirige una sonrisa al sol.

—Oliver, métete. Está perfecta. —Vuelve a sumergir la cabeza en el agua.

Como en una nube, me quito la camiseta y los pantalones negros, con los hombros hundidos por la incomodidad.

Tilly vuelve a salir a la superficie, mira a su alrededor y sonríe cuando posa los ojos en mí. El agua hace que su pelo haya cobrado un color negro como la medianoche y el sol la ilumina desde atrás.

—¿A qué esperas? —grita.

Hay algo en esa sonrisa, en la felicidad desbocada de su voz, que me cuadra los hombros y obliga a mis piernas a caminar hasta el borde para saltar como ha hecho Tilly hace un instante.

El agua me abraza y me acalla todos los sentidos como un suspiro de alivio cuando me sumerjo. Abro los ojos y solo me rodea un borroso Pantone 3025: un azul verdoso intenso e insondable. Cuando ladeo la cabeza, brillan en la superficie chispas plateadas donde está Tilly. Buceo hasta ella.

—Te he dicho que estaba perfecta —dice Tilly cuando me encuentro con ella al sol.

No puedo sino sonreírle.

Nos quedamos flotando un rato, el agua acercándonos primero y alejándonos después en su ritmo natural. Es imposible no estar tranquilo en la calma del agua y del día cálido. Este pequeño paraíso de bolsillo debe de tener algo de magia, porque reduce el mundo (grande, inmenso, amplio y ruidoso) y sus ecos en mi cerebro hasta que no son más que un murmullo.

Entonces, Tilly levanta los dedos arrugados e, imitando con la voz a una anciana aterradora, se queja de que se le han amollecido. Salimos del agua y nos sentamos en las rocas, templadas por el sol.

Vuelvo a ponerme la camiseta negra y después los pantalones. No me gusta que me dé el sol en la piel. Al parecer, a Tilly le da igual, porque se tumba sobre la roca y los rayos del sol besan cada centímetro de su cuerpo. Necesito más fuerza de voluntad de la que acepto reconocer para no ojearla.

—¿Puedo decirte una cosa? —pregunta, volviendo la cabeza y protegiéndose los ojos del sol con la mano mientras me mira.

—Puedes decirme lo que quieras.

Tilly se muerde el labio inferior, me guiña un ojo y, a continuación, se apoya sobre los codos para contemplar el agua. Niega con la cabeza y, de repente, deseo saber lo que duda en contarme más de lo que he deseado nada en la vida.

—Por favor —digo en voz baja.

Tilly traga saliva, aún con la mirada fija en la charca azul.

—Tengo miedo —susurra.

—¿De qué?

—De contarte una cosa y de que la sepas. Y probablemente de tener que vivir sin que tú me digas lo mismo.

—Tilly —susurro. Y noto que sueno un poco desesperado. Pero me da igual. Quiero saberlo. Necesito saberlo.

—Me gustas —dice al fin—. En plan… mogollón.

Tilly respira hondo, con los labios fruncidos y arrugas de dolor en el contorno de los ojos mientras sigue mirando el agua.

—Creo que eres molesto y graciosísimo e injustamente guapo y la persona más interesante que he conocido, y que no hay nadie en el mundo con quien me apetezca más hablar. Y me gustas… tanto que… me abruma. Y se me clava. Hay pinchos y dientes que me atacan cuanto más me gustas porque sé que no sientes lo mismo. Pero quería que lo supieras.

La miro atónito, tratando de procesar todo lo que ha dicho.

Un momento.

¿Cómo que no siento lo mismo?

¿Está tonta? ¿Es que no sabe lo más mínimo de lo que le ha hecho a mi corazón? ¿Que duele y se retuerce cuando ella sufre? ¿Que se hincha hasta la incomodidad cuando sonríe o se ríe? ¿Cómo es posible que no sepa del caos absoluto que ha generado en el maldito órgano? Me ha puesto del revés con todo lo que siento por ella.

—Me... me... —De nuevo vuelven a fallarme las palabras.

—Tranquilo —dice Tilly, agitando con frenesí las manos—. No hace falta que digas nada. No quería incomodarte.

—Tilly, no me incomodas. Es que... A ver...

—En serio —insiste, poniéndose en pie—. Lo mejor será que no volvamos a sacar el tema.

—Espera. —Me pongo en pie yo también.

—De hecho —coge la ropa y se pone la camiseta del revés—, creo que deberíamos hacer como si esto nunca hubiera pasado. —Se aleja un paso de mí. Habla tan rápido que no me deja ni pensar.

—Tilly, espera. Tengo que...

—Vale. Estupendo. Me alegro de que los dos estemos de acuerdo en que esta tarde nos hemos bañado y literalmente no hemos hablado de nada. Creo que me voy a volver corriendo al hotel. O al océano Atlántico. Igual me vuelvo a Estados Unidos nadando. —Empieza a moverse.

Antes de que se aleje demasiado, la agarro de la muñeca y tiro de ella hacia mí. Desequilibrada, su frente choca contra mi pecho, y Tilly profiere un quejido.

Entonces me mira, con unos ojos bien abiertos y vulnerables, y noto un leve temblor en sus manos por donde la sujeto. No me salen las palabras. No sé nombrar lo que siento. No puedo...

Y, entonces, llevo mis labios sobre los suyos. Me cesa el dolor del pecho y el caos frustrante de mis pensamientos vuelve a ser el rumor tranquilo que he sentido en el agua. Me noto mareado, como si no me llegara oxígeno suficiente. Y, no sé por qué, es todo perfecto.

Querría quedarme aquí para siempre.

Pero no puedo. Porque, me cago en todo, acabo de besar a Tilly. Sin pedirle permiso. Cubby me cortaría la cabeza si se enterase.

Me aparto de ella, doy un paso atrás y tomo aire. Tilly tiene los ojos cerrados y se balancea hacia delante. Los dos tenemos la respiración agitada.

Cuando al fin abre los ojos y me mira, lo hace con ellos bien abiertos y salvajes, con una chispa que vuelve eléctrico su color gris.

—¡Me has besado! —chilla.

—No es verdad.

—Sí que lo es.

—No, no…

—Vuelve a besarme. —Tilly alarga las manos y me agarra de la camisa para tirar de mí hacia sí como si tuviera la capacidad de resistirme. En todo lo que tenga que ver con Tilly, yo soy la marea y ella es la luna: voy a donde me pida.

Si pensaba que besar a Tilly era maravilloso, no es nada comparable con que Tilly me bese a mí. Ciñe su cuerpo contra el mío, me enreda las manos en el pelo y despierta un millar de terminaciones nerviosas en mi cuero cabelludo. Sus labios se adaptan a los míos, suaves y magníficos. La abrazo aún con más fuerza y el beso se hace más intenso. Torpe. Perfecto.

Dios mío, besar es maravilloso. Me encanta besar. No lo recomiendo lo suficiente.

Llega el momento en que nos besamos con menos frenesí, tomándonos nuestro tiempo, memorizando la sensación. Porque tengo claro que no pienso olvidarlo.

Si este beso fuera un color, sería un dorado delicado y decadente que vierten los labios de Tilly y que me recorre las venas.

Cuando ya nos hemos besado hasta el punto de que tenemos que parar para tomar aire y no correr un riesgo grave de asfixia, apoyo la frente contra la suya, incapaz de esconder la sonrisa.

—Tilly —digo; levanto la mano y le coloco detrás de la oreja unos cuantos mechones de cabello mojado.

—¿Mmmm? —digamos que pregunta, mirándome, los dos algo bizcos.

Nos reímos.

—A ver, solo quiero dejarte claro que lo que has dicho antes… no quiero olvidarlo. Ni hacer como si no hubiera pasado. Porque… —respiro hondo, tembloroso— porque yo siento lo mismo por ti. De verdad, siento muchas cosas por ti. No sé si puedo expresarlo como has hecho tú, pero espero que lo sepas.

Debe de habérseme dado bien transmitir lo que quería decir, porque la sonrisa de Tilly es incandescente.

Y, a continuación, vuelve a besarme.

Capítulo 31

Alexa, pon Toxic de Britney Spears

—TILLY—

—Es posible que se me haya ocurrido una idea o algo —espeto al final de una reunión de Ruhe.

Mona y Amina ya me incluyen en sus sesiones informativas semanales. No suelo tener mucho que añadir, sobre todo porque suelo quedarme ensimismada mientras hablan, pero llevo unos días pensando en una nueva idea y se ve que no puedo esperar más para revelarla.

—Dila convencida, cielo —dice Amina, dirigiéndome una sonrisa—. Enúnciala.

Asiento unas cuantas veces, apretando los dedos de los pies dentro de las zapatillas.

—A ver. Resulta que Ruhe es especial por la formulación, ¿no? —digo, volviéndome hacia Amina—. El esmalte no solo no es tóxico, sino que además es respetuoso con el medioambiente, ¿no? Y los frascos son biodegradables, ¿verdad?

—Solo he tardado ocho años de mi vida en inventarlos —apunta Amina con una preciosa sonrisa de orgullo.

—Entonces, ¿por qué no habláis más del tema? —pregunto—. Me da la sensación de que estáis perdiendo una oportunidad estupenda.

Ollie, Mona y Amina me miran atónitos.

—No te lo tomes a mal, Tilly, pero ya lo hacemos —replica Mona, ladeando la cabeza—. No has estado en ninguna de las reuniones con compradores, pero es uno de los detalles en los que más nos centramos de la presentación.

—Ya, pero podría ser mucho más que eso —digo, moviendo la pierna—. No una de las características, sino centrarse en eso.

—Continúa —dice Mona lentamente.

—Habéis orientado la marca a usuarios de esmalte de uñas modernos, ¿no? El público objetivo es una persona joven que quiere expresarse. Pues esa es la gente a la que le preocupan estas cosas. Son las personas que se hacen adultas en un mundo que es una mierda. Pero les preocupa.

Siguen mirándome atónitos.

—Perdón, que me estoy enrollando. —Dejo escapar un suspiro y me levanto el flequillo mientras pienso en qué decir—. A lo que me refiero es a que el público objetivo es una generación que se preocupa por el planeta. Les preocupa lo que se meten y se ponen en el cuerpo. Les importa cómo les venden las cosas y el mensaje que se transmite, adónde va su dinero y el embalaje de los productos. Les preocupan esas cosas porque son cosas importantes. Y vuestro esmalte de uñas se adapta a esa gente.

El silencio en la sala es abrumador, pero continúo:

—Todo se reduce a que la belleza no debería ser tóxica.

Mona ahoga un grito.

—Espera. Repítelo.

Sonrío cuando mi hermana entiende al fin a lo que me refiero.

—La belleza no debería ser tóxica. Ni en cómo se hace ni en cómo se vende ni en cómo se anuncia. En eso tenéis que apoyaros.

Eso es lo que va a comprar la gente de mi edad. Porque a vosotras dos os importa. Y a nosotros también.

Tiene lugar otro instante de silencio atronador.

—¡Tilly! —Mona golpea la mesa con las manos y nos hace sobresaltarnos a Ollie y a mí—. ¡Qué puta pasada de idea!

Me quedo boquiabierta.

—¿Acabas de decir «puta»?

Mona sacude la mano delante de sí.

—No. Sí. Da igual. Lo importante es la pedazo de idea que es.

—Este cerebrito… —dice Amina, inclinándose hacia mí y agarrándome la cara antes de plantarme un besazo en la coronilla—. Cómo me gusta.

—¿Os… os gusta la idea?

—¿Que si nos gusta? —repite Mona, que se levanta y se pone a pasear por la habitación—. Es perfecta.

—Podríamos hacer muchas cosas con ella —añade Amina, siguiendo a Mona—. Podría ser un nicho lo bastante influyente como para generar más ventas electrónicas y podríamos centrarnos en eso en vez de en las tiendas.

—Ay, me encanta —dice Mona con una ferocidad algo aterradora. Entonces saca el ordenador y lo deja sobre la cama, se arrodilla y teclea con tanto entusiasmo que me fascina que no se rompan las teclas—. Amina, ¿tenemos algún análisis de la competencia sobre productos ecológicos?

—No, pero lo necesitamos ya —responde Amina, encendiendo el portátil de igual manera.

Las dos se ponen a hablar a toda velocidad y nos dejan a Ollie y a mí atónitos.

—Eh… ¿Podemos hacer algo? —pregunto.

Mona me ahuyenta con un gesto de la mano.

—Perdonad. Lo siento, pero estoy muy concentrada ahora mismo. Los dos podéis tomaros la tarde libre.

—¿En serio? —digo, animada. No sabía que el que se me ocurriera una buena idea implicaría estar menos tiempo trabajando.

—Sí, sí. Que os lo paséis bien.

Ollie y yo nos sonreímos y, a continuación, corremos hacia la puerta.

—¿Has visto? —digo en el pasillo, brincando en nuestro recorrido por el hotel—. ¡Les ha gustado mi idea!

—Normal que les haya gustado. —Ollie me coge de la mano y tira de mí hacia sí. Me choco contra su pecho y lo abrazo por la cintura—. Es fantástica.

—Me da la sensación de haber aportado algo de valor —digo.

Mi corazón es una burbuja que no va a tardar en salir volando.

Ollie se aparta y me contempla con una mirada seria.

—Tilly —dice mi nombre con ternura, con respeto—. Tanto si tienes cien buenas ideas como si no tienes ninguna, aportas algo de valor con solo ser tú misma.

Una oleada de emociones me retuerce por dentro. Niego con la cabeza y dejo escapar un resoplido de burla.

—Lo digo en serio —continúa Oliver, que mira a continuación al techo y se pasa una mano por el pelo—. ¿Cómo te lo explico?

Le veo el latido rítmico del pulso en el cuello.

Deja caer la mano a su lado y empieza a dar golpecitos con los dedos.

—El valor en el mundo del color es lo clara o lo oscura que es una tonalidad, ¿no?

»Cuanta menos luz tiene una tonalidad, menor es su valor. Así, por ejemplo, un color morado ciruela oscuro tiene un valor inferior al de, por ejemplo, un melocotón claro. ¿Me sigues?

—Eh... sí.

—Pues, Tilly, tú eres lo más luminoso que hay. Tu valor no cambia según las ideas que tengas ni lo que puedas ofrecerle a la gente. Tu valor siempre está ahí. Y es maravilloso.

Si pensaba que antes estaba teniendo muchos sentimientos, no son nada comparados con estas maravillosas emociones que me abren en dos ahora.

Me pongo de puntillas y le doy un suave beso en los labios a Oliver, que me devuelve el beso y me saca una sonrisa.

—Supongo que me he explicado bien, ¿no? —dice junto a mi boca.

Me río.

—¿Qué te hace pensar eso? —pregunto, y lo vuelvo a besar.

Capítulo 32

La evasión y otros buenos mecanismos de defensa

—TILLY—

He cometido el error de parpadear y ya estamos en agosto. Cosa que me aterra, pues significa que este viaje que me ha cambiado la vida está cada vez más cerca de llegar a su fin, y el mundo real me espera sentado en la puerta cual lobo hambriento, dispuesto a devorarme en cuanto acabe mi viaje por Europa.

Y no sé qué hacer. Sobre nada.

No sé cómo buscar trabajo ni hacer un currículum ni averiguar dónde voy a vivir ni lo que quiero hacer con mi vida, y, cada vez que intento hacer planes, mi cerebro entusiasta se hace un lío y me envía chutes tóxicos de ansiedad y confusión por la columna vertebral.

¿Cómo voy a saber qué hacer en el futuro? ¿Cómo voy a tener claro lo que quiero hacer todos los días durante el

resto de mi vida cuando ni siquiera sé del todo quién soy?
¿Y si mi siguiente paso es en falso? ¿Un desastre total?
¿Y si echo a perder el resto de mi vida por no saber nada?

Termino de escribir el borrador de mi nuevo *post* de Babble, preguntándome si alguien entenderá lo abrumada y poco preparada que estoy para mi propia realidad.

Me ha costado escribirlo (he tenido que sacar a la fuerza cada palabra), pero al menos al final he conseguido algo. El estrés de no saber qué hacer me ha dejado últimamente el cerebro seco como una pasa y no consigo que mis dedos, mi cerebro y el teclado colaboren.

Nunca antes había tenido el problema de quedarme sin ideas; normalmente, tengo la cabeza tan llena de ellas que no sé ni por dónde empezar. Pero últimamente me da la sensación de estar pasando el cerebro por una picadora de carne cada vez que me siento frente al portátil e intento pensar en qué publicar.

Miro de reojo a Oliver, sentado al otro lado de la mesa de la cafetería. Se está mordiendo el labio mientras observa fijamente el ordenador, con un mechón de pelo sobre la frente. Me pone furiosa que haya una persona a la que se le permita ser tan obscenamente guapa. Pero entonces me acuerdo de que es, por así decirlo, mío, y siento como si fuese a estallarme el corazón. Es un chico maravilloso, guapísimo e increíble.

Un recordatorio no deseado me explota la burbuja de emociones: agosto no solo marca el fin del viaje, sino que también plantea un enorme interrogante sobre qué ocurrirá con Oliver cuando termine el verano.

Y llevo ese interrogante colgado del cuello, pesa una tonelada y tira de mí hacia abajo.

Pero si el TDAH me ha hecho experta en algo, es en la evasión, y se me da de lujo fingir que no veo los problemas. Está claro que los problemas siguen ahí, incordiándome en el fondo de la mente, devorándome poco a poco hasta que no quede de mí más que una bolsa de carne y ansiedad, pero es mejor que estar conduciéndome de forma activa a una crisis nerviosa imaginándome literalmente cada posible resultado negativo. Como, por ejemplo, ser una fracasada sin rumbo en Estados Unidos, a miles de kilómetros del chico que me gusta de verdad, sin poder volver a verlo y tal vez obligada a...

No. Qué va. Ni hablar.

Ollie no parece guiarse por la misma filosofía de la evasión que yo y suele intentar hablar del futuro como si no fuera lo que más miedo da del mundo. Pero, cada vez que trata de sacar el tema de lo que va a pasar cuando acabe el verano, lo distraigo preguntándole por el impacto del primer color que veo o le beso esa carita tan bonita hasta que se le sonrojan las mejillas y se le nubla la vista.

Ambos son métodos muy efectivos.

Le doy otro repaso a mi escrito en Babble y luego pulso «publicar» y cierro el portátil. Echo una ojeada hacia donde está Oliver y me lo encuentro contemplándome con una expresión amable.

—Me encanta esa sonrisa —dice, recorriéndome la boca con la mirada—. Es tu sonrisa de escribir. Creo que es cuando más sonríes.

Me toco los labios y me río como una tonta.

—Ni me había dado cuenta de que estaba sonriendo.

—Siempre sonríes cuando acabas de escribir algo. Hasta cuando cierras el portátil y protestas porque no te gusta lo que has escrito, acabas sonriendo. Me parece fascinante.

Agito las manos en un gesto ridículo de autodefensa antes de ponerme a gritar en público. Ollie me sonríe y, a continuación, pone gesto pensativo.

—¿Te has planteado la posibilidad de publicar tus textos? Podrías presentar historias o ideas de artículos o lo que hagan los escritores. O postularte a un trabajo... de escritora, si prefieres no ser autónoma. Podrías ganar dinero escribiendo.

Me atraganto con el café con hielo y parte de él se me sale por la nariz.

—Ni hablar —digo, echando medio pulmón sobre una servilleta—. No se me da tan bien. Soy…

—¿Qué? —pregunta Ollie, con el entrecejo fruncido mientras a mí me da otro ataque de tos jadeante. Alarga la mano y me da una firme palmada en la espalda.

Agito la mano, tratando de encontrar la manera de describir esta extraña mezcla de ineptitud y voluntad de gritar mis palabras al éter o a internet que siento constantemente. Escribir breves descripciones tontas y correos electrónicos para Ruhe es un ejercicio diferente, aunque divertido, con el que jugar con las palabras. Escribir en Babble es aterrador y me hace vulnerable, pero tengo el control. Puedo volcar cualquier sentimiento en un cuadro de texto y arrojárselo a desconocidos por internet sin que haya nada en juego. Sin que haya jefes que me critiquen. Sin que haya medios de vida que dependan de ello. Me encanta escribir, pero eso no significa que sea digna de llamarme escritora como hacen los profesionales.

No llegué a recibir respuesta sobre el trabajo para *Ivy* que Cubby y Darcy me dijeron que solicitara, y el silencio ha sido aplastante. La enorme sensación de ineptitud apenas está empezado a disiparse.

—No soy tan buena como para que publiquen mis cosas, y mucho menos para que me paguen —digo, arrastrando la yema del pulgar por la condensación del cristal—. Lo que escribo son tonterías y desvaríos deprimentes.

Y no pasa nada. Está bien así. Cuando el mundo se acabe y haya pasado mucho tiempo desde mi marcha, esas palabras seguirán ahí y las habré compartido con quien quiera leerlas.

—Eso es rotundamente falso —replica Oliver con voz áspera. Me sorprende lo serio que se le ve.

—¿Qué?

—Lo siento, pero te equivocas —dice, acercando la silla a mí.

Alarga la mano y me coge una entre las suyas, en un gesto tan natural como los latidos de mi corazón.

—Haces que la gente se sienta comprendida —continúa Oliver—. Eres como un… un… prisma.

—¿Perdón?

—Como un prisma de cristal, sí. Absorbes el mundo que te rodea, pero, por así decirlo, liberas un brillante espectro de colores por medio de tus palabras en el que la gente se ve reflejada. Es un don.

—No… No es…

—He visto los comentarios que te deja la gente en tus *posts* de Babble. La gente se siente identificada con lo que dices.

—¿Has mirado mi Babble? —Últimamente le enseño a Ollie borradores de mis escritos o le envío pequeños fragmentos que me gustan, pero no me imaginaba que estuviera en la aplicación.

Oliver se mete la mano en el bolsillo, saca el móvil y entrecierra los ojos para ver la pantalla. La toquetea varias veces antes de enseñármela.

—Las únicas notificaciones que recibo son las de tus publicaciones.

Efectivamente, tiene una cuenta. Veo el avatar gris estándar en la esquina superior izquierda, con un «usuario276527» debajo. Consigo soltarme la mano y me desplazo por la pantalla. Soy la única cuenta que sigue y…

Le han dado *like* a todas y cada una de mis publicaciones.

Literalmente a todas.

Pero eso no es todo.

También ha votado en positivo a innumerables comentarios amables y de apoyo de otros usuarios, e incluso ha mostrado su acuerdo con un corazoncito en respuesta a algunos.

—¿Ves? —dice, tocando la pantalla—. Es la verdad. A la gente le gusta leerte. Y a ti te gusta escribir. Así que ¿por qué no te dedicas a ello profesionalmente? ¿No es eso lo que quieres?

Esta es la cuestión: sí que es lo que quiero. Muchísimo. Pero quererlo no hace que de repente me sienta menos impostora ante la idea de intentarlo.

Mis ojos recorren el rostro serio de Oliver. Su cálida sonrisa. Las arrugas en las esquinas de sus ojos.

Cree en mí. Cree de verdad que puedo escribir cosas que merezca la pena leer. Y, lo que es aún mejor, quiere que lo haga porque me hace feliz.

Es la primera vez que alguien me anima a hacer algo por el simple hecho de que me hace feliz. Es la primera vez que con eso ha bastado.

Si Oliver cree en mí como lo hace, ¿por qué no puedo creer yo también en mí?

Hago por imaginármelo: la visión de mí asustada, pero intentándolo de todas formas. Arrojándome a lo desconocido con la seguridad de que saldré viva. Es un lugar amplio, enorme y aterrador, pero también algo emocionante cuando doy vueltas en él.

Digamos que me gusta.

—Está bien —susurro, y me inclino hacia Oliver—. Puede que lo haga.

Él sonríe como si acabase de decirle que ha ganado la lotería.

Y, de repente, no hay nada más importante en el mundo que encontrar trabajo ahora mismo. Enviar artículos a quienquiera que los acepte. Agarrar esta deliciosa fantasía y convertirla en mi realidad inmediata.

Es la fase de aura de la hiperconcentración, de la gratificación inmediata, y no hay forma de pararla. Al menos, ninguna que yo conozca.

Me vuelvo hacia mi portátil y me da la sensación de que estoy enchufando mi cerebro directamente al teclado, buscando en Google plantillas de currículum, ofertas de trabajo y convocatorias abiertas.

Me pierdo tanto en la irresistible necesidad de agarrarme a la sensación de... de creer en mí, de hacerlo posible, que lo siguiente que recuerdo es a Oliver frotándome la espalda y llamándome por mi nombre.

Parpadeo por primera vez en, probablemente, dos horas.

—Perdón por desconcentrarte, pero tenemos que volver: ya casi es hora de cenar.

Me froto los ojos y parpadeo de nuevo. Tengo como cincuenta y ocho pestañas abiertas, seis documentos de Word distintos y doce correos electrónicos de confirmación de ofertas de trabajo y convocatorias a las que me he postulado.

A veces, el regreso después de la hiperconcentración es amable y gradual. Pero otras veces es molesto y desconcertante, como si me estuviera despertando en otro mundo. Pues hoy es del segundo tipo.

—¿Estás bien? —pregunta Ollie, que sigue frotándome la espalda.

Le sonrío.

—Ya estoy —digo, desperezándome y arqueando la espalda para regodearme con su tacto.

Ollie asiente (me ha entendido) y sonríe.

Le echo una ojeada a la pantalla del portátil y protesto.

—¿Qué pasa?

—Pues —digo, mientras bulle en mi interior una total y completa humillación— que hay como ocho erratas en el currículum que acabo de enviar a un millón de ofertas.

Oliver gira el portátil y ahoga un grito que parece sacado de una telenovela, te lo juro. Cosa que no me ayuda.

Salvo que, en fin, es Ollie, así que no puedo evitar reírme. Y entonces me río a carcajadas. Ollie me mira horrorizado. Y a continuación se echa a reír él también. Los dos nos reímos con tanto estruendo que se pone a temblar la mesa. Oliver apoya entonces la frente contra la mía mientras los dos tratamos de recobrar el aliento.

—En fin, ojalá pudiera decir que la ortografía no es prerrequisito para ninguna de las ofertas…, pero me imagino que algo importante sí que es.

Vuelvo a bufar.

—En fin, por lo menos lo he intentado.

Oliver me besa en la frente y a continuación se aparta a recoger sus cosas.

—Sinceramente, Tilly, creo que aun así vas a recibir respuestas. Por algo existen los correctores, y si hay talento las erratas se pasan por alto.

Tengo palabras cortantes y autocríticas en la punta de la lengua, pero decido tragármelas. Prefiero disfrutar de su confianza, de su fe en mí. Las absorbo. Las hago mías.

Yo también recojo mis cosas y salimos por la puerta; Ollie me coge de la mano y así caminamos juntos.

Cuando falta una manzana para llegar al hotel, me freno y le tiro del brazo para tenerlo frente a mí.

—Gracias —digo.

—¿Por qué?

—Por creer en mí.

Oliver niega con la cabeza y a continuación sonríe y se inclina para darme un tierno beso.

—¿Cómo no voy a creer en ti?

Capítulo 33
Es el arcoíris

-OLIVER-

Resulta que el paraíso existe y se encuentra en un museo ambulante interactivo sobre el color en el centro de Barcelona.

Tilly levanta el brazo, me posa los dedos bajo la barbilla y me cierra la boca, que casi me llega hasta el suelo. Pero no me lo puedo creer. Un museo entero (cinco exposiciones completas) dedicado a la historia del color, los pigmentos y sus aplicaciones.

Tiene que ser el mejor día de mi vida.

Tilly comenzó nuestro día libre rondándome mientras dormía hasta que me desperté con un pequeño infarto al verla contemplarme con los ojos muy abiertos. Luego me levantó de la cama, me arrojó un fardo de ropa, me metió una galleta rancia en la boca y me sacó por la puerta, diciendo que quería que estuviésemos los primeros en la cola para una gran sorpresa.

En la vida me habían sorprendido tanto.

—Vamos —dice, tirándome del brazo y conduciéndome a la entrada.

Hago una foto del enorme póster que hay a la entrada de la exposición y que informa sobre la experiencia inmersiva en el ámbito del color y los pigmentos, y se la envío a Marcus.

> Perdón, pero ya tienes sustituto como mejor amigo

La respuesta de Marcus es casi instantánea.

> Qué bonito es recibir este mensaje después de que te hayas pasado casi todo el verano ignorándome

> Quién es el desafortunado?

Sonrío a la pantalla. Marcus es el mejor. Puedo desaparecer en mi propio mundo durante semanas y escribirle de repente y continuaremos desde donde lo habíamos dejado. Nunca me hace sentir mal cuando tardo días en responderle o corto toda comunicación durante un tiempo.

—Ven, anda —le digo a Tilly, y le paso el brazo por los hombros.

Sujeto el móvil y Tilly me mira sorprendida durante un segundo antes de esbozar una gigantesca sonrisa cuando le hago una foto. Entonces se vuelve y hunde la cara contra mi mejilla para darme un beso. Este momento también me aseguro de captarlo.

A continuación, le envío las fotos a Marcus.

> Esta es Tilly

Y continúo con un segundo mensaje.

> Estoy bastante seguro de que es mi novia

Entonces recibo una llamada de Marcus y pulso el botón de «rechazar», y justo después me empiezan a llegar como cuatro mil mensajes en el grupo que tengo con Micah y él.

Micah

OLIVER

Micah

OLIVER!!!!!!!

Micah

TIENES NOVIA???

Marcus

Serás cabrón

Marcus

Por qué no nos lo habías dicho antes?

Micah

POR DIOS, OLIVER

Micah

Me voy a desmayar estoy flipando

Marcus

No era la hermana de tu jefa?

Micah

En serio? Qué escándalo. Me encanta

Micah

CUÉNTANOSLO TODO

Marcus

Sonrío al teléfono y niego con la cabeza.

Les envío unas cuantas fotos más de Tilly y de mí juntos de las últimas semanas y a continuación apago el móvil, me lo guardo y me vuelvo hacia Tilly.

—¿Por qué sonríes? —me pregunta, arrugando los ojos mientras me mira.

No hay forma adecuada de explicarle que nunca me había sentido tan conectado con alguien. Puedo mostrarle cada pedacito de mí y me regalará una sonrisa maravillosa. Es casi absurdo lo mucho que quiero presumir de ella, anunciarle al mundo que le gusto a esta persona tan peculiar y magnífica. Que quiere estar conmigo. Nunca me imaginaba que llegaría a tener algo así.

—Les he hablado de ti a mi amigo, Marcus, y a su novie, Micah.

Tilly abre los ojos como platos, como un personaje de dibujos animados.

—Ah, vale. Ostras. No me molesta ni estoy desesperada por saber lo que les has dicho y no estoy histérica ni nada ni preguntándome qué van a pensar de mí y todo está bien y tranquilo y no pasa nada.

Me río, alargo la mano y tiro de ella hacia mí. Tilly se acurruca.

—Les he dicho la verdad —digo, y le doy un beso en la coronilla.

—¿Cuál?

—Que estoy contentísimo de estar aquí contigo —digo, apartando la mano de su hombro para entrelazar los dedos con los suyos. Tilly se queda mirando nuestras manos juntas y a continuación levanta la vista para clavarla en mi rostro.

No se me suele dar bien entender las expresiones faciales, pero su sonrisa lo dice todo.

—No hay tiempo que perder —digo tras un momento, y tiro de ella hacia la entrada—. Tenemos un mundo de tecnicolor por explorar.

Nos pasamos horas vagando por las explosiones de color de la exposición. Tilly me escucha atentamente hablar sobre los distintos temas expuestos y hasta me hace preguntas. Le explico el metamerismo, el croma, las diferencias entre saturación y valor.

Nos embarcamos en un viaje visual a través de la historia del color rojo: la búsqueda infinita y muchas veces fútil de los artistas y tintoreros de la Antigüedad, que trataban de recrear su intensidad usando minerales letales para poder captar el poder del color, y cómo el pigmento está impregnado, casi literalmente, en sangre. Los dos nos marchamos de esa exposición un poco mareados.

Tilly me deja quedarme casi una hora entera en una sección dedicada a Picasso. Una de las paredes muestra su famosa etapa azul: pinturas frías y taciturnas en azules y verdes azulados que atraen al espectador con una ráfaga gélida, abrumadora e inolvidable. Se exponen varias obras originales prestadas, mientras que en un hueco en blanco de la pared se proyecta una presentación con las demás obras.

El contraste son los ejemplos de su etapa rosa, al otro lado de la sala: rosas vibrantes y naranjas terrosos que calientan al espectador cuando cruza una línea invisible en el espacio.

—¿A que es increíble? —le digo a Tilly, moviéndome de un lado a otro de la sala—. Se nota el cambio de temperatura. Justo aquí —añado, frotándome el pecho—. Y hasta el tema de los cuadros. No es que estén pintados en determinados colores: es que son esos colores. Una auténtica maravilla.

Tilly me sonríe y me sigue en mi feliz paseo sin rumbo.

—Me ha dejado helada —dice, señalando hacia una pintura azul especialmente gélida, mientras mueve de arriba abajo las cejas—. Bada dum tss.

Me río, tiro de ella hacia mí y le doy un beso en el dorso de la mano.

—Muy buena.

—¿De qué color soy yo? —pregunta Tilly, entrelazando los dedos con los míos cuando nos detenemos a admirar los rojos intensos y los marrones cálidos que emite el proyector de la etapa rosa.

Observo a Tilly, examinándole con la mirada el pelo negrísimo. Los ojos como nubes de tormenta. El amarillo chillón del vestido y el toque rosa de las mejillas.

Pero es más que eso. Es la dulzura del azul celeste, la efervescencia del dorado y la complejidad del cobre. Es intensa como el verde esmeralda y clara como el lila.

—Tilly, eres el arcoíris entero.

Cuando finalmente nos marchamos del museo, miro el móvil y tengo cerca de cincuenta nuevos mensajes de Micah y Marcus y media docena de llamadas perdidas en FaceTime.

—Creo que quieren hablar contigo —dice Tilly, apoyándome la cabeza en el hombro mientras andamos.

Me río y me paso el pulgar por la frente.

—Por así decirlo, sí.

—Llámalos —me dice con un codazo.

La miro.

—¿Querrías...? Eh... ¿Te parecería bien conocer a Marcus y a Micah? Podríamos hacer un FaceTime.

La sonrisa de Tilly es, sencillamente, radiante.

—Me encantaría.

Atajamos a un parque cercano y encontramos un banco que nos ofrece un poquito de sombra en el duro calor veraniego de España. Entonces llamo a Marcus.

—Joder, por fin nos llamas —me saluda Marcus.

—Marcusssss, no seas malhablado —dice Micah, dándole un golpe en el hombro.

—Eso, Marcus, no seas cabrón —digo para provocarlo.

Marcus pone los ojos en blanco. Micah se da cuenta de que tengo a Tilly sonriendo a mi lado y procede a quitar de un empujón a Marcus del encuadre para acercarse a la pantalla.

—Madre mía, eres Tilly.

—Se ve que sí —responde ella con una risita.

—Me gustaría poder decir que hemos oído hablar mucho de ti, pero viendo que Oliver se ha olvidado totalmente de nosotros durante su verano de lujo, vas a tener que contarnos tú misma lo estupenda que eres.

Tilly me mira con un gesto bobalicón y aterrado.

—Micah no es de les que te facilitan las cosas —dice Marcus, maniobrando para conseguir que al menos se le vea parte de la cara.

—De verdad que no me importa —dice Tilly, que arruga la nariz cuando se ríe.

—Vamos a dejarnos de cháchara —dice Micah—. En serio, cuéntanoslo todo. ¿Qué tal el viaje? ¿Qué habéis visto? ¿Cómo empezó todo? —Nos señala a Tilly y a mí con amplios movimientos.

Tilly y yo nos miramos y sonreímos. Empezamos por el día de hoy y detallamos, probablemente demasiado, las exposiciones del museo. Continuamos hacia atrás, repasando Granada, Estocolmo y Copenhague. Recordamos Ámsterdam. Nos reímos de lo de Roma. Y Tilly y yo no tardamos en entusiasmarnos demasiado y sonrojarnos, hablando en voz muy alta mientras nos acordamos de los maravillosos momentos que nos han traído hasta aquí.

—Sois los dos monísimos —dice Micah—. Vomitaría si no me dieseis tanta ternura.

—¿Qué tienes pensado hacer después del verano? —le pregunta Marcus a Tilly.

No tiene ni idea del melón que acaba de abrir. A Tilly le tiembla la sonrisa. Trata de recuperarla, pero la va perdiendo hasta que se le derrumba del todo.

—Aún tengo que resolver unas cuantas cosas —logra decir.

Y quiero salvarla. Quiero borrar la arruga de preocupación que se le ha formado entre las cejas. Pero el problema es que no sé cómo. Porque yo tampoco tengo ni idea de lo que va a pasar después del verano.

Y me está matando.

Necesito un plan. Una definición clara y firme de cómo va a ser. Necesito una rutina y un orden con una anticipación suficiente como para poder recalibrar mi mente con lo que va a venir después. Pero cada vez que trato de tener esta conversación, Tilly me distrae. Y no sé qué hacer.

—Uy, lo siento, pero me está llamando mi hermana —dice Tilly de repente, sacándose el móvil del bolsillo del vestido y agitándolo frenéticamente—. Se la tengo que coger. Me ha encantado conoceros.

Y se escabulle antes de que pueda oír despedirse a Marcus y a Micah.

—¿Ha dicho Marcus algo que no debía? —pregunta Micah en voz baja.

Suspiro y me froto la frente con un nudillo.

—No, no pasa nada —miento.

Y noto en el silencio posterior que ninguno de los dos me cree.

—Tengo que irme —digo, viendo a Tilly pasear de un lado a otro bajo un árbol, con el móvil contra la oreja.

—Hasta luego —canturrea Micah mientras Marcus se despide con la mano.

Cuelgo y, preocupado, me golpeo la palma de la mano con el móvil.

Capítulo 34
El ajuste de cuentas

-TILLY-

Se ha obrado el milagro.
Es oficial: han publicado un texto mío.
Te lo juro.
A ver, no te confundas: no es que haya escrito un artículo revolucionario para el *New York Times,* pero sí que sale mi nombre junto a una publicación en la web de Wander Media, cosa que, sinceramente, me parece igual de genial.

Wander es una web de viajes baratos que acepta publicaciones de colaboradores externos y, tras los ánimos de Oliver, envié un escrito breve y satírico (y parcialmente autobiográfico) con argumentos a favor de llevarse de vacaciones toda la ropa interior que se posea. Aproximadamente una semana después de haberlo enviado (y de mirar el correo electrónico compulsivamente cada cuatro minutos), recibí una respuesta del editor de sección: les había encantado y me animaban a enviar más propuestas que pudiera tener.

La guinda del pastel es que hasta me pagan veinticinco dólares por el artículo, lo que equivale básicamente a ganar la lotería cuando una se pasa el viaje gastándose el dinero en café y dulces, como he hecho yo.

Después de leerle el correo en voz alta a Ollie por tercera vez, echo a correr de arriba abajo por la habitación del hotel, brincando y dando vueltas.

Tras la cuarta vuelta, me abalanzo sobre Oliver a toda velocidad. Este se prepara en el último segundo, con los ojos como platos y la boca abierta formando una o de miedo antes de que me lance a sus brazos y me aferre a él como una cría de mono entusiasmada en exceso. Entonces retrocede unos cuantos pasos antes de golpearse las corvas con el borde de la cama y desplomarse con un resoplido.

Mona y Amina han llegado a otro acuerdo más en Barcelona y han salido a celebrarlo con una no tan sutil «cena de negocios» a la que no han invitado ni a Ollie ni a una servidora, así que no tenemos que preocuparnos por la discreción.

—Lo siento —digo, con la cara contra su cuello; en realidad no lo siento—. Es que me he emocionado.

—Estoy muy orgulloso de ti —dice con la voz ahogada; en estos momentos, prácticamente estoy asfixiándolo.

Me yergo y sonrío al contemplar su rostro azorado hasta que no me aguanto más y le lleno de besos raudos la frente y las mejillas, lo que hace que se eche a reír. Entonces, en la otra punta de la habitación empieza a sonarme el teléfono y, con un suspiro, me levanto de la cama y corro hacia él.

«ÁRMATE DE VALOR», se lee en la pantalla. Ay, Dios, una llamada de mi madre.

—Hola, mamá —digo, llevándome el móvil a la oreja mientras me muerdo un padrastro.

—¡Por fin me lo coges! —exclama mi madre con falsa alegría, con una voz pasivo-agresiva que hace referencia a la cantidad de veces que no le he cogido las llamadas.

Nunca he pretendido tener por costumbre evitar nuestras llamadas semanales, pero me duele tanto cada vez que hablamos que no puedo obligar a mis dedos a aceptar la llamada. Mona me ha estado cubriendo, enviándole mensajes a mi madre con frecuencia sobre lo mucho que estoy aportando al equipo o tonterías por el estilo.

—Empezaba a preocuparme por ti —dice—. ¿Cómo estás? ¿Te estás tomando las medicinas?

Suspiro y apoyo la frente contra la pared.

—Sí, mamá. —Y no miento. Últimamente se me está dando muy bien lo de tomármelas cuando toca. Todo gracias a que me he puesto una alarma por las mañanas que me lo recuerda.

—Muy bien —dice mi madre, y me marchito por el agudísimo tono de su voz—. ¿Te estás portando bien con Mona?

—Sí. Hoy incluso me ha dado una piruleta cuando me he acabado las verduras.

Mi madre profiere una risa forzada.

—Ya os queda poco tiempo de viaje, ¿no? —dice en un tono despreocupado—. Es increíble lo rápido que se ha pasado el verano. ¿Has pensado ya qué vas a hacer en otoño?

Qué sutil.

—Pues la verdad es que sí —digo; me rasco la nariz y empiezo a dar golpecitos con los pies contra el suelo.

Mi madre suspira.

—Tilly, qué maravilla. ¿En qué universidad vas a pedir plaza? ¿Vas a empezar en el segundo semestre, entonces?

Me muerdo el labio inferior.

—No, no he cambiado de opinión con respecto a la universidad, al menos por el momento. Creo… creo que ya sé lo que quiero hacer.

—Ah —dice mi madre, en cuya voz se percibe la decepción.

Cuadro los hombros y me aclaro la garganta.

—He decidido que quiero ser escritora —digo con la voz algo temblorosa. Tampoco es que se me acabe de dar cuenta ahora, pero es la primera vez que lo digo en voz alta. La primera vez que lo afirmo alto y claro—. He vendido mi primer artículo y, si al principio puedo conseguir un sueldo fijo de camarera o algo así, podría centrarme en mi oficio e ir puliendo las ideas y…

—No —me interrumpe mi madre con una voz inapelable y sin emociones.

—¿Qué?

—Que no es un buen trabajo, Tilly. —Casi puedo oírla negar con la cabeza—. Es lo que dice que quiere ser la gente que vive en un mundo de fantasía y que acaba sirviendo mesas durante el resto de su vida.

—¿Qué tiene de malo trabajar en hostelería?

—Ese no es el tema —responde mi madre con un suspiro de exasperación—. El tema es que tienes que buscarte un trabajo de verdad. En realidad, primero una carrera y luego un trabajo.

—Pero ¿por qué? ¿Por qué es ese el camino que tengo que tomar? Las dos sabemos que no se me dan bien los estudios, y hasta el doctor Alverez dice que los entornos y formatos educativos tradicionales no son propicios para mi manera de aprender, así que ¿por qué obligarme a ir a la universidad?

—No te estoy limitando a nada, Tilly. —El tono de mi madre es una advertencia para que no fuerce las cosas—. Solo intento ser realista. Me…

—¿Quieres hablar de cosas realistas, mamá? —espeto—. Mi cerebro es mi realidad. No soy ninguna especie de novela de «elige tu propia aventura» en la que puedas dictar las experiencias que vivo. Siento mucho no poder ser lo que quieres que sea, pero esto es lo que hay.

—Tilly, no me levantes la voz. No te estoy diciendo eso. Las cosas se tienen que hacer de determinada manera y…

—Sí me estás diciendo eso. Siempre lo has dicho.

Incluso sin palabras. En la forma en que se apresura a agarrarme la mano cuando voy a coger algo en una tienda. En la forma en que me aprieta el hombro como advertencia si me pongo a hablarle a alguien demasiado deprisa. O demasiado alto. En la manera en que me mira si me entusiasmo mucho con algún interés especial. Me lo ha dicho de millones de formas, en silencio. Le gustaría que fuera «normal».

—¡Solo quiero protegerte!

—¡Me tratas como una molestia inevitable! —me sale con dureza, con aspereza. Y el silencio de mi madre grita al otro lado del teléfono. Dejo escapar un suspiro tembloroso.

—No te trato como una... molestia. Así es como funciona el mundo, Tilly. Es lo que hizo Mona. Hasta estudió un posgrado.

Comienzo a pasear en círculo por la habitación. Noto los ojos de Ollie clavados en mí, pero no puedo mirarlo.

—Yo no soy Mona y Mona no es como yo, mamá —replico—. No puedes seguir comparándonos. Lo único que consigues es alejarnos. Quiero a mi hermana como eso, como mi hermana, no como una criatura perfecta e intocable cuya sombra persigo sin parar. Y Mona se merece liberarse de esa presión —añado—. Tampoco es justo para ella soportar el peso de la necesidad de ser perfecta. De ser la hija ideal y una hermana mayor supertriunfadora. Es humana. Tiene permitido cometer errores, y yo también.

—No quiero hablar de ese tema. No entiendes lo que te quiero decir. Tienes que volver en serio al mundo real.

Dejo de andar y me desinflo con la dureza de su voz, que no deja lugar al debate. Es imposible que la convenza de que lo que quiero merece la pena.

Mi madre deja escapar un suspiro.

—Estaré allí dentro de algo más de una semana para visitar a Mona y para traerte a casa. Espero que para entonces tengas un plan, pero un plan de verdad. ¿Me has entendido?

Trago saliva, con un nudo en el estómago y un pitido en los oídos. Solo consigo emitir un sonido agudo.

—Si soy tan dura contigo es porque te quiero —añade mi madre, con frialdad en la voz. Y entonces cuelga.

Me desplomo sobre el suelo, llorando de rodillas.

Oliver me deja que solloce en silencio yo sola durante dos minutos antes de atravesar la habitación, sentarse en el suelo a mi lado y llevarme hasta su pecho. No me pide detalles. No necesita que le narre lo ocurrido. Me coloca la cabeza bajo su barbilla y me frota la espalda en círculos para calmarme.

Y me siento… a salvo. Segura. Querida.

Dos palabras aterradoras y vulnerables casi se me escapan de entre los labios, pero me las guardo para más adelante.

Dejo de llorar el tiempo suficiente como para que Oliver me convenza para salir a pasear, y procede a comprarme comida de todos los locales que miro más de lo estrictamente necesario. Este guapísimo ángel sabe cómo demostrarme su amor.

Me gusta estar con Ollie, pero sigo sintiendo un dolor vacío en las extremidades. La tristeza, el miedo y la confusión sobre el futuro se me han adentrado tanto en los músculos que ya no sé vivir el presente.

Terminamos volviendo al hotel y oímos a Mona y a Amina hablar al otro lado de la pared que nos separa. En algún momento del viaje, su propia necesidad de privacidad ha prevalecido sobre la norma de tener siempre la puerta abierta.

Como hacemos todas las noches, esperamos a que lleguen de su habitación los sonidos propios del sueño antes de que me meta en la cama de Oliver y me acurruque contra él en un cómodo nido bajo la colcha.

Normalmente acabamos susurrando hasta que sale el sol. A veces, son horas de chistes y bromas, interrumpidos por besos y caricias. Otras noches, Ollie se arriesga a dejar encendidas las luces tenues y se pasa horas comparando muestras de color con los lunares de mi mejilla, con el entrecejo fruncido y la lengua entre los dientes, pasando de muestra en muestra con agresividad hasta que me echo a reír en silencio al ver su frustración.

Siempre acaba besándome las pecas con un gruñido, lo que me convierte la risa en un suspiro de placer.

Pero esta noche estamos serios, vulnerables. Mascullando confesiones y miedos acerca del futuro.

—Me da la sensación de que estoy siempre fracasando —susurro mientras le acaricio los pómulos—. Me da la sensación de que no valgo, de que nunca voy a valer.

—¿Valer para qué? —pregunta Ollie, frunciendo el entrecejo.

Froto con la yema de los dedos las arrugas de entre sus ojos, para mitigar su preocupación.

—Para lo que sea —digo—. Para escribir, para crear, para ser persona. Para ser adulta, supongo. Estoy bastante perdida, todo el rato.

Ollie permanece en silencio un instante, mirándome fijamente como si mi piel tuviera la respuesta a las preguntas sobre las que siempre se ha preguntado.

—Yo también estoy perdido —dice al fin, volviendo la cabeza para besarme la palma de la mano—. ¿Quieres que nos perdamos juntos?

Capítulo 35
Francés y besos

–OLIVER–

a l principio de la última semana de viaje de negocios, Mona y Amina entran en nuestra habitación haciendo aspavientos y se suben con remilgo al borde de mi cama.

—Arreglaos esta noche —dice Mona—. Os vamos a llevar de cena. Tenemos algo importante que contaros.

—Mo, no te ofendas, pero los dos sabemos que Amina y tú estáis saliendo —dice Tilly mientras introduce a puñados la ropa en la maleta.

Mona se queda boquiabierta y, tras un silencio momentáneo, Amina se echa a reír a carcajadas.

—Nos han pillado —suelta Amina entre risas—, pero si nosotras tenemos que reconocerlo, hacedlo vosotros también.

Tilly y yo somos de todo menos discretos, y nos apresuramos a mirarnos aterrados. Amina sigue riéndose a carcajadas.

—Nos vamos dentro de una hora —dice Mona, que se sacude del regazo polvo invisible, como si con él se sacudiera también la incomodidad—. Va a estar... divertido.

—Pero alegra esa cara un poco, mujer —añade Amina, de nuevo entre risas.

Mona pone los ojos en blanco y a continuación se marcha de la habitación, con Amina riéndose tras ella.

Después de ducharme y afeitarme, me pongo los pantalones negros más bonitos que tengo y una camisa a juego y me peino. Cuando salgo de la estancia, me encuentro a Tilly de cuclillas, aún en pantalones cortos y camiseta, con el pelo recogido en dos moños despeinados en la parte alta de la cabeza. Está garabateando en los zapatos con un… ¿rotulador?

—Tengo los zapatos llenos de rozaduras —dice como explicación, y sigue… coloreando la puntera de sus desmejorados zapatos negros de vestir.

Llaman con fuerza a la puerta que une las dos habitaciones.

—¡Os quedan diez minutos! —grita Mona desde el otro lado.

Tilly profiere un chillido, tira al suelo los zapatos y, tras sacar de la maleta un vestido arrugado, corre al baño.

En algún punto del viaje nos dimos cuenta de que avisar a Tilly de forma periódica sobre el tiempo que quedaba nos ahorraba buena parte de la frustración de verla llegar tarde.

Y, cinco minutos después, sale del baño. Espectacular.

No, «espectacular» no le hace justicia a Tilly Twomley. Se queda corto.

Tilly gira sobre sí misma para mostrarme el escote de la espalda. La falda con vuelo del vestido negro le danza en torno a las caderas, y Tilly se ríe.

—¿Qué tal estoy? —pregunta.

Lleva un vestido sencillo, con estructura, muy distinto a los vestidos ligeros y en colores claros que suele llevar. Si lo hubiera visto colgado en un armario, nunca me habría imaginado a Tilly escogiéndolo.

Aun así, está resplandeciente. Le enmarca su energía, su carisma, todo lo que brilla en ella.

Cruzo la habitación hasta Tilly, le acaricio con la mano la mejilla y luego se la poso en el cuello.

—Estás perfecta —digo. Porque es la única palabra con la que puedo describirla.

Tilly arruga la nariz y levanta la cabeza para darme un beso. Y yo la abrazo para darle otro.

—Tenemos que irnos, tortolitos —nos interrumpe Amina, que llama primero a la puerta y luego la abre, haciendo como si se estuviera tapando los ojos—. Espero que estéis visibles.

Tilly y yo nos miramos y nos reímos en silencio; nos reunimos con ella y con Mona en el vestíbulo y salimos todos del hotel.

—A ver —dice Mona, juntando las manos sobre la mesa después de que todos hayamos pedido—. Amina y yo hemos estado hablando...

—Seguro que eso es lo único que habéis hecho —espeta Tilly, guiñándome un ojo gratuitamente. Me muerdo el labio con fuerza para no reírme.

—No te aguanto —replica Mona, y Tilly sonríe—. Como decía, hemos estado hablando sobre el futuro de Ruhe y nos gustaría que formarais parte de la conversación.

Mona y Amina se vuelven hacia mí, y yo ladeo la cabeza para escucharlas.

—Nos ha encantado el trabajo que has hecho este verano, Oliver —dice Mona.

—Nos ha flipado —añade Amina, asintiendo para enfatizar.

—Hemos visto un crecimiento tremendo en las redes sociales y en las ventas *online*, y algunas de las tiendas con las que trabajamos han mostrado su interés en usar tus fotos para los anuncios en sus tiendas. Así que nos gustaría buscar la forma de que continuara la racha después del viaje.

Las miro atónito.

—Lo que tenemos pensado —dice Amina— es que sigas trabajando para Ruhe, aunque sea a media jornada o como consultor.

—Sé que vas a empezar las clases —continúa Mona— y estoy segura de que vas a estar muy liado, pero nos gustaría seguir pagándote para que hagas fotos para Ruhe, aunque no sea de forma habitual. Gracias a ti tenemos una base de datos de imágenes estupenda y vamos a seguir usándolas, pero sería maravilloso contar contigo si estás disponible.

Una vez que proceso lo que me han dicho, sonrío.

—Me encantaría —digo, y es verdad—. No sé de cuánto tiempo exactamente voy a disponer cuando empiecen las clases, pero puedo hacerlo los fines de semana o cuando queráis. Así podría tener más muestras de mi trabajo.

—Maravilloso —dice Amina, que sonríe y me aprieta con cariño el hombro.

—Es fantástico trabajar contigo —añade Mona.

Tilly nos mira alternativamente, moviendo de arriba abajo la pierna. No está cómoda.

—Ahora te toca a ti —dice Mona, volviéndose hacia Tilly, que empieza a morderse el labio.

Mona mira a su hermana durante un largo rato y luego le sonríe. Es la sonrisa más bonita que le he visto a Mona hasta el momento.

—Estoy orgullosísima de ti, Tilly. —Mona alarga el brazo sobre la mesa y le coge la mano a su hermana—. Has tenido un montón de ideas maravillosas. Has hecho un trabajo magnífico ayudándonos a crear una web y un boletín estupendos y divertidos que se adaptan a la gente de tu edad. Me arrepiento de haberte subestimado tanto, porque has sido de gran valor para el equipo.

Tilly mira atónita a Mona, parpadeando a toda velocidad, pero no dice nada.

Mona se aclara la garganta.

—Y, si te interesa, nos gustaría hacerte oficialmente empleada de Ruhe. Ya te aviso de que el sueldo va a ser una mierda hasta que tengamos capital suficiente y de que no será un trabajo con mucho glamur, pero podríamos encontrar la forma de llegar a un acuerdo sobre el visado de trabajo si quisieras quedarte en Londres. Quedarte con nosotras, digo.

Tilly deja de parpadear y mira fijamente a Mona, con los ojos como platos, con terror.

Y entonces se echa a llorar.

—¿En serio? —solloza—. ¿De verdad?

—Pues claro, cariño —dice Amina, con una voz tierna y cariñosa—. Sería un honor.

—¿Y podría quedarme en Londres?

Mona asiente.

—Puedes alojarte conmigo un tiempo hasta que esté todo arreglado.

—O conmigo —dice Amina—. Mi piso tiene dos habitaciones, por si te hartas de dormir en el sofá de tu hermana.

Tilly toma aire, temblorosa, como si le costara respirar. Entonces se levanta del asiento de un brinco y se abalanza sobre Mona dándole el abrazo más entusiasta del mundo.

—¡Sí! —exclama, en una voz tan alta que los demás comensales nos miran—. Muchas gracias.

Vamos a ver… Un momento… La cosa empieza a ir deprisa. Muy deprisa.

Mona acaba de ofrecerle a Tilly trabajo. Trabajo de verdad. En Londres.

Me cago en todo.

Londres. Tilly.

Tilly tiene trabajo en Londres. Y yo vivo en Londres.

—Ay, madre —espeto, mirando atónito primero a Tilly y luego a Mona y a Amina—. Tilly, vas a estar en Londres.

Tilly, como buena señorita refinada que es, coge una servilleta y se suena la nariz con ella, antes de sonreír.

—Se ve que aún no vas a librarte de mí —dice; rodea la mesa y me abraza.

Y yo le devuelvo el abrazo.

—¿Se lo has dicho a mamá y a papá? —le pregunta Tilly a Mona.

—Aún no. Se me ha ocurrido que podemos darle la sorpresa a mamá cuando venga la semana que viene.

Tilly asiente y se balancea hacia delante y hacia atrás.

—Pero, oye, ¿no me habrás...? No me habrás contratado por pena, ¿verdad?

Mona arruga el gesto.

—Tilly, pues claro que no. —Alarga el brazo sobre la mesa y le coge la mano a su hermana—. A ver, siendo egoísta, ¿estoy encantada de tenerte conmigo y así poder pasar más tiempo contigo? Pues claro. Pero tienes mucho que ofrecer. Ruhe tiene suerte de contar contigo.

Tilly se restriega las mejillas con frenesí mientras una sonrisa gigante resplandece en sus labios.

—Tenemos una sorpresa más —dice Amina, sonriendo a Mona.

Tilly abre la boca, probablemente para lanzar una indirecta más sobre su relación, pero Mona la señala.

—Ni se te ocurra —dice con seriedad, y Tilly cierra la boca.

—Vamos a llevaros a la playa —dice Amina, juntando las palmas de las manos—. Para daros las gracias por vuestro trabajo. Los próximos cuatro días van a ser solo para descansar y relajarnos.

—¿Qué playa? —pregunta Tilly, con una mirada casi feroz por la emoción instantánea.

—A la de un pueblecito a las afueras de Marsella —responde Mona.

Tilly me mira con una ceja levantada.

—En el sur de Francia —le digo, y su sonrisa es más hermosa que cualquier paisaje que vayamos a ver en tan idílica región.

—*Ah, ah, ah! Baguette, oui, oui!* —exclama Tilly con un terrible y exagerado acento francés mientras hace como si se desvaneciera, reclinándose en su asiento.

Mona pone los ojos en blanco, pero no puede esconder la sonrisa que se le escapa.

—El tren sale el sábado —dice, y le da un sorbo al vino—. Os recomiendo que, hasta entonces, repaséis vuestro francés.

Capítulo 36
Es una lata el trabajar

—TILLY—

Para ser total y desagradecidamente sincera, mi nuevo puesto en Ruhe no es precisamente el trabajo de mis sueños. Mona me puso a trabajar el día después de la cena. Mi cargo es el de ayudante ejecutiva, que suena tan pretencioso que casi me quedé bizca por poner los ojos en blanco cuando me lo dijo.

Es una labor administrativa muy detallista: calendarios, las minutas de las reuniones, escribir correos electrónicos, responder a correos electrónicos, reenviar correos electrónicos... Muchos correos electrónicos (*llora en «un cordial saludo»*).

Pero es un trabajo (y gracias a él sigo en Londres, nada más y nada menos) y eso es lo que importa, ¿no?

Además, puedo seguir escribiendo el boletín y algunas de las descripciones de los colores (aunque tuve que convencer a Mona para que aceptase mi texto lleno de connotaciones para un color berenjena), así que al menos no pierdo práctica escribiendo. Lo más importante de todo es que me siento útil. Estoy ayudando a Mona y a Amina a conseguir su sueño, aunque este no sea el trabajo de mi vida.

Además, a trabajo regalado, no le mires la nómina, sobre todo si me permite vivir cerca de Oliver. No lo hemos hablado, pero me aterraba la posibilidad de tener que volver a Cleveland y poner fin a lo que tenemos. A ver, ¿qué chaval de dieciocho años quiere tener a su novia viviendo en otro país? Sería un jaleo, y a Ollie no le van los jaleos.

Pero ahora ni siquiera nos lo planteamos, y estamos en la gloria en vistas de un futuro estable.

—¿Lo llevas todo? —me pregunta Ollie mientras cierra su maleta, perfectamente ordenada, a sabiendas de que el ochenta por ciento de mis cosas siguen tiradas por la habitación del hotel.

—En la vida he estado tan bien organizada —miento, y le saco la lengua. Entonces él me mira con escepticismo y me hace reír.

Procedo a observar la habitación, tratando de dilucidar por dónde empezar. Cuando voy a algún lado, suelo sacarlo todo de la maleta. Si no lo veo, es como si no existiera, y mi cerebro se siente mejor cuando puedo visualizar lo que tengo. Sin embargo, no me hace ningún favor cuando toca hacer el equipaje.

Rodeo los montones de ropa que tengo en una esquina y los zapatos que tengo en otra. Por aquí tengo tirada bisutería barata; por allí, maquillaje aún más barato.

No es ninguna sorpresa que mi paseo sin rumbo acabe convirtiéndose en un ir y venir, para estimularme en respuesta a la nube de agobio que me sobrevuela la cabeza.

Lo que más me sorprende es darme cuenta de que Ollie también viene y va por la habitación, dándose golpecitos con los dedos en el lateral de los muslos y con un gesto de concentración en la cara. Me veo obligada a detenerme y mi boca esboza una sonrisita. Somos dos tornados neurodivergentes dando vueltas por una estancia.

Cuando vuelve a pasar junto a mí, lo cojo de la mano, tiro de él hacia mi pecho y lo rodeo en un fuerte abrazo. Está tenso, de sus hombros irradian breves oleadas de estrés, pero a continuación todos los músculos de su cuerpo se relajan como cuando se deja de tirar de una cinta elástica. Él también me abraza.

—¿Estás bien? —pregunto, la cabeza contra su pecho.

En la coronilla lo noto asentir.

—Me he quedado pensando. Abrumado.

—Ya me he dado cuenta —digo, apartándome. Le cojo la mano y le doy un rápido beso en la palma. La sonrisa que florece en su boca es más hermosa que una rosa que abre sus pétalos al sol del verano—. Pero ya sabes lo que dicen…

Ladea la cabeza en un gesto interrogativo.

—Que la pareja ideal es la que tiene estereotipias junta.

Ollie permanece en silencio por un instante antes de echarse a reír con tanta fuerza que se queda sin aliento. No hay nada, nada en este mundo que me guste más que hacer reír a Oliver.

—¿En qué piensas? —pregunto cuando parece que está dejando de reír, y entrelazo mis dedos con los suyos.

Suspira y se pasa la mano que tiene libre por el pelo.

—Los cambios en el entorno me ponen un poco nervioso antes de que pasen.

—Entonces, ¿no te gusta viajar? —pregunto.

—Sí que me gusta, de verdad. Pero me cuestan los cambios aunque me apetezcan. Tardo tiempo en acostumbrarme a los sitios nuevos. Hasta pensar en ellos. Y hoy, mientras hacía las maletas, me he puesto a pensar que no van a tardar en empezar las clases, y que voy a tener que moverme en un entorno nuevo, con gente e interacciones sociales. Supongo… —Vuelve a suspirar—. Supongo que es que estoy algo nervioso.

Se me hincha el corazón como un globo en el pecho y vuelvo a ceñir a Oliver contra mí, rodeándolo con las extremidades como si fuera una pitón agresiva… y muy amorosa.

—Literalmente, pienso cargarme a quien te ponga problemas.

Ollie se ríe e intenta apartarse para mirarme, pero yo lo agarro aún con más fuerza. No tarda en rendirse.

—Como guardaespaldas, serías estupenda —dice—. A pesar de tu metro sesenta y dos. Pero no me preocupa que la gente me haga *bullying* ni nada parecido. No puedo controlar lo que hagan y sé bien que no puedo anticiparme. Es más bien lo desconocido del cambio. La alteración de la rutina. Necesito un tiempo para acostumbrarme, prepararme para adaptarme a lo que se viene.

Al final acabo soltándolo de mi abrazo tan cariñoso como letal.

—Creo que te entiendo —digo, toqueteándome los padrastros—. A mí me cuesta pensar sobre los cambios y organizarme. En plan, los pasos que tengo que dar para llegar hasta ese momento. No sé si me entiendes.

—Sí, sí te entiendo. Por cierto, ¿quieres que te ayude en lo de organizar…? —Señala con un gesto impreciso el caos de cosas mías que nos rodea.

—Ay, Oliver. Tú sí que sabes hacer feliz a una chica —digo, abanicándome.

Se pone colorado como un tomate; es tan mono que creo que me voy a morir.

Empiezo tratando de ayudar a Oliver a ayudarme a hacer la maleta, pero acabo perturbando su sistema y termina echándome.

Me pongo con algunas cosas que me quedaban pendientes para Amina y Mona antes de que nos vayamos de vacaciones, pero esta tarea requiere más energía de la que pensaba. Para cuando acabo, me he quedado sin batería en el cerebro y solo puedo tumbarme en la cama. No me gusta nada esta sensación: es como si me hubieran puesto una vía y me hubieran absorbido toda la energía. Esta semana he estado mucho así.

A Oliver, por su parte, se le ve con tanta energía como los adictos a la adrenalina después de haberse tirado en paracaídas.

Nos pasamos el resto de la noche viendo una película, abrazados.

Estar con Ollie me hace sentir a salvo. Libre.

Por eso mismo me acojona viva esta sensación apremiante que tengo enterrada en la base de la garganta, que me trepa por ella y se me presenta en lo más profundo de mi mente cuando no estoy moviéndome ni haciendo nada. Tengo al chico de mis sueños y un trabajo que me permite estar con él. Entonces, ¿por qué no estoy feliz al cien por cien?

Capítulo 37
Tú, yo y nosotros

–OLIVER–

*M*ona y Amina han alquilado una vieja casita no muy lejos de la playa. Sus piedras claras guardan a perpetuidad el calor del sol y las cortinas de encaje blanco se mueven con cada brisa que se cuela por las ventanas abiertas. Los suelos son de madera envejecida y descolorida y las escaleras crujen cuando subimos al primer piso.

Es perfecta.

Pasamos el primer día conociendo la pequeña localidad costera. Tilly y yo caminamos varios kilómetros junto a la playa, y se detiene junto a cada poza por la que pasamos para contemplar la arquitectura oceánica de su interior.

—Me encanta este sitio —declara Tilly mientras contemplamos el atardecer, abrazados sobre la arena.

—Te quiero.

Las palabras se me escapan de la boca con mucha más facilidad de la que esperaba. A Tilly se le tensa el cuerpo por un instante y a continuación vuelve la cabeza hacia mí, con los ojos bien abiertos y vulnerables; en sus iris grises se refleja la luz del atardecer.

—¿Lo dices en serio? —susurra.

Asiento; las palabras se me quedan atrapadas en la garganta, pero continúo:

—Creo que te quiero desde hace un tiempo —digo mientras me froto con la mano la nuca ardiente—. Por fin sé decir lo que siento.

Tilly traga saliva y se lame los labios.

—Yo también te quiero. Muchísimo. —Y lo remarca con un beso que hace que me salten chispas de energía en el estómago.

Nos volvemos y contemplamos los últimos minutos de sol del día; el cielo es de un rojo casi violento, con manchas violetas y naranjas.

En el último momento, me reclino y le hago una foto a la silueta de Tilly, rodeada por el cielo vibrante, con mechones de pelo al viento.

Al cielo le gustaría ser tan precioso como Tilly Twomley.

De vuelta en casa unas horas después, Tilly se acurruca contra mí y duerme en calma mientras yo miro fijamente la foto.

No la edito ni la retoco ni etiqueto los colores que veo. No sé por qué, pero todos me parecen el mismo.

Abro Instagram y subo la foto.

«Este color —escribo— es amor».

A primera vista es vivo. Casi chillón. No tarda en penetrarte bajo la piel y llegarte a las venas. El impulso es apartarte, volverte hacia algo más seguro. Pero así no es como van los colores, ¿verdad? No. Te acercas un paso más. Y, en un ángulo diferente, el color se transforma. Es suave. Acogedor. Te atrae aún más. Y vuelves a él una y otra vez, pues te sientes sorprendido y reconfortado. Como si estuvieras a salvo en la cama o cayendo desde la estratosfera. Te sientes a gusto, emocionado y aterrado. Y por eso se convierte en tu favorito. Porque la vida es demasiado aburrida sin las multitudes que esconde este color.

En nuestro segundo día en el mar, seguimos paseando hasta que encontramos una cala escondida entre muros de roca, con un agua templada y una arena más templada aún. Extendemos la manta y nos quitamos los zapatos.

—Tengo algo que confesarte —dice Tilly, volviéndose hacia mí de forma repentina.

—¿El qué?

—Te he robado una cosa.

Se me saltan un poco los ojos, cosa que hace reír a Tilly.

—¿Me has robado?

Se pone a hurgar en el bolso.

—Un robo momentáneo —dice—. Porque... eh... tenía la intención de devolvértelo.

Saca la mano y deja caer un cuadradito fino y plateado sobre mi palma. Tardo unos segundos en reconocer que es un condón del... botiquín que me dejó Cubby.

Me quedo mirando el plástico por un instante, con los ojos cada vez más abiertos, hasta que al fin clavo la vista en Tilly.

—¿Quieres acostarte conmigo?

A Tilly se le pone la cara roja, y deja escapar una carcajada.

—Sí —dice, mirándome—, la verdad. Pero... nunca lo he hecho, así que...

—Yo tampoco —me apresuro a decir.

—Entonces... ¿qué te parece? —pregunta, arrastrando el pie sobre la arena.

Echo atrás la cabeza y contemplo el cielo cerúleo, y a continuación trago saliva; dentro de mi organismo se arremolina una sensación de felicidad de color amarillo brillante.

—Creo que no hay nadie más en el mundo con quien prefiera compartir ese momento. Creo... En fin, creo que te he entregado mi corazón y que puedo entregarte mi cuerpo cuando estés preparada.

—Ya lo estoy —susurra Tilly.

—¿Puedo...? ¿Puedo tocarte? —pregunto.

—Dios, sí, por favor, gracias —balbucea Tilly, en voz muy alta y muy deprisa.

Tiene lugar un instante de silencio en el que dejo quieta la mano en el aire.

Y entonces los dos nos echamos a reír.

—Alguien tiene ganas —digo, con la risa aún en la voz y la mano sobre su costado, los dedos extendidos sobre sus costillas, atrayéndola hacia mí.

—Ni te lo imaginas —dice Tilly, arrugando la nariz mientras ladea la cabeza y me mira.

Esa sonrisa me hace sentir como si el sol me recorriese las venas, mientras que pequeños relámpagos me atraviesan el pecho y me bajan, sibilantes, hasta las yemas de los dedos.

—¿Puedo tocarte yo a ti? —pregunta.

Asiento tan deprisa que mi cabeza no es más que un borrón.

—Sí.

Y eso hace. Sus manos avariciosas me acarician el pelo, la mandíbula, los hombros, el pecho. Yo también la toco, imitando sus movimientos hasta que la palma de mi mano descansa sobre los latidos rítmicos de su corazón, igual que la suya sobre los míos. Se acerca aún más y quiero integrar su pulso en mi piel.

Me inclino hasta que, con la punta de la nariz, le toco la suya, y se la froto dos veces, sonriente.

Tilly también me sonríe y a continuación me besa, se pone de puntillas y me rodea el cuello con los brazos.

Mis manos vuelven a deambular; se mueven despacio y con ligereza por los costados de Tilly y por su espalda. Un roce ligero como una pluma contra sus caderas.

Entonces, Tilly, que domina el arte de mantenerme siempre alerta, profiere una combinación algo aterradora de chillido y graznido, y grita:

—¡Para!

Me retiro de un brinco y Tilly pierde el equilibrio hacia delante.

—¿Qué pasa? —pregunto, mirándola con los ojos como platos.

Tilly se pasa la mano por el pelo, como si quisiera arrancárselo.

—¡Nada! No me pasa nada —dice, tratando de volver a ceñirse contra mí.

La agarro de los hombros, separado de ella por la longitud de mis brazos, y la miro con una expresión que espero que transmita que no pienso hacer nada hasta que me hable.

Se pasa una y otra vez los dientes por el labio inferior, con la mirada fija en mi garganta.

—No es por ti —dice al fin, dejando caer la cabeza—. No sé cómo explicarlo exactamente, pero de verdad que no es por ti.

—Vale. —digo, y con los dedos le levanto unos centímetros la barbilla—. Pero ¿vas a intentar encontrar las palabras, para que sepa qué hacer?

Ella cierra los ojos y luego sonríe con delicadeza; da un paso hacia mí y me apoya la cabeza en el pecho.

—Las caricias hacen que la piel se me... —Se le retuerce todo el cuerpo—. No me gusta —dice al fin—. Prefiero más firmeza. Abrazos fuertes. Esas cosas me encantan. Pero las caricias y las cosquillas me ponen la piel de gallina, y, repito, no es por ti, sino por mí, pero es una sensación que me agobia y me da impresión y...

Le aparto las manos de los hombros y las devuelvo a sus caderas, y le agarro el culo con lo que solo podría describirse como entusiasmo y decisión. Tilly ahoga un grito y se ríe.

—¿Mejor así? —pregunto, mirándola con una expresión de total seriedad mientras sigo pellizcándole el culo. Tilly se ríe aún con más fuerza y me abraza.

—Perfecto.

Nos tocamos mutuamente, y las risas nerviosas se convierten en un suspiro compartido. Las sonrisas se funden en besos y labios abiertos.

Hay más ternura y confianza en nosotros que granos de arena en la playa en la que nos tumbamos.

Me esfuerzo por tratarla con la mayor ternura posible, a pesar de la incomodidad y la torpeza.

Y Tilly hace lo mismo. Cada roce rebosa adoración; es especial.

Entonces el frenesí se apodera de los dos; tenemos la respiración agitada y chocamos los dientes en cada movimiento conjunto. Cada vez más cerca.

En una cercanía hermosa, aterradora y magnífica.

—¿Estás bien? —pregunto con una mano temblorosa cuando muevo la palma para posarla en el ángulo de su mandíbula. Tilly tiene los ojos cerrados y el entrecejo fruncido.

La noto relajarse tras respirar hondo y, cuando levanta la vista para mirarme, algo salvaje y maravilloso se crea entre nosotros.

La sonrisa de Tilly es radiante cuando levanta el brazo y enreda los dedos en mi pelo y me acaricia el cuello y los hombros.

—Estoy perfecta —dice, y levanta la cabeza para besarme.

—En eso estoy de acuerdo —digo con un débil jadeo.

Y los dos nos reímos como enamorados.

Cuando acabamos, nos damos la mano y yacemos sobre la manta, contemplando el azulísimo cielo. Levanto el brazo, llevo la cabeza de Tilly contra mi pecho y la beso en el pelo. Respiro el aroma familiar de su piel, mezclado con el salado aire marino. Permanecemos así durante un rato, protegiendo nuestro momento infinito de perfección. Nos unen hilos dorados de felicidad.

Capítulo 38

Mejores amigos

−OLIVER−

−*N*o hemos venido hasta aquí para veros dormir. —Interrumpe mi sueño de playas cálidas y besos tiernos una voz inquietantemente parecida a la de mi hermana.

—Arriba —dice otra voz, que, con un empujón, hace que me despierte con un brinco.

—Marcus, para. Están monísimos, los dos abrazaditos. ¿Es…?

Me incorporo, me restriego los ojos y parpadeo a toda velocidad cuando empiezo a ver enfocados a Marcus, Micah, Cubby y todo su grupo. Rodeando la minúscula cama en la que dormimos apretados Tilly y yo.

Transcurre un rato más hasta que me doy cuenta de que no llevo camiseta.

—¿Qué narices hacéis aquí? —digo, tapándome con torpeza el torso con el edredón como si fuera una madre escandalizada.

—¡Sorpresa! —celebra Micah, levantando los brazos.

—¡Habéis venido! —grita Tilly muy cerca de mi oído, una vez también incorporada.

—¿Cómo? ¿Tú lo sabías? —pregunto, volviéndome hacia ella.

—Lo ha planificado todo ella —dice Darcy, acercándose a darle un abrazo a Tilly. Las dos se desploman sobre el colchón con un chillido y, a todos los efectos, me echan de la cama.

Tratando de sentarme en una posición más digna en el suelo, me apoyo contra la pared. Me agobia un poco la sorpresa y la conmoción resultante. Cubby se da cuenta, apoya la espalda contra la pared y se desliza hacia abajo para sentarse en el suelo conmigo, mientras Micah, Marcus y Harry se pelean por un sitio desde el que mirar por la ventana las preciosas vistas.

—A Tilly se le había ocurrido que sería una buena sorpresa que tuvieras aquí a todos tus amigos. Como para celebrar el final del verano —dice Cubby, apoyando la cabeza sobre mi hombro—. Les ha pedido permiso a Mona y a Amina y luego me ha llamado para contármelo. Lo demás lo he coordinado yo.

Un suspiro de alivio abandona mi pecho. Vale. Bien. Las explicaciones ayudan. Y ahora puedo centrarme en el hecho de que tengo a la gente que más quiero en el mundo en el mismo sitio, que además es precioso. Miro a Cubby y sonrío.

—No me puedo creer que estéis aquí —digo, mirando a mi alrededor. Luego frunzo el ceño—. ¿Dónde está Connor?

Noto que a Cubby se le tensa el torso y a continuación se encoge de hombros.

—No lo sé. Ya no es problema mío.

Frunzo el ceño aún más.

—¿Habéis vuelto a romper?

Cubby vuelve a encogerse de hombros.

—Estamos dándonos un descanso.

—¿Y eso qué significa?

—Significa que no te metas donde no te llaman, Oliver.

—Entonces, ¿ya no está en Tongue-Tied?

—Dios, Oliver, ya no nos llamamos Tongue-Tied —dice Darcy desde la cama—. Esa era una etapa totalmente distinta del grupo.

—¡Pero si era así el mes pasado!

—Ahora nos llamamos Ivan on my Mind*** —dice Cubby, mirándome como si fuera cortito por no estar al tanto de los cambios diarios de nombre del grupo.

—¿Quién es Ivan? —pregunto, mirando alternativamente a Cubby, Darcy y Harry, que ya ha vuelto de la ventana.

—¿Cómo?

—Que quién es Ivan.

Los tres ivanitas se miran con desconcierto, como si acabara de pedirles que tradujesen todas sus canciones al portugués al momento.

—No le des más vueltas —responde finalmente Cubby, eludiendo mi pregunta con un gesto de la mano.

—Me encanta que estemos de cháchara —dice Micah, adentrándose en el centro del grupo—, pero ¿no podríamos hablar mejor en la playa? ¿Bajo el sol?

Tilly se levanta con torpeza de la cama y se abalanza sobre su maleta.

—Me gusta cómo piensas —dice, y solo se detiene para darles un abrazo a Marcus y a Micah—. Por cierto, que me alegro mucho de conoceros por fin en persona. —Les regala a los dos una sonrisa antes de añadir—: Ahora, al agua, patos.

Nos pasamos el día en la playa, alternando entre relajarnos en la arena y chapotear en el agua. Yo me paso la mayor parte del tiempo en el mar, disfrutando del reconfortante abrazo aguamarina mientras floto, dándole la mano a Tilly.

Para cuando llega el atardecer, nos hemos quedado sin energías por culpa del sol eterno, al que ha sustituido una tranquilidad densa y preciosa. Para todos menos para Tilly, claro, que

***Literalmente, «Iván en mi mente». (N. de la T.)

parece haber absorbido todo el sol y ahora mismo nos lo refleja: es ella la que hace que riamos mientras habla durante la cena en el pueblo.

—Dios, me encanta —me susurra Cubby después de que Tilly cuente una historia especialmente absurda sobre cómo se chocó contra los setos inmaculados de su vecina nada más sacarse el carné de conducir.

—A mí también —le respondo en un susurro, y a continuación alargo el brazo, entrelazo los dedos con los de Tilly y le doy la mano por debajo de la mesa.

En parte desearía poder inmortalizar este momento en una fotografía, mirarlo una y otra vez desde todos los ángulos hasta que todos los detalles, colores y formas quedasen grabados como un tatuaje en mi mente. Pero sé que una foto no le haría justicia. No reflejaría el fulgor cálido y brillante que siento en el pecho. El rumor amable en mis brazos y piernas. La cómoda calma en mi cabeza.

No le haría justicia a la risa de Tilly ni a la forma que tiene mi hermana de sonreír. Ni a las palabras que no dice Marcus cada vez que mira a Micah.

Este momento es mejor de lo que puede captar una imagen.

Y es nuestro.

Capítulo 39

París, ¡serás voluble!

−TILLY−

*H*e llegado al punto de asociar el sonido concreto que hace mi móvil cuando recibo un correo electrónico a la decepción y el rechazo. Es una montaña rusa de emociones en la que, con la primera vibración de la nota electrónica, me lleno de esperanzas y mi cerebro se persigue la cola dentro del cráneo diciendo: «¡Hala, esta es la buena!». Y luego, un cuarto de segundo después, recuerdo que ese sonido siempre me ha traído malas noticias. El rechazo a uno de los trabajos a los que me he postulado. Una negativa seca, pero educada, a un artículo presentado. Y entonces me abruma tanto el terror que tengo que encerrarme en el baño para darme ánimos durante lo que pueden llegar a ser tranquilamente siete minutos antes de ser capaz de abrir el correo electrónico.

Pero el asunto del correo que acabo de recibir, con el teléfono en la mano sudorosa mientras estoy agazapada en el baño de arriba, hace que arda en mi interior un nuevo derroche de emociones.

Solicitud en Ivy: ¿podemos hablar?

Con el pulgar tembloroso, y sudoroso a más no poder, abro el correo electrónico.

Hola, Tilly:

Soy Ellen Yu, de Ivy Online. Querría hablar contigo sobre tu trabajo, si puedes. ¿Es buen momento? Si no, ¿cuándo estás libre esta semana?

Releo el mensaje como cuarenta veces antes de gritar y tirar el móvil al lavabo. Me alegro de que todos (salvo Oliver, que necesita estar un rato a solas para recargar las pilas en el jardín de atrás) se hayan ido al pueblo, para que no vengan a preguntarme por qué estoy chillando como una bruja.

Me levanto y me pongo a dar vueltas por la estancia. A ver. Tengo miedo. ¿Será que esa tal Ellen quiere decirme (por teléfono) que no he conseguido el trabajo? ¿Que escribo fatal? ¿Acaso es una forma especialmente cruel de rechazarme? Y, me vas a perdonar, pero ¿quién quiere hoy en día hablar por teléfono? ¿No puede darme de tres a cinco días laborables, más lo que tarde el envío, para responder digitalmente a lo que sea que tenga que decirme?

«A lo mejor le gusta cómo escribes», me susurra en lo más profundo de mi mente una voz amable.

Entonces dejo de andar.

¿Por qué me asusta tanto como si me estuvieran rechazando?

Mordiéndome los padrastros, me vuelvo y miro hacia el móvil, en el lavabo. Despacio, como si estuviera aproximándome a un explosivo, me acerco un centímetro hacia él y, entonces, lo recojo y me pongo a escribir.

«Hola, señora Yu. Puedo hablar ahora mismo, si sigue disponible», tecleo, y añado mi número de teléfono antes de pulsar en «enviar».

Sigo mordiéndome los padrastros cuando, unos minutos después, recibo una llamada de un número desconocido.

«Madremíamadremíamadremíavengaquetúpuedes».

Respiro hondo y descuelgo.

—¿Sí? —digo, volviendo a echar a andar por la pequeña estancia.

—Hola. ¿Tilly? Soy Ellen. Me alegro mucho de que podamos hablar. ¿Cómo estás?

Se me escapa una risa nerviosa de la garganta seca.

—¡Fenomenal! —digo con una voz demasiado alta—. ¿Y tú?

—Muy bien, gracias —dice con un claro acento francés—. Me he enterado de que tenemos conocidos en común, aunque muy lejanos —añade con una voz amable.

Me echo a reír una vez más. Dios, tengo que tranquilizarme.

—Sí, si no me pierdo en la cadena, eres la prima segunda de la amiga de la compañera de grupo de la hermana gemela de mi novio.

Me da un vuelco el corazón cuando Ellen se ríe.

—Algo así. Pero la verdad es que he visto tu solicitud para el puesto de ayudante editorial y quería hablar contigo al respecto.

Profiero un extraño sonido gutural que suena algo parecido a «ah, gggmmmmaaa», que Ellen, por suerte, interpreta como un pie para continuar.

—No sé cuánto nos conoces, pero soy una de las fundadoras de *Ivy,* una revista *online* relativamente nueva. Nuestros artículos abarcan toda la gama desde reseñas de libros y salud reproductiva hasta defensa de los derechos trans o humor en general, pasando por contenido de gatos. Nuestro objetivo es crear un espacio en internet para que la gente se sienta cómoda y comprendida en el contenido que producimos, a la vez que se vea capacitada para existir tal y como es.

—Me encantan los gatos —espeto. Ostras. Qué buena aportación a la conversación.

Ellen se vuelve a reír.

—Qué bien. Nuestro equipo está casi íntegramente formado por mujeres a las que les gustan los gatos. Te adaptarías fenomenal.

Me río yo también, esta vez con un sonido entrecortado y aterrado.

—Pero el motivo por el que te llamo —continúa Ellen— es para preguntarte si aún buscas trabajo o si ya estás cogida.

Me aclaro la garganta y trato de aplacar las náuseas nerviosas que siento en el estómago. No sé qué decir. Se me ha quedado la mente en blanco.

Tengo trabajo. Y de los buenos. Pero, no sé por qué, en vez de comentárselo a Ellen, le digo:

—Sigo en el mercado, sí. —Espero que suene maduro y que parezca que sé de lo que hablo—. He estado haciendo cosillas como autónoma, sobre todo para revistas de viajes.

—Fabuloso —dice Ellen—. He empezado a leer tus publicaciones en Babble. Se ve que tus aventuras este verano te han dado muchos temas de los que hablar.

—Más bien desventuras —digo, con la esperanza de parecer aguda y que no dé la impresión de que estoy sudando tanto que tengo que cambiarme la camiseta. Y la ropa interior. Menos mal que me he traído un montón.

Ellen se ríe, y parece que de verdad.

—Me ha gustado especialmente tu ensayo sobre cómo es viajar con TDAH y los obstáculos que te ha presentado; cómo lo has sobrellevado.

Se me corta la respiración.

—¿En... en serio?

—Sí, claro. La salud mental y el hacernos nuestro propio hueco en el mundo son un tema muy importante —responde Ellen—. Y cada vez se habla más de él. Aún queda mucho por hacer para desestigmatizarlo, pero tengo esperanzas.

Asiento, aunque no me pueda ver, y sus palabras me amedrentan tanto como me entusiasman.

—Yendo al grano, me ha encantado tu solicitud —continúa Ellen—. Estarías bajo mis órdenes directas. En estos momentos, el trabajo sería más a media jornada que a jornada completa, pero imagino que, a medida que vayamos creciendo como medio de comunicación, más trabajo habrá. Reconozco que algunas partes del trabajo van a ser tareas administrativas sin mucho glamur propias del puesto: programar contenidos, redacción de anuncios, organización de reuniones y actos...; pero también implicaría escribir de forma habitual para la web. Además, tratamos de ser lo más flexibles posible a la hora de permitir que los empleados participen en distintas secciones editoriales si les apetece.

Ahora mismo estoy algo fuera de mi elemento y no me salen las palabras.

Tras un silencio incómodo, Ellen continúa:

—Adonde quiero llegar es que me gustaría ofrecerte el trabajo. Te imagino escribiendo una columna habitual sobre la realidad de ser una mujer de la generación Z que se acerca a la edad adulta siendo neurodiversa. Obviamente, hay muchos enfoques y puntos de vista en un tema tan amplio y significativo, pero, para empezar, al menos podríamos centrarnos en las cuestiones concretas que más te gusten.

Sigue el silencio mientras intento procesar lo que me ha dicho.

—A ver... ¿En serio? —logro decir. Hala. Qué profesional.

—Pues claro —dice Ellen con otra risita más—. Eres pura frescura. Y tienes una vulnerabilidad auténtica que creo que les va a llegar a los lectores.

—Me... —La verdad es que no sé qué decir—. Gracias. De verdad —logro pronunciar al fin.

—Si puedo serte sincera —dice transcurrido un instante, en voz algo más baja—, yo también tengo TDAH, y hablas del tema de forma tan abierta que me has llegado al corazón. Me pasé buena parte de los primeros años de mi carrera ocultándolo para intentar abrirme camino, hasta que me quemé y tuve que empezar desde el principio. De ese agotamiento nació *Ivy*, y me alegro, pero ojalá pudiera haber hablado más abiertamente de mi experiencia. Ojalá hubiera sido más fiel a mí misma.

—Te entiendo —susurro; de golpe me vienen a la cabeza recuerdos claros de todas las interacciones sociales en las que fracasé, todas las veces que me hundí por haber camuflado mi TDAH hasta no reconocerme.

—No quiero que continúe ese ciclo —dice Ellen, hablando más alto—. Creo que, en vez de eso, tenemos que darle voz. Es lo que queremos hacer con todos los redactores del equipo. Es la misión de *Ivy*. Y estaremos encantados de que formes parte del equipo. ¿Qué te parece?

¿Que qué me parece? Mi cabeza es tal hervidero de ideas y entusiasmo que no sé si existen las palabras para explicarlo. O sea, es increíble, ¿no? En plan... alucinante. Me están ofreciendo la oportunidad de escribir, lo que más deseo en el mundo. Dejar que mi mente juguetee con nuevas ideas y estirarlas hasta que se me ocurra algo inteligente, novedoso y significativo. Conseguir que los demás (sobre todo aquellos como yo) se sientan identificados.

Pero técnicamente tengo trabajo. ¿Le haría daño a Mona que aceptara el puesto? ¿Podría mantener los dos?

Una voz en la cabeza (alta y acostumbrada a la duda) me dice de inmediato que no. Que no soy lo bastante organizada como para lograrlo. Que no soy lo bastante lista como para crear contenido para dos trabajos. Que no me merezco las dos oportunidades.

Me muerdo el labio mientras pienso. Que esta voz hable más alto que la que me dice que sí que puedo no la convierte en verdad. No tengo por qué hacer lo que me dice.

—¿Cuándo empiezo? —logro preguntar, lo que hace que Ellen se vuelva a reír.

—Ay, Tilly, no sabes lo contenta que me pone que me lo digas. Tenemos una reunión con el equipo el martes que viene, en la que vamos a hablar sobre nuestros objetivos y propuestas de fin de curso y prepararnos para el último trimestre. Sería maravilloso que estuvieras.

—¡Me encantaría! —digo, mientras me corren por las mejillas ardientes lágrimas de felicidad—. Allí estaré.

—Fantástico.

—Uy, un momento —digo tras darme cuenta de que, técnicamente, estoy de vacaciones y no tengo claro dónde se encuentran sus oficinas—. ¿Dónde está la sede de la empresa? Es un dato que debería saber.

—Te enviaremos un correo electrónico con los datos para tu incorporación, pero, como habrás visto en la oferta de trabajo, nos encontramos en pleno centro de la mejor ciudad del mundo: París.

Capítulo 40
Esta duele

-TILLY-

París. París. París.

La ciudad que una vez se me antojó mágica y maravillosa no deja de resonarme en la cabeza hasta no ser nada más que dos sílabas tan hermosas como aterradoras.

¿Acabo...? ¿Acabo de aceptar un puesto de trabajo en París? ¿París, Francia? O sea, ¿qué pinto yo trabajando en París?

Una ciudad en la que no conozco a nadie.

Sin Mona. Sin Amina.

Sin Ollie.

Como si lo hubiesen convocado mis descorazonadores pensamientos, Oliver entra sin hacer ruido en el salón y me sonríe; estoy sentada en el sofá, atónita y en silencio. Cuando lo veo, yo también me levanto, y me retiro a una esquina al otro lado de la habitación.

—Hola —digo con una voz áspera.

—¿Qué te pasa? —pregunta de inmediato, con la cabeza ladeada.

Camina hacia mí, pero se queda a unos pasos. No soporto que haya tanto espacio entre nosotros. Lo odio.

Trago saliva. Es absurdo ocultárselo. Estoy confusa, eufórica y aterrada y, en fin, Oliver es la única persona en el mundo con la que quiero hablar del tema.

—He… he conseguido trabajo —digo, mirando el móvil.

—Ya lo sé —dice frunciendo el entrecejo—. Estaba delante cuando te lo ofreció Mona.

—Es otro trabajo —digo despacio; lo miro y luego aparto la vista—. Es… En fin, ni te lo comenté porque pensaba que tenía muy pocas posibilidades, pero fueron Darcy y Cubby las que me hablaron de él. La amiga de la prima de la compañera de grupo de una amiga… En fin. Es un trabajo como ayudante editorial para una revista *online*.

—Ah —dice Oliver con gesto confuso—. ¿Y lo vas a aceptar?

—Pues… —Me noto áspera la garganta. Digamos que ya lo he aceptado, ¿no? Y todo ha sido muy confuso y rápido y exagerado y…—. Es en París —espeto.

Oliver parece tan desconcertado como si le hubiese dicho que el trabajo es en Marte.

—Pero eso no es… Londres —dice al fin, pasándose el pulgar por la frente. No sé lo que esperaba que pasara, pero probablemente fuese algo más de entusiasmo que esto.

—Ya lo sé —digo al fin—. ¿Qué… —me da miedo, pánico, preguntarle, pero es inevitable— qué te parece?

—Que París no es Londres —reitera Oliver. Me reiría si su fijación en ese detalle no me rompiera el corazón en mil pedazos.

Contemplo a Oliver en silencio. Él también me mira, con el ceño fruncido como si estuviese observando un puzle que no es capaz de resolver. Como si no le viese solución a un problema inmenso que le ha caído encima.

—Lo voy a aceptar —susurro.

No reacciona. Se ha quedado helado.

Y es entonces cuando me doy cuenta.

No quiere una novia que viva en otro país. ¿Quién iba a quererla? Kilómetros, husos horarios, billetes de avión, llamadas perdidas e inevitable dolor. ¿Por qué iba a ofrecerse voluntario para semejante dolor de cabeza? ¿Para un lío ineludible?

Me rueda por la mejilla una lágrima caliente, pero me la seco y, parpadeando, evito que me salgan las demás.

—Entiendo —digo al fin, forzando una sonrisa que me abre una grieta en el centro del pecho.

—¿El qué? —dice Oliver, aún mirándome igual.

—Que París no es Londres —susurro—. Que no voy a estar en la misma ciudad que tú. Y entiendo lo que va a significar para nosotros. Lo que estás pensando.

—Por favor, ilumíname —dice Oliver, frotándose las sienes con gesto de verdadera desesperación.

Me aclaro la garganta y cuadro los hombros.

—Nuestro verano juntos siempre va a ser el momento más feliz de mi vida. Siempre —digo.

Oliver asiente.

—Y… eh… te doy las gracias por haber creído en mí, por haberme ayudado a creer en mí misma.

—Siempre voy a creer en ti —dice con una voz áspera.

Mi sonrisa no es más que tristeza.

—Ha sido un verano perfecto. Y así se va a quedar. Vamos a conservar ese pequeño mundo perfecto para no hacernos daño en el mundo real.

A Oliver se le va torciendo el gesto tan despacio que veo cómo se forman cada una de las líneas.

—¿Estamos…? ¿Estamos rompiendo? —susurra. Veo cómo se mueve su garganta cuando traga.

Dos lágrimas más se me escapan de los ojos, y me las seco.

—Eso creo.

El silencio de Oliver es, una vez más, devastador.

Al final acaba asintiendo.

—Ah —dice, con la mirada fija en mi hombro.

Y así nos quedamos, ninguno de los dos dispuesto a moverse, ninguno dispuesto a bajarse de este último momento de estar juntos; a explotar nuestra burbuja de felicidad para siempre.

Oliver alarga la mano hacia mí como si fuera a acariciarme la mejilla, las pecas. Pero no llego a sentir el calor de su piel. Ni siquiera una última vez. Deja la mano flotando entre él y yo.

Y a continuación se da la vuelta.

Y se marcha.

Capítulo 41
¿No debería bastar?

—OLIVER—

El entumecimiento es una sensación extraña. Ya sé que, técnicamente, es la ausencia de sensaciones, pero (aunque no soy precisamente un experto en la materia) creo que el entumecimiento emocional es distinto. Es denso, hueco, un pesar sordo. Un dolor delicado.

Es algo que te llena tan por completo que no es que no sientas nada, sino que no sientes nada bueno.

Salgo de la casa y bajo a la playa, con las extremidades tensas y torpes cuando me muevo. No sé cuánto tiempo camino, pero el sol se acaba poniendo y me doy media vuelta, tambaleándome sobre la arena a oscuras hasta que llego a la puerta de atrás de la casa y pienso en cómo colarme sin que nadie me vea. Sin que nadie me hable. No me veo capaz de decir nada ahora mismo.

Tengo la suerte (creo) de que, cuando entro en silencio, no parece haber nadie en casa. Subo las escaleras, en una búsqueda sin rumbo de un lugar en el que dejarme caer. Un lugar en el que pensar.

Se ve luz bajo la puerta de la habitación que compartimos Tilly y yo. No me atrevo a entrar. Todos los demás ya llenan los otros dos cuartitos de la segunda planta, y el único lugar en el que voy a encontrar la paz, la soledad, es la camita de la buhardilla adaptada.

Tiro de la escalera del techo y subo los peldaños con el mayor sigilo posible, tratando de no retroceder ante el aire caliente, que huele a humedad. Hay una cama, sábanas y almohadas. No necesito más.

«Estoy bien», me digo; me refugio bajo el edredón y me froto con el puño el pecho, roto en mil pedazos, a la espera de que se vaya el dolor. Tengo una familia. Tengo amigos. Tengo unas clases a punto de empezar, y los colores, y la cámara.

Con eso me basta.

Pero solo quiero a Tilly.

—Dios, por fin te encontramos.

Una vez más, Cubby me despierta sobresaltándome.

Me encantaría (pero de verdad) que mi hermana dejase de interrumpir mi sueño. En la siguiente sesión de la terapia familiar, pienso sacarle el tema a la doctora Shakil.

Me doy la vuelta y entreabro un ojo para ver a Cubby, Marcus y Micah alrededor de mi cama. Protesto.

—Marchaos, anda —digo, tapándome la cabeza con una almohada.

Cubby me la arrebata y me golpea en la cara con ella.

—Casi nos da un infarto por tu culpa, Ollie. Bueno, por culpa de los dos, de Tilly y de ti. ¡Llevabas horas desaparecido!

Miro el reloj.

—Cubby, son las tres de la mañana —digo, mirándola incrédulo—. Solo he estado desaparecido un rato a la hora de cenar. Además, ¿qué hacéis vosotros despiertos?

Los tres me miran atónitos, con los ojos algo vidriosos.

—Es posible que se nos haya alargado un poco la sobremesa —responde Micah.

—Nos hemos pasado con el vino —añade Marcus.

—Eso da igual —espeta Cubby—. En cuanto nos dimos cuenta de que llevábamos casi nueve horas sin verte, nos preocupamos un montón.

Los tres asienten.

—En serio —digo, arropándome con el edredón hasta la barbilla—. Que os marchéis. No quiero hablar.

—¿Qué está pasando? —pregunta Micah—. Tilly está igual de angustiada que tú. Darcy intentó hablar con ella antes de que Harry y ella se largaran a la cama.

Se me escapa una carcajada fría y áspera.

—Se me hace raro, teniendo en cuenta que ha sido ella la que ha roto conmigo. No quiere que sigamos juntos.

Micah ahoga un grito.

—¿Qué? —dice Cubby, que corre hacia mi cama y se sienta en el borde—. ¿Te lo ha dicho ella? ¿Ha dicho literalmente: «No quiero que sigamos juntos»?

Me muerdo el labio por un instante.

—A ver, no, pero como si lo hubiera dicho.

—¿Qué ha pasado? —pregunta Marcus, rondándome.

Les explico la conversación con la mayor brevedad posible, pero sigo frotándome el pecho, que me duele tanto que no sé si voy a volver a encontrarme bien.

—¿Le has dicho que no quieres que rompáis? —me pregunta Cubby con el ceño fruncido.

La miro atónito.

—Eh… A ver, no. Pero tampoco me lo ha preguntado.

—¡Oliver! —Cubby me da un golpe en el hombro—. ¡Serás imbécil! —Se pone en pie y echa a andar de un lado a otro—. ¡Sois los dos iguales! ¡Por Dios, tenéis que hablar! Todo esto podría haberse solucionado con una sencilla conversación.

—Porque a Connor y a ti se os da genial hablar las cosas, ¿verdad? —espeto.

Cubby se detiene y me mira sorprendida.

—Pues… Es que… Oye, no hemos venido a hablar de mi relación.

—Como tampoco habláis Connor y tú, ¿no?

Cubby atraviesa la habitación y vuelve a propinarme otro golpe en el hombro.

—¡Ay!

—Qué ganas de estrangularte, Ollie. Estás aquí sentado, deprimido, cuando deberías estar arrastrándote.

—¿Arrastrándome? ¿Por qué?

Cubby abre la boca (sin duda para decir algo mordaz), pero Micah da un paso adelante y le posa una mano en el hombro.

—Oliver, cariño —dice Micah, con un tono muchísimo más amable que el de mi hermana—, ¿habéis hablado Tilly y tú sobre las formas que tenéis de comunicaros?

Le miro atónito antes de clavar la vista en Marcus, que se encoge de hombros.

—No te entiendo muy bien —digo—. Nos comunicamos... con palabras. ¿A eso te refieres?

Cubby protesta.

No se me da precisamente bien lo de leer las expresiones faciales, pero la sonrisa de pena que me dirige Micah no es difícil de entender.

—Vale. Creo que podemos empezar por ahí. —Micah se aclara la garganta y Marcus le mira como si lo fuera todo para él. Joder—. Oliver, ¿cómo te gusta que te hable la gente? Que te explique las cosas.

Parpadeo.

—¿Con palabras? —repito. Me da la sensación de que hay algo que no pillo en este ejercicio absurdo.

Cubby vuelve a refunfuñar.

—A ver, lo que quiere decir Micah es que eres autista, ¿no?

—Sí. —Al menos para esto sí que tengo respuesta.

—¿Te acuerdas de las sesiones con la doctora Shakil en las que hablamos sobre las mejores formas de expresarnos para evitar malentendidos?

—Sí.

Cubby exhala un largo suspiro.

—¿Y te acuerdas de que tardamos mucho tiempo en dominarlo porque no entendíamos que nos comunicábamos de forma diferente?

Vuelvo a asentir, y se me empieza a formar un nudo en la garganta.

Cubby me había explicado, con lágrimas en los ojos, lo mucho que le frustraba que no me enterase de cuando estaba molesta conmigo. El daño que le hacía que siguiera con mis asuntos, sin darme cuenta de que estaba enfurruñada en silencio. Me hacía llorar de frustración. ¿Cómo iba a saber algo que ella no me contaba? ¿Cómo era posible que Cubby conociera un idioma foráneo de expresiones faciales, posturas y mensajes ocultos que yo era incapaz de comprender?

Tuvimos que lidiar con el asunto durante semanas y semanas, y años después sigue surgiendo, pero resolver nuestras diferencias nos ha permitido llevarnos mejor.

Cubby alarga las manos y me da un rápido abrazo.

—Pues esa es la conversación que debes tener con Tilly. Es estupendo que os queráis y que os hagáis felices, pero eso no significa nada si no entendéis cómo habla la otra persona.

Trago saliva, miro al suelo y empiezo a dar golpecitos con los dedos.

—¿Y si no logro entender cómo quiere que me comunique? ¿Y si no quiere? ¿Y si lo que tengo que hacer cuesta mucho trabajo? ¿Y si de verdad no quiere estar conmigo? ¿Y si…?

Marcus da un paso al frente y se coloca delante de mí.

—Oye —dice, posándome las manos en las mejillas y apretando hasta que se me pone boca de pez—. No voy a quedarme aquí sentado dejando que le des vueltas al asunto pensando en qué podría pasar. ¿Quieres a Tilly?

—*Fi* —digo con la boca aplastada.

—¿Y quieres estar con ella?

Esta vez pruebo asintiendo, con la esperanza de, al menos, tener un poco más de dignidad. Pero es en vano.

—¿Te importa que vayáis a vivir en ciudades distintas?

—No —digo, apartándome—. Voy a quererla viva donde viva.

—Bien —dice Cubby, que se pone en pie y le da una palmada a Marcus en el hombro antes de poner los brazos en jarras—. Ahora mueve el culo hasta la puerta y díselo.

Capítulo 42
El arte de arrastrarse

–OLIVER–

*E*star de pie frente a la puerta de Tilly es como estar al borde de un acantilado. Es aterrador y magnífico y me hace sudar las palmas de las manos y latir tan fuerte el corazón que me preocupa que se me salga del pecho.

Yo puedo. Llamo a la puerta...

Dentro de nada.

Por Dios, llama, gilipollas. ¡Llama ya!

Mis palabras de aliento por fin consiguen que mueva la mano, y llamo con delicadeza.

El chirrido de la tarima de la habitación bien podrían ser disparos de lo fuerte que resuenan en mi pecho.

Un instante después, Tilly abre la puerta, y echa atrás ligeramente la cabeza cuando sus ojos se posan en mí. Se queda mirándome durante un momento antes de decir:

—Hola.

Se sorbe la nariz y se pasa por las mejillas el dorso de las manos.

—Creo que se me da de pena eso de hablar —espeto a la vez que confirmo mis sospechas.

Tilly pestañea a toda velocidad y justo despés frunce el ceño.

—¿Cómo? Si me encanta tu acento. ¿Quién te ha dicho eso? Pues se equivoca.

Exhalo un suspiro y me paso la mano por el pelo.

—Me refiero a comunicarme. Creo que se me da mal. Y quiero mejorar. Contigo. Si quieres. No pasa nada si no. Pero quería... eh..., a ver, comunicártelo. Quiero ser mejor... eh... comunicador. Y... eso.

Tilly permanece en silencio un momento, cruzada de brazos, contemplándome.

—Lo de vomitar las palabras es cosa mía —dice al fin, y me dirige una sonrisa que no le llega a los ojos.

Niego con la cabeza y vuelvo a notar que se me quedan atrapadas las palabras en la garganta. Respiro hondo, tratando de desenredarlas.

—Creo que nos comunicamos de forma diferente —digo—. Y quiero aprender tu idioma. Quiero que averigüemos cómo hablarnos de la mejor manera posible. Porque, si vas a mudarte a París, quiero entenderte y que me entiendas. No quiero perderte.

Tilly separa los labios.

—¿No quieres perderme? —repite.

Tenso la mandíbula con frustración. ¿Por qué no soy capaz de dejarlo claro? Me estoy haciendo un revoltijo. No lo estoy haciendo bien. Me...

—Tilly —digo; doy un paso hacia ella y le poso las manos en las mejillas. Tiene los ojos bien abiertos, vulnerables. La quiero tanto que me parece imposible—. No quería romper cuando hablamos antes ni quiero romper ahora ni quiero que rompamos nunca. Te quiero. Estoy cómodo contigo de una forma que nunca pensé que viviría con nadie. Estar contigo y ver cómo brillas es como descubrir un nuevo color del arcoíris todos los días.

Tilly está llorando de verdad y solloza.

—¿Por qué no me lo habías dicho antes?

Miro hacia el techo y me río amargamente.

—Créeme: si para mí fuera tan fácil, lo habría hecho. Tardo en procesar las cosas. Cuando cambian los planes, hasta los más pequeños, se me bloquean el cuerpo y la mente. Me inundan tantas sensaciones que no puedo discernir lo que significan. Me cuesta explicar con palabras lo que siento y lo que pienso, también ahora. Y me da miedo decirlo en voz alta, porque durante toda mi vida la gente me ha dicho que me equivoco al hablar.

Desvío la vista hacia Tilly y me siento...

Me siento a salvo.

Continúo:

—Mi silencio en ese momento es de lo que más me arrepiento en la vida. Porque tendría que haberte felicitado. Valorado. Tendría que haberte dicho que, vivieses donde vivieses, te voy a querer. Eres ruido, carisma y alegría, lo que tendría que haber sido yo para ti.

—Ollie —dice Tilly, que estira los brazos hacia mí y posa las manos con delicadeza en mi nuca—. No quiero que seas nada salvo lo que ya eres.

Quiero seguir hablando, pero Tilly lleva las manos a mis labios y me silencia.

—Y esto es algo que me has dicho tú. Me has dicho que te cuesta adaptarte a los cambios. Que necesitas tiempo. Siempre he pensado que te referías en el sentido de viajar, pero qué tontería.

—No es ninguna tontería —susurro—. Estamos aprendiendo.

La sonrisa de Tilly ahora es auténtica.

—Soy muy sensible —espeta—. Pero extremadamente sensible. Y tiendo a reaccionar antes de pensar. Interpreto mal prácticamente todo: las miradas, el silencio, cosas sencillas que dice la gente... Y lo convierto en rechazo. Parezco un fracaso en el nivel más fundamental. Y creo que hay una voz terrible en lo más profundo de mi mente que lleva mintiéndome toda la vida y que me dice que me merezco ese rechazo, ese dolor, porque soy un incordio. E intento acallar esa voz, de verdad, pero a veces habla con un altavoz y me la empiezo a creer. Encuentro momentos en los que hacerla cierta.

—Deberías ir al psicólogo —digo. En el pecho me nace una burbujita de emoción por la posibilidad de ayudarla.

Tilly parpadea, con la boca abierta, y entonces se echa a reír a carcajadas. Me rodea con los brazos y me abraza con mucha fuerza.

—¿De qué te ríes? —pregunto.

Se ríe aún con más intensidad; le tiembla el cuerpo entero.

—Porque, por lo general, decirle a alguien que necesita tratamiento psicológico puede resultar algo ofensivo.

—¿Por? —pregunto de nuevo, apartándome para mirarla.

Tilly frunce el entrecejo y se mordisquea el labio.

—Pues… Pues no lo sé, la verdad. La gente no se molesta cuando le dices que debería hacerse un chequeo o lo que haga con su médico normal. De todas formas —dice, apartando con un gesto de la mano el desvío en la conversación—, creo que tienes razón. Me vendría bien un psicólogo.

Estiro los brazos y cojo de las manos a Tilly; entrelazo los dedos con fuerza para darle seguridad, como sé que le gusta.

—Entonces, ¿no te parece mal que no vaya a vivir en Londres? —dice al fin, levantando las manos entrelazadas para pasar los labios por mis nudillos.

Me aclaro la garganta y me suelto el pulgar para levantarle la barbilla de forma que pueda mirarme.

—Podrías decirme que te mudas a Brasil o que te vuelves a Cleveland o que te vas a vivir a una cueva mohosa en medio de un bosque, y te seguiría queriendo igual. Contigo siempre voy a estar como en casa.

Tilly se pone de puntillas y me besa hasta que me siento mareado. Y yo le devuelvo el beso.

Finalmente acabamos metiéndonos en la cama, en la que hablamos y nos abrazamos durante horas, hasta que los dos alternamos bostezos.

—No quiero quedarme dormida —susurra Tilly, a la que le pesan los párpados mientras se acurruca aún más cerca de mí—. No quiero que acabe este momento.

La rodeo con un brazo y la beso en la coronilla.

—¿Cómo que «que acabe»? —susurro—. Tilly, si esto acaba de empezar.

Capítulo 43
Holas y adioses

-TILLY-

Divido la atención entre pintarles las uñas a Marcus y a Micah. Después de ver lo fotogénicos (y cariñosos) que eran en la playa, Mona los contrató como modelos de manos adicionales. Micah está entusiasmade.

—No es por ponerme dramátique —dice Micah, con la voz repleta precisamente de dramatismo—, pero estoy segure de que este color está hecho para mí.

Micah levanta la mano que tiene libre y la inclina bajo el sol que se cuela por la ventana.

—En plan ¿soy une muse de Ruhe o qué?

—No tienes nada que envidiarle a Calíope —dice Marcus, que se inclina y le da un beso en la mejilla.

—¿Dónde tenéis hoy la sesión? —le pregunto a Ollie, subido al sofá de Mona. Llevamos casi una semana en Londres y ya me ha enseñado esta preciosa ciudad, centrándose en detalles en los que solo parece fijarse su aguda vista.

—Vamos a ir primero a Queen Mary's Gardens y luego a la biblioteca —responde Ollie, mirándome—. Mona me ha ayudado

306

a concertar el acceso a una colección de libros antiguos o algo por el estilo. Vamos a optar por una temática «vuelta al cole».

—Me encanta —digo mientras remato las uñas de Marcus—. Ahora no te cargues el esmalte —añado, mirándolo con seriedad. Marcus me saca la lengua.

—Ay, Tilly, ojalá pudieras venirte con nosotros —dice Micah con melancolía.

—Lo mismo digo —protesta Ollie desde el sofá.

Me río.

—De verdad que preferiría estar paseando entre jardines y bibliotecas en vez de reunirme con mi verdugo.

Ollie me mira y ladea la cabeza antes de cerrar el portátil y bajarse del sofá al suelo. Me acerco hasta él a gatas.

—Tenemos todo el tiempo del mundo para que conozcas la ciudad —dice, y me pasa el brazo por encima de los hombros.

Sonrío; una oleada dorada de sensaciones se apodera de mí.

Tiene razón: tenemos todo el tiempo que nos haga falta.

Asistí a la primera reunión en *Ivy* hace unos días y fue una verdadera pasada. En el equipo, todos parecen inteligentes, amables y llenos de tanta pasión que me iba a estallar el corazón.

Y, para más inri, a la compañía le importan sus empleados. ¡Una novedad! Después de repasar cuestiones logísticas con Ellen, se mostró encantada de que teletrabajase, sobre todo ahora que solo trabajo a media jornada.

—Muchos de nuestros empleados se han pasado a un modelo híbrido —me dijo Ellen—. Es absurdo obligarlos a venir a la oficina si no les va bien. Sé por experiencia que llegar a un acuerdo sirve para fomentar la creatividad y el rendimiento.

No hace falta que diga que me encanta lo ama que es mi jefa.

Sigo yendo a París un par de veces al mes para diversas reuniones y otras tareas que son más fáciles de hacer en persona, pero no podría estar más feliz de echar raíces en Londres.

Me da la impresión de que, por primera vez, estoy justo donde debería estar. No me importa tener que desplazarme para hacer realidad mi sueño.

—Te va a venir bien ver a tu madre y quitártelo ya de encima —continúa Ollie, dándome golpecitos en la pierna con los dedos.

Protesto.

—¡No quiero hablar del tema!

Mi madre llega hoy y estoy nerviosísima por verla. En parte, obviamente, tengo ganas: es mi madre y la quiero, por muy mal que me lleve con ella. Pero es más fácil dejarse llevar por el temor (la premonición de que las cosas van a salir mal) que tener la esperanza de que todo va a ir bien.

Llaman a la puerta y resuena el eco por toda la estancia.

Me quedo inmóvil, mirando fijamente la puerta con los ojos como platos.

—Mierda —le susurro a Ollie—. La has convocado.

—Calla —dice él.

—¿Debería tener miedo? —hace como si susurrara Micah.

—¡Sí!

—No.

Mi voz se enreda con la de Ollie y los dos nos miramos con el ceño fruncido antes de echarnos a reír.

—¿Es que ahora la señorita dos trabajos no se molesta en abrir la puerta? —pregunta Mona, que sale a buen paso de su habitación mientras me mira con un gesto travieso—. Vamos, Tilly.

Con un suspiro como si me estuviesen torturando, me pongo en pie, seguida de mis amigos.

La puerta se abre con un chirrido y la voz de Mona retumba por todo el piso, puntuada por una breve risita.

—¡Mamá!

—¡Cariño! —exclama mi madre, con la voz ahogada.

Noto el pulso en las manos cuando las dos doblan la esquina y llegan al salón. Mi madre se para y me mira, con una sonrisa cada vez mayor mientras me contempla.

—Tilly —dice; cruza la estancia y me da un abrazo cariñoso y acaparador. Lo noto... auténtico. Cómodo.

—Hola, mamá —le digo pegada al hombro, y le devuelvo el abrazo.

Transcurridos unos instantes, Micah se aclara la garganta, acción que me saca una risa.

—Mamá —digo, soltándome—. Estos son mis amigos Marcus y Micah. —Los señalo con un gesto.

—Un placer —saluda Micah, que toma la iniciativa y le da la mano a mi madre. Marcus hace lo propio.

—Encantada de conoceros —dice mi madre.

—Y… eh… este es Ollie. Oliver. Oliver Clark —digo, señalando con un amplio gesto hacia la persona en cuestión—. Digamos que es… eh… mi novio.

Mi madre se queda boquiabierta.

—Ah. —Posa la mirada alternativamente en Ollie, en mí y en Mona, así en un bucle infinito.

Aprieto los labios, tratando de contener la sonrisa que se me quiere escapar. Me cuesta no chillar de felicidad cada vez que puedo presentar a Oliver como algo mío.

—Pues…, en fin, qué maravillosa sorpresa —dice mi madre, que estira el brazo para darle la mano a Ollie.

Él se la estrecha, con la mirada fija en su hombro.

—Me alegro mucho de conocerte. Tilly me ha hablado mucho de ti.

La sonrisa de mi madre parece algo forzada, puede que hasta… ¿nerviosa? ¿Por qué iba a estarlo? Si soy yo la que está hecha un lío.

—En fin, os dejamos para que habléis a solas —dice Micah, que agarra de la mano a Marcus y a Oliver y tira de ellos hacia la puerta—. Tilly, ¿nos vemos luego?

—Eh… —Miro a mi madre y a Mona—. Ya os escribo —digo, y me despido con un gesto de la mano—. Pasáoslo bien.

Se hace el silencio en la habitación cuando se marchan.

—En fin, se les ve majos —dice mi madre, mirándome. Está sonriendo, pero se le percibe cierta tristeza en el rabillo de los ojos.

En un movimiento rápido, vuelve a alargar las manos hacia mí y me envuelve en un segundo abrazo.

—Te he echado mucho de menos —me dice junto al pelo. Al final, acaba apartándose—. Qué ganas tenía de venir a Londres, Dios.

Mona sonríe.

—Qué bien que hayas venido, mamá. ¿Tienes hambre? Podemos salir a comer. O puedo preparar algo aquí.

—Me parece bien, pero, eh... —Mi madre se pasa una mano por el pelo—. Me gustaría hablar un rato con Tilly. A solas, si no te importa. —Mi madre nos mira alternativamente a Mona y a mí.

—Como quieras —dice Mona, que ya se está marchando de la habitación.

Quiero suplicarle que se quede, que no se vaya. Que ejerza de protección, de escudo. Lo que sea con tal de retrasar el horror que puede resultar de esta conversación.

Pero se ha ido y ha cerrado la puerta de su dormitorio tras ella, y mi madre y yo nos quedamos contemplándonos en un silencio tenso.

—¿Quieres sentarte? —pregunta mi madre, que se desplaza hasta el sofá y le da palmaditas al asiento a su lado.

Me noto las piernas como troncos de madera, los pulmones llenos de burbujas y el corazón en la garganta. Pero, sin saber muy bien por qué, camino y me siento junto a ella.

Respiro hondo una vez y otra más. Con una tercera vez me vale. Y luego se lo voy a decir. Le voy a decir que tengo trabajo (dos trabajos, más bien), ninguno de los cuales le va a gustar. Y voy a tener que decirle que me da igual lo que opine al respecto. No puedo dejar que me siga importando. Es lo que quiero en la vida y espero que llegue el día en que le parezca bien.

Abro la boca y me ahogo en mis palabras mientras la preocupación me recorre los brazos y se me atasca en el pecho.

—Tilly, he leído tus publicaciones en Babble.

Mi madre me lo ha dicho tan deprisa y de una forma tan inesperada que echo atrás la cabeza y me golpeo con la pared que tengo detrás.

—¿Có… cómo?

Ay, no. Qué mal. Pero fatal. Porque en mis *posts* hablo con bastante… sinceridad sobre lo mucho que me frustran mis padres. ¿Me va a gritar? ¿Cómo no me iba a gritar?

Me preparo para el golpe.

Tras un instante, mi madre me mira a los ojos, con la tristeza grabada en su rostro.

—Después de que habláramos, busqué el artículo que me dijiste que habías vendido. Y es verdad que era fantástico. Pero entonces encontré tus *posts* de Babble. Los he leído y son preciosos. Duelen, pero son preciosos.

Eh… ¿perdona?

—Me… Eres inteligentísima. No me puedo creer que escribieras cosas así.

Repito: ¿perdona? Miro a mi madre con los ojos como platos, esperando que venga la contrapartida.

—Pero gracias a ellos también me he dado cuenta de… del daño que te he hecho. Y lo siento mucho, Tilly.

Intento tomar aire, pero se me agarra en lo alto de la garganta.

Mi madre continúa:

—Siento mucho lo que te dije la última vez que hablamos y la presión que te he metido. —La voz de mi madre suena más frágil que nunca—. No he podido dejar de pensar en nuestra última conversación. A ver, acabo de aterrizar de un vuelo larguísimo en el que no he pensado en nada más que en la discusión. Y de verdad que siento haberte hablado así. Espero que me puedas perdonar. Es que me preocupo por ti, Tilly. Eres muy especial, muy valiosa. Y tengo miedo de que este mundo te haga daño. Pero, tratando de hacer lo que pensaba que era lo adecuado para protegerte, soy yo la que te ha hecho daño. Y lo siento.

—No… no sé qué decir, la verdad.

Mi madre estira el brazo y me coge de la mano.

—No hace falta que digas nada. O puedes decir lo que quieras. Me... En fin, me he dado cuenta de que no he escuchado todo lo que tenías que decir. Y quiero que eso cambie.

Entonces mi madre se calla y, mientras me recorre con el pulgar el dorso de la mano, me deja espacio para hablar.

Pero sigo sin saber qué decir. Me serpentean las palabras por el cerebro, por la garganta, por las extremidades. Me da miedo decir nada, echar a perder el momento que me ha concedido. Pero decido ser valiente.

—Necesito espacio para cometer errores, mamá —digo, con la voz entrecortada—. Sé que he cometido millones y que voy a cometer más aún, pero... necesito saber que no pasa nada.

Mi madre asiente, alarga la mano y me coloca un mechón de pelo tras la oreja.

—Sigue.

Empiezan a bajarme lágrimas por las mejillas mientras se me escapan las palabras.

—Sé que quieres lo mejor para mí, pero también quiero saber que vas a apoyarme si fracaso. Quiero sentirme segura si cometo errores y saber que aun así vas a quererme.

—Siempre te voy a querer, Tilly. Eso ni lo dudes.

—A veces lo dudo.

Mi madre permanece en silencio durante largo rato y me da miedo que se haya enfadado. No puedo levantar la vista para mirarla, así que en vez de eso me centro en las manos que nos hemos cogido mientras crecen las emociones en mi pecho. Hasta que acabo oyendo como un hipo diminuto seguido de un sollozo.

Ahí va. ¿He hecho llorar a mi madre?

La miro y, efectivamente, por sus mejillas también corren las lágrimas.

—Lo siento, mamá. No quería...

—Tilly, no —se apresura a decir ella, con ternura, pero también con firmeza. Se seca las lágrimas—. No pidas perdón por ser sincera conmigo. Eso jamás. Si dudas de lo que te quiero, es culpa mía y tengo que saberlo para poder arreglarlo. Te quiero incondicionalmente. Sin esperar nada a cambio. Y siento mucho haber fracasado a la hora de demostrártelo.

—Mamá… —digo en voz baja, confusa.

—Y no lo digo para culparte de nada. Quiero que sepas que te entiendo, Tilly. No puedo prometerte que de ahora en adelante no meta la pata, pero quiero que sepas que lo voy a intentar. Voy a coger lo que me has dicho y a mejorar. Porque no pienso dejar que mi queridísima e inteligentísima hija ponga en duda mi amor hacia ella ni un día más.

Tengo la boca atascada por las emociones y un barullo de palabras que no sé cómo decir.

—Te quiero —digo al fin.

—Y yo a ti, mucho —responde mi madre. Y me lo creo.

Me abraza con fuerza y yo me fundo en su abrazo, llorando por lo a gusto que me siento.

—Tengo una cosa que decirte —comento al fin cuando me he recompuesto lo suficiente como para poder hablar.

—Espero que sea sobre el novio que te has echado —dice mi madre, acariciándome el pelo—. Quiero saber todos los detalles.

Me río entre dientes. Estoy tan loquita por Ollie que podría pasarme horas hablando sobre el muy tontorrón.

—No es sobre él —digo, y me aparto para mirarla—. He… he conseguido trabajo. Dos, más bien. Y…, a ver, sé que son trabajos que no te van a parecer ideales, pero espero que estés orgullosa de mí. O que pueda conseguir que lo estés.

Mi madre deja escapar un suspiro y niega con la cabeza.

—Ya estoy orgullosa de ti, Tilly. Pase lo que pase. Siento que hayamos llegado al un punto de que creas que necesitabas cierto trabajo para conseguirlo. Estoy orgullosa de ti tal y como eres.

—Mamááááá, por favor, deja de hacerme llorar.

Mi madre aprieta los labios y, con el pulgar, me seca las mejillas.

La informo sobre todo: sobre el trabajo en Ruhe, los artículos como autónoma y mi trabajo en *Ivy*. Lo suelto todo, con el corazón en la mano y pasión en la voz, mientras le explico todos los detalles sobre mi futuro, que es a la vez emocionante, aterrador, precioso e intimidante. Cuando me quedo sin palabras, mi madre me ofrece las suyas.

—Tilly —dice, cogiéndome la cara entre las manos—, eres sencillamente maravillosa. Tengo ganas de ver cómo va a ser tu futuro.

Nos abrazamos un rato más, hasta que Mona acaba saliendo de su habitación.

—Perdón —dice—, pero de verdad que tengo que hacer pis.

Las tres nos reímos y Mona hace lo que tiene que hacer antes de volver al salón con nosotras.

—¿Todo arreglado? —pregunta.

Mi madre me mira con una sonrisa.

—No necesariamente. Pero la cosa va cada vez mejor.

Yo también le sonrío.

—¿Sigues teniendo ganas de comer? —pregunta Mona.

Mi madre deja escapar un débil suspiro y se pone en pie.

—Pues claro. Donde tú quieras. Invito yo.

Mona sonríe y coge el bolso.

—¿Por qué no te vas con tus amigos? —me dice mi madre—. Mona y yo también tenemos cosas de las que hablar.

Asiento y le doy un último abrazo antes de recoger el bolso y dejarlas para que hablen de sus cosas.

En la calle, me detengo frente a una preciosa cabina telefónica roja y me apoyo en ella para llamar a Oliver y quedar con los demás.

Es un día húmedo y atravieso la ciudad; los edificios antiguos y la multitud impiden que se escape el calor, y el cielo gris parece que se me fuera a caer encima. Es todo tan bonito que me entran ganas de llorar.

Acabo encontrándolos en Hyde Park, sentados en un banco. Oliver me ofrece un beso y un *doner kebab* como saludo, y me siento a su lado, lo más cerca posible, porque puedo.

Mientras comemos, Micah habla de sus poses revolucionarias y de sus ideas innovadoras, y Marcus asiente con todo lo que elle dice. Ollie coge la cámara y me enseña foto tras foto. Amplía aquí y allá, y me señala colores que ni siquiera sabía que existían. Da golpecitos con los dedos y, de cuando en cuando, me aprieta la mano.

Y es entonces cuando me doy cuenta. Este es mi futuro. Mi presente. Este momento, en un abrir y cerrar de ojos, va a ser mi pasado. Y es mejor de lo que me había imaginado.

No lo tengo todo claro. Tengo que encontrar un piso propio y escribir varias propuestas de artículos antes de que acabe la semana. Estoy sin blanca y nerviosa y aún me preocupa fracasar. Pero prefiero darlo todo y quedarme corta antes que no intentarlo.

Estoy sentada bajo un precioso cielo gris en una ciudad llena de vida que ahora es mi hogar, con amigos con los que puedo ser yo misma sin cortarme. Le estoy dando la mano al chico al que quiero y, milagrosamente, él también me quiere.

Y no cambiaría nada.

Agradecimientos

No me diagnosticaron autismo y TDAH hasta pasados los veinte años, pero, si pienso en cómo fue mi infancia, es ridículo que
pasara tanto tiempo sin saberlo. Ser adolescente ya es bastante
difícil, pero tener una neurodivergencia sin diagnosticar fue la
receta para muchos momentos difíciles (aunque graciosísimos,
ahora que lo pienso) en esa etapa de mi vida. Crecer sabiendo
que eres diferente significa estudiar detenidamente a quienes te
rodean, tratando de absorber las interacciones y las normas sociales y todas las sutilezas para poder, algún día, encajar. Ya no
intento encajar en lo que se define como normal (no podría estar más feliz con mi esfera de amigos raritos, muchos de los cuales también son neurodivergentes), pero tantos años de haber
estudiado a la gente me han proporcionado una empatía y un
deseo de ver el mundo más allá de mi propio punto de vista que
hacen que escribir libros sea el trabajo más gratificante del mundo. Y este libro, esta carta de amor a los cerebros neurodivergentes, no existiría sin el cariño y la compasión de muchos.

En un mundo en el que aún se representa el autismo y el
TDAH de forma cuestionable en los medios de comunicación,
voy a estarle eternamente agradecida a mi editora, Eileen
Rothschild, por preguntarme si quería escribir una novela sobre dos adolescentes neurodiversos que se enamoran. La oportunidad de escribir sobre cerebros como el mío es un privilegio

y un honor de los que nunca voy a sentirme merecedora, pero lo agradezco igual.

Gracias a mi maravillosa agente, Courtney Miller-Callihan, por tranquilizarme constantemente cuando me ponía nerviosa con los borradores. No sé cómo lo haces, pero vaya si se te da bien.

Gracias a Lisa Bonvissuto por ser la ama del sector editorial. Trabajar contigo es lo mejor. Las referencias a Cleveland en el libro son en tu honor. Gracias al maravilloso equipo editorial de Wednesday Books. Alexis Neuville y Alyssa Gamello, es una maravilla trabajar con vosotras y os doy las gracias por cómo defendéis mis libros y conseguís que lleguen a manos de los lectores. También me gusta mucho el contenido sobre Harry Styles que publicáis. Gracias a Kerri Resnick por diseñar la que de verdad creo, de forma objetiva, que es la mejor cubierta de la historia. Eres un genio.

Gracias a Susan Lee por leerse las durísimas páginas de mi primer borrador y darme la confianza para continuar. Eres una fuerza de la naturaleza y me alegro de haberte conocido.

Gracias a Emily Minarik por enseñarme que el pelo cobrizo es en realidad pelirrojo justo cuando había acabado de escribir el libro y estaba dispuesta a jurar que Ollie era castaño. Escribir no es fácil y gracias a ti tengo los pies en la tierra. Gracias a Saniya Walawalkar por echarme la bronca por no incluir en un principio una manta en la escena de la playa de Tilly y Ollie. A los dos les habría dado una crisis sensorial sin ese cambio crucial, así que te damos las gracias por tu servicio.

Gracias a Megan Stillwell por ser mi mejor amiga en el mundo. Eres cruel y te quiero. Gracias a Chloe Liese por ser una firme defensora de las voces neurodiversas y por ayudarme siempre a encontrar el humor en los altibajos que tiene la vida autista. Eres un tesoro.

Mamá, gracias por regalarme el amor por la lectura y por haber apoyado siempre mis hiperfijaciones y mis sueños. Papá, gracias por el caos y por el humor. Algunos de mis recuerdos favoritos son de nosotros riéndonos. Eric, gracias por creer en mí. Doy las gracias por tenerte en mi vida.

Y Ben, el granujilla de mis amores. Gracias por tenerle miedo a la persona que era durante esa clase de primero, cuando tenía dieciocho años, llevaba el pelo rosa y era rara y demasiado entusiasta, y por dejarme obligarte a ser mi amigo a pesar de todo. Contigo nunca he tenido que ocultarme, y eso me parece una pasada.

Por último, gracias a mis lectores. Estas historias y estos personajes lo son todo para mí, pero no son nada en comparación con el amor que les habéis demostrado. Todos los días me pellizco porque no me acabo de creer que me dedique a escribir libros, y vuestro apoyo significa mucho más para mí de lo que os imagináis. Seguid siendo igual de desastres, amores.